波の鼓動と風の歌

佐藤さくら

集英社文庫

目次

◉第一部　草原の旅路

第一章　10

第二章　135

◉第二部　王と王柱

第一章　232

第二章　339

終　章　406

解説　大森望　425

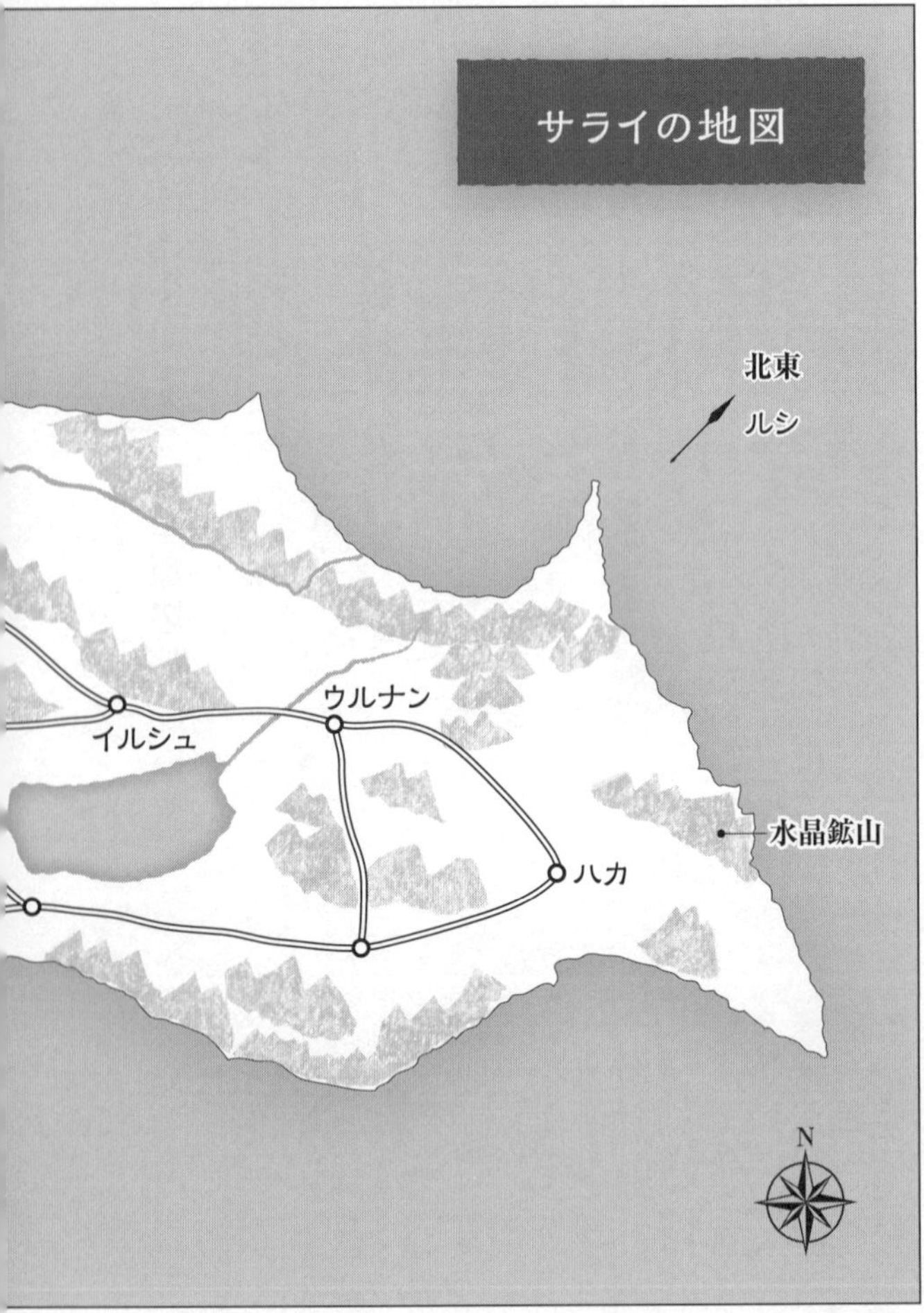
サライの地図
北東
ルシ
ウルナン
イルシュ
水晶鉱山
ハカ
N

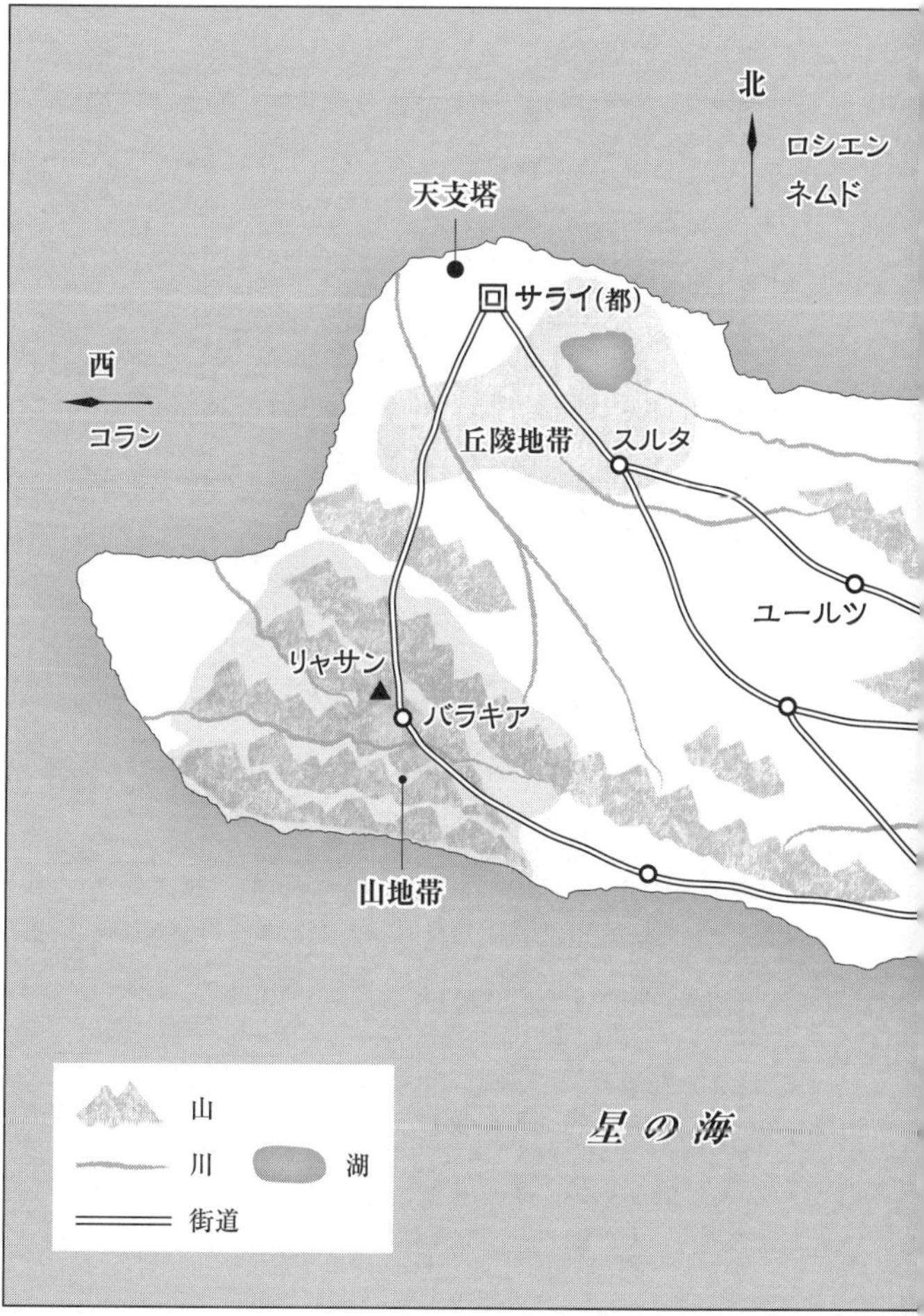
北
ロシエン
ネムド
天支塔
サライ(都)
西
コラン
丘陵地帯
スルタ
ユールツ
リャサン
バラキア
山地帯
山
川
湖
街道
星の海

主要登場人物

来島凪《くるしまなぎ》（ナギ）……………高校三年生の少女
北村《きたむら》ありさ……………………凪の同級生
サージェ………………聖王《せいおう》の喜生《きっしょう》を名乗る少年
聖王（シュレン）………サライに名を残す仁君
キール……いくつもの島を船で渡り歩く商人
ヨルカ……………キールに同行する竜飼い
ジュード………………ヨルカの翠竜《すいりゅう》
ウズマ…………キールの商船に添乗する老女
リザダ…………キールの商船を操る見師《けんし》

ティルハ……………サライを治める現在の王
シュナ……………サライの先代の王
イルムゥ……………シュナ王の息子
イスファル…………シュナ王の娘
シャラ…………………ティルハの弟
テムルギ（天流義）………ヒカミ一族の長
ウルギ（潤義）…………テムルギの弟
シルダ……………………テムルギの妻
ズゲン……………………イルシュの太守

波の鼓動と風の歌

本書は、集英社文庫のために書き下ろされた作品です。

本文デザイン／高柳雅人
本文イラスト／山月まり
絵地図／今井秀之

第一部
草原の旅路

第一章

1

歌がきこえる、と思った。

ずっと前からだ。

揺蕩《たゆた》う波のような、あるいは鼓動のようなゆっくりとしたリズム、風の囁《ささや》きのような美しい響きを持つ声。

歌が、体に、心に、――に、染みていく。


ふと目を覚ますと、暗い岩壁と鉄格子が見えた。その奥に揺らめく赤い炎の明かり。耳を澄ましても、きこえてくるのは水滴が岩の床に落ちる頼りない音だけ。

歌などきこえない。

代わりに、向こうから怒号と銅鑼《どら》のようなやかましい音が近づいてきた。きいたことのない言葉のはずなのに、起きろ、働け、といっているのがわかる。

今日も地獄のような一日が始まるのだ、と凪《なぎ》は絶望した。

泣き叫んで暴れたいと思う心はあるのに、なぜか感情は嘘《うそ》のように凪《な》いでいる。もはや何も感じなくなっているのかもしれない。ただ指示通りに重い体を起こし、岩牢《いわろう》の中で立ち上がり、鉄格子の扉が開くのを待つ。

地面を踏む足の感覚がおかしい。左右の腕のバランスがおかしい。

足が、左腕が、おかしい……。

見ない。

見てはいけない。考えてはいけない。

頭のどこかで声がする。考えたら終わりだ、と。

だから、足首に繋《つな》がる鎖を煩わしく思いながら、ただじっと足音と怒号が近づくのを待つ。

ああ、息が苦しい。首にはまる鉄の輪を、この腕で引き千切りたい。

お椀《わん》のような深皿には、どろりとした汁と得体の知れない野菜くずのようなものが浮かんでいる。腐臭が漂ってくるから、おそらく本来は食べられた代物ではないのだろう。

凪は最初とても口に入れるなんてできなかった。しかし、すぐにそうもいっていられなくなった。何せ、他に食べる物なんてない。空腹で体がふらつこうが、過酷な労働は一切減らされない。だから、残飯のようなものでも、腐りかけのものでも食べずにはいられないのだ。それに、常に低い耳鳴りがするせいか、徐々に思考も感覚も麻痺《まひ》していった。

暗い岩牢から出されると、壁と足を繋いでいた鎖が、両足の間に付け替えられる。それから、鉄格子のはまった牢の並ぶ前を歩いて行く。天井は大の大人がぎりぎり屈《かが》まずに立てるくらいの高さだ。岩壁は牢内と同じく粗く削られたような跡があるから、おそらくここは人工的に作られた洞窟のような場所なのだ。階段をいくつか上って行くと、やがて明るい外に出る。外の眩《まぶ》しさに慣れてくると、赤茶けた岩壁に囲まれた岩場が見え始める。岩壁にはいくつもの大きな穴があり、凪と同じように鎖で繋がれた大勢の人々が、虚《うつ》ろな目で様々な道具を手に作業場に向かっていた。

毎日同じ光景だ。もう何日、この光景を見続けているか覚えていない。

乾いた風が吹きつける中、呻《うめ》き声《ごえ》と怒鳴り声、そして岩を掘る音だけが響く。

労働者たちは老人から子どもまでいて、男性しかいないように見えた。みんな一様に痩せこけていて顔色が悪い。彼らが逃げ出さないよう、怠けないよう、常に数人の屈強な男たちが鞭《むち》を手に見張っていて、少しでも手を抜こうものならすぐさまその鞭が飛んでくるのだ。

打たれれば皮膚が裂け、血が噴き出す。傷が治っても、また打たれる。その繰り返し。そうしてついた傷痕がいくつも凪の体に残っていた。

まるで夢を見ているようだった。

凪はずっと昔、時代劇か何かでこんな光景を見たことがあるような気がした。横暴な悪代官の命令で、強制労働につかされる憐《あわ》れな農民たち。ドラマの中では、正義の主人公たちが最後に悪代官の一派をやっつけてハッピーエンドだけれど。

労働者も見張りの男たちも、見慣れない衣服を着ている。着物とは違う、どこかの国の民族衣装のようなものだ。それがいっそう、現実とは思えない錯覚を起こさせる。

ここで何をしているのか、具体的にはわからない。

ただ、毎日穴に潜《もぐ》らされて、大量の石や砂を運搬させられる。穴を掘らされている者たちもいるようだ。まだ凪はその役目に当たっていなかったが。

普通の労働者たちと凪との違いには、割り振られる仕事量だけではなく、この首につけられた鉄の輪があった。

喉を絞めつけるほどではないが、決して外すことはできない大きさの首輪。なんとか取りたくて、もがいて、何度も自分の喉を切り裂くようにかきむしった。けれど、取れない。ここでの凪の自由を完全に奪うと宣告するかのように。

同じように首輪をつけられている者は、わずかだが他にもいた。みな、同じように、体が、一部が……。

考えてはいけない、と意識の奥底から警告の声がする。思い出してはいけない、と。

一日の労働が終わると、また暗い岩牢へ戻され、腐りかけの食事を与えられて、眠りにつく。朝が来れば同じ一日が始まる。

来る日も来る日も、同じ一日。

いつしか何も考える気が起こらず、与えられたものを食べ、与えられた労働をこなし、眠るだけの意思のない人形のようになっていった。

時には痩せ細った老人が、あるいは子どもが倒れ伏し、どれだけ鞭打たれてもそのまま起き上がれず、やがて足を引きずられてどこかへ運ばれて行くことがあった。そんな残酷な光景を、今はもうただぼうっと見つめていることしかできない。……凪自身が運ばされたこともあった。

ある日、凪のすぐ近くで人が倒れた。ひとりの老人だった。

見張りの男が倒れ伏したままの老人を覗《のぞ》き込み、凪に目線を移して何かいった。最初、起こせといわれたのだと思った。だから、老人を抱き起こそうとしたが、すぐに鞭が飛んできた。運べといわれたのだった。

微動だにしない老人の体からは生気が感じられず、ああもうこの人は死んだのだな、と麻痺した頭がそう感じた。

抱えていこうとしたが、すぐに別の死体も一緒に運べといわれ、凪は死体を下ろした。そして、他の死体を運んでいた者に倣い、足を引きずっていくことにした。

その日は落盤事故があったらしく、半分潰れた死体を引きずっている者もいた。引きずられて行く死体のひとつは、運ばれている間に砂ぼこりに溶けるかのように消えてしまった。人ひとりの体が。一瞬の間に。

呆気《あっけ》にとられたのは凪だけで、運んでいた者は手間が省けたとでも思ったのか、驚く素振りも見せずただため息をついて、のろのろと踵《きびす》を返して持ち場に戻って行った。他の者たちは無言だった。見張りの男が、「散ったか」というような言葉を発したが、その意味はわからなかった。

止まるなと鞭を打たれて、凪は混乱しつつも死体の足を引きずって砂利道を歩いた。岩壁は果てしなく続くかに思え、赤い岩肌はまるで自分が火星か何かにいるような錯覚を起こさせた。乾いた風も、舞い上がる砂ぼこりも、凪の経験したことのないものだった。

（ああ、でも、火星の空も青いんだろうか？）

吸い込まれそうな果てしなく続く青い空を見上げ、意味もなくそんなことを考えた。

やがて前を行く者が立ち止まり、無造作に荷を下ろしたかと思うと、道を戻ってきた。凪が前へ進むと、赤い岩壁を越えた先は絶壁になっており、遥《はる》か下に見たこともないような美しい海が広がっているのが見えた。なぜかそれが海だとわかった。海面まではあまりに距離が遠すぎて、そこにあるのが液体という感覚は薄いのに。

エメラルドのような鮮やかな緑とサファイアのような深い青を混ぜたような、そしてそれに夜空の星をちりばめたような光の粒がそこかしこに煌《きら》めく、見る者の言葉を奪うほど神秘的な色合いの海が見渡す限りどこまでも続いていた。

そこへ、動かなくなった人の体を投げ入れた。

その後、凪はまた命じられるままに、持ち場に戻った。

一度だけしかまだ命じられたことはないが、二度と思い出したくもない恐ろしい経験だ。それでも、きっとまた命じられることがあれば、それに自分は従うのだろうと心のどこかが諦めている。

ああ、自分はもはや人の体だけではなく人の心すら失っている、とまるで鳥のような視点から、命じられたことをただこなす化け物になりさがってしまった自分を見ている、もうひとりの自分がいた。

果たして、今と以前、どちらが夢なのか——。

2

「来島《くるしま》さん、飴《あめ》食べない？」

視界の端にカラフルな袋が映り、来島凪は流れゆく車窓から目を離して隣の座席を振り返った。クラスメイトの北村《きたむら》ありさが、口を開けた飴の袋をこちらに差し出している。

「あ……ありがとう」

ぎこちなく礼を述べてひとつ飴を摘《つま》み取ると、ありさはにっこりと笑って、その袋を反対側の座席の友人に渡した。「これ回してー」と声をかけながら。

「高校生にもなって遠足なんてって思わないでもないけど、やっぱりテンション上がるよね」

そう話しかけられて、凪はしどろもどろに唸《うな》るように相槌《あいづち》を打った。我ながらもっとちゃんと会話ができないものかと嫌になる。しかし、ありさはそんな凪の態度を気にする様子もなく、適度に凪に話しかけ、あるいは隣や後ろの座席の友人たちと会話している。

すごいな、と思う。

ありさはクラスの中でも明るくお洒落《しゃれ》な女子が集まるグループの、中心的な人物だ。クラスの人気者、学年の人気者。彼女がそうなるのもわかる。単純に見た目が可愛《かわい》いだけでなく、周りへの気遣いが上手《うま》い。

今回の校外学習に向かうバスの座席決めのとき、凪はつくづくそのことを思い知らされた。

凪の通う高校はそれなりに偏差値の高い進学校で、三年生の十月に行われる校外学習が、実質的に楽しめる最後の学校行事だ。それ以降はひたすら受験勉強に邁進《まいしん》することになる。行き先は近所の小さな山だが、みんな口では文句をいいつつ楽しみにしていた。だから言葉にせずとも、仲のよい友人と並んで座りたいというのが本音だ。

凪は、別にクラスの中でいじめられているわけでも、嫌われているわけでもない。逆にいえば、いじめられるほど、嫌われるほど興味を持たれていないのかもしれない。運動も勉強も普通で、友だちもいない。いつもひとりでいる、真面目だけど変わり者。クラスメイトたちの認識はそんなものだろう。

当然、そんな凪の隣に座りたい者などいないから、クラスの女子の人数が偶数である以上、誰かが仲のよい友人と座るのを我慢するということになる。気の毒だと思うが、それはお互い様だ。凪だって相手の気が進まないことをわかっていながら、謝るわけにもいかず、何でもないふりをするしかないのだから。

ところが座席決めの話し合いの際、始まるや否やありさが声を上げたのだ。

『わたし、車酔いしやすいんだよね。前の方の席がいいな』

そして、黒板に貼られた座席表に歩み寄ると、一番不人気のはずの運転席の後ろの席に名前を書いていた凪を振り返った。

『来島さん、隣いい？』

あまりに突然のことで、おずおずと首を縦に振るしかなかったが、後からあれはありさの気遣いだったのだろうな、と思い至った。友人たちがそれぞれペアになれるよう、そして余った誰かが渋々凪の隣に行くことで凪に気を遣わせないようにするための、最善の策だ。だが、周囲のほとんどはありさがそんなに深く思慮を巡らせていたとは気づいていないだろう。それほど自然な流れだった。凪が気づいたのは、なぜありさはあんな言動をとったのだろうと、後々もずっと考えていたからだ。

(ああ、本当に、すごいな)

ありさは押しつけがましいところは一切出さず、気を遣っているなんて素振りはおくびにも出さず、誰も嫌な思いをしないようにごく自然に振る舞う。彼女のそういう賢さに助けられた者は、たくさんいるはずだ。そして、社会において最も成功する人間は彼女のような者なのだろうと思う。彼女は間違いなくどこへ行っても必要とされる人間だ。凪とは違って。

何がまずいのか自分でもわからないが、どこへ行っても凪はうまくいかない。特別嫌われるわけでも、排除されるわけでもない。ただ単純に喋《しゃべ》る言語が違うかのように、育った文化が違うかのように、みんなと何かが嚙《か》み合わない。まるで元からこの世界の人間ではないかのように。

妹の満《みつる》とは正反対だ。

満にはありさのようなところがある。時には道化のようなふりをすることで、周囲の空気を円滑にする。計算ではなく、おそらく本能的にやっている。だから最初は満を嫌っていた子たちも、厳格で他の子には恐れられている教師も、いつの間にか満のことを可愛がるようになるのだ。嫉妬しながらも、凪は妹を愛さずにいられない。

単純に羨ましかった。自分にもそういう才能があったらよかったのに。

子どものころから凪の取り柄といえば努力することだった。逆をいえば、常に努力しなければみんなの中に溶け込めなかった。だが、成長するにつれ、生きていくには努力するだけではどうにもならないことがあると気づかされるばかりだ。そして気づく度に、息苦しくなっていく。この世界で生きていく自信がなくなっていく。自分の居場所なんてどこにもなくて、自分の味方なんてどこにもいなくて、自分の生きる価値なんて塵《ちり》ほどもないように思えてならなくなっていく。

ありさや満は、日向《ひなた》の、それも中心にいる人間なのだ。

いつからか凪は、人を日向にいる者と日陰にいる者とに分類するようになっていた。当然、自分は日陰にいる者だ。

日向の者たちはいつも明るく、楽しそうに見えた。壁にぶつかっても、やがて乗り越え成長して前へ進んで行くことができる。なぜなら、この世界は日向の者たちのものだからだ。日向の人間が生きるために世界はできている。日陰の人間は、そこから漏れた者、日向に出られなかった不完全な人間なのだ。だからそういう者に、この世界で居場所はない。生きる価値はない。

こんなことを誰かに零《こぼ》したら、甘ったれたことをいっていないで努力をしろと返されるだろう。うまく生きられないのはおまえの努力が足りないだけだ、と。そうなのかもしれない。でも、不公平だと思ってしまう。

たぶん、この息苦しい、まるで常に水中か高所にでもいるような感覚は、一生変わらないのだろうなと、ぼんやり悟っている。

この世界は息苦しい。生き苦しい。

目的地に着き、バスを降りると点呼をしてすぐに登山開始だ。みんな仲の良い友人たちと固まって、それぞれのペースで歩き出す。グループの間に狭まれて独りで歩くのも空しくて、凪は最後尾のグループから少し離れて歩くことにした。

なぜ、あんなにはしゃいで喋りながら、あのペースで坂道を上れるのだろうと、凪は早くも息を乱しながら不思議に思った。なぜ、道の端から端へと子犬のようにじゃれ合いながら、体力が持つのだ。おそらく凪と違って、登山の苦しさより友人とのおしゃべりの楽しさの方が勝っているのだろう。

山道は当然ながら舗装などされておらず、ほとんどは土、時には砂利道になる。歩き慣れていないから、下手に大きな石を踏むとがくりとよろけてしまう。まだ十月も上旬だから紅葉には早く、気温も高い。長袖のジャージは、すぐに汗だくになった。

そして、歩き出して数十分で凪の体力は尽き、置いて行かれないようにと、ふらつく足で何とか最後尾のありさたちのグループについていった。

「あ、湖!」

はしゃいだ声に顔を上げると、ちょうど木々の間から、道を外れた斜面を下っていった辺りに太陽の光を反射して煌めく湖面が見えた。そういえば、小さいながらもそここそ美しい湖が見えるのが、この山の売りなのだった。

静かに波を立たせた湖面と、そこに影を落とす周囲の木々というのはなかなか幻想的で綺麗《きれい》な風景だった。まるで日本ではないみたいで、凪はふと昔読んだイギリスの物語を思い出した。この景色のように美しい湖と妖精の話だった。確かあの物語を読んだときに、初めてチェンジリングという言葉を知ったのだった。

チェンジリング。妖精の取り替え子。

妖精が人間の子どもを連れ去り、代わりに妖精を置いて行く、という伝承がイギリスにはあるらしい。物語は自分のことを人間だと信じていた妖精の子が、自分の真の姿に気づいていくというファンタジーだった。

あれを読んだとき、自分にもそんな真実があったらよかったのに、と思ったのだ。

凪は、実は妖精か妖怪か……宇宙人でも怪物でもなんでもいいから、とにかく本当は人間ではなくて、だからこの世界に馴染《なじ》めないのだ、と思いたかった。

人ではないから、どんなに頑張っても、〝普通〟の仲間には入れない。いっそはっきりそういってほしいのだ。

そのとき甲高い悲鳴と共に、凪の背中に衝撃が走った。耐えきれず、背中にぶつかってきた何かに巻き込まれる形で、湖へ向かって斜面に躍り出てしまう。

「危ない！」

それはありさの声だっただろうか。よくわからない。腕を摑《つか》まれたが、勢いは止まらなかった。

回る視界の端に、自分と同じ青いジャージを着た人影が転がっていくのが見えた。どうやら、ふざけていた誰かがよろけて凪にぶつかり、諸共《もろとも》転げ落ちてしまったらしい。そんなことを、頭のどこかの冷静な部分が考えていた。

予想外に斜面は急で、しかも湖までは距離がなかったらしく、すぐに水にぶつかる音がしたと思ったら、周囲の音がよくきこえなくなった。

転げ落ちた勢いで体が水中に沈んでいく。パニックになり、思わずもがいた。自分が泳ぎだけは得意なことを思い出したのは、散々もがいて疲れ果てた頃だった。

こういうときは下手に暴れない方がいいのだ。それに、湖はそこまで深くないはず。

そう思い力を抜こうとしたが、体はどんどん沈んでいく。

いい加減おかしいと感じ、凪の体は恐怖で硬直した。

こんなに深いはずがない。いつまでも浮かばないはずがない。

しかし、湖面は既に遠く見えなくなっている。

息が苦しくて、意識が朦朧《もうろう》としてきた。

死、という単語が思考を支配する。

嫌だ、嫌だ嫌だ、死ぬのは怖い。

しかし、体はどんどん沈んでいく。どんどん、どんどん。

不思議なことに、ごぼごぼという水の音の遥か彼方《かなた》から、声がきこえたような気がした。囁くような、歌声が。

その歌声に誘われるように、凪は湖の底、水の果てへと沈んでいった。

どんどんどんどん、どんどん、どんどん、深く、深くへ――。

――――――――――――。

（あ、ぐ……）

唐突に猛烈な痛みが走り、凪の意識は引き戻された。だが、戻った意識は痛みだけを感じている。

（あ、あ、あああああアアッ！）

溶ける、と思った。足が、左腕が。

自分の体の一部が溶けて無くなっていく。

水に溶けていく、解けていく、違うナニカになっていく。

熱くて、痛くて、脳髄が焼き切れそうだった。

ああもういっそ殺してくれと思った。

耐えがたい痛みの中で声にならない絶叫を発していた凪の意識は、再びふつりと失《な》くなった。


意識を取り戻したとき、凪は暗闇の中にいた。最初は混乱するばかりだったが、少し時間を置いて落ち着きを取り戻し始めると、どうやら瓦礫《がれき》の間に押し潰されるギリギリのところで挟まっているらしいとわかった。

何とか抜け出せないかと体を動かそうとするが、痺《しび》れたように動かない。もしかして、既に体は押し潰されていて、痛みすら感じなくなっているのだろうかと背筋が寒くなった。そのとき、どこからかすすり泣くような声がきこえてきた。

人がいるのだ、と気づき、助けを呼ぼうとしたが声がうまく出なかった。何度か咳払《せきばら》いすると、やっと掠《かす》れた声が出た。

「だ、誰っ？　誰かいるの？」

声というより咳で気づいたのだろう、甲高い悲鳴のような声が返ってきた。

「助けて……」

もう一度、今度ははっきりというと、相手も落ち着いたのか、ゆっくりと探るような声がした。

「誰？　どこにいるの？」

その声に凪はきき覚えがあった。

「……北村さん？」

思わずそう尋ねると、少しの間を置いて相手の驚いたような声が返ってきた。

「その声、もしかして、来島さん？　え、どこ？　どこにいるの！」

「わからない……なんか、瓦礫に挟まれてるみたい」

「うそ……え、これ、ここの下ってこと？　どうしよう、大丈夫？」

どうやらありさは凪と同じ状態ではなく、瓦礫の外で状況を把握できるようだ。

「今のところ大丈夫だけど……助けを呼んできてくれる？　ひとりじゃ、出られそうにない」

そう頼むと、再びすすり泣く声がきこえてきた。

どうしたのだろうと不思議に思った。しっかり者のありさらしくない、幼い子どものような反応だ。

いや、そもそも、なぜ凪はこんな状況に陥っているのだろう？

頭は霞《かすみ》がかったように重いが、何とか記憶を手繰る。すると、ようやく校外学習の途中で湖に落ちた瞬間が蘇《よみがえ》ってきた。

（湖に落ちた……そう、確かそのはず。なら、ここは？）

瓦礫に挟まれている圧迫感がある。落ちてくる砂も感じられる。だが、濡《ぬ》れた感じはしない。

「ごめん、わたし、どうしていいかわからない。どうやって助けを呼んだらいいかわからない！」

そういうなり、ありさは激しく泣き出した。

彼女らしくない反応に、凪は動揺してしまう。慰めるべきか。しかし、なんといって？

自分は身動きひとつできず、瓦礫の間から差し込む細い光しか見えないような状態で。

「ど、どうしたの、北村さん？　おち、落ち着いて。周りに、誰か……」

「誰もいない！　何もない！　海しかない！　ここはどこなの!?」

悲鳴のような答えに、凪は唖然《あぜん》とした。

海？　自分たちが落ちたのは湖のはずだ。

だが、湖に落ちて、気づいたら瓦礫に挟まっているなんて、そもそもおかしい。

「北村さん、外はどうなってるの？」

努めて冷静にそう問いかけると、何度か深呼吸する気配がした後、先ほどよりはっきりした声音でありさが答えた。

「わからないの……何か建物が崩れたみたいに瓦礫がたくさんあって、少し歩くと崖になってる。その下は海……だと思う。ここはすごく高いところにあるみたい。なんでこんなところにいるの、わたしたち……!?」

もちろん、ありさの問いに凪が答えられるわけがなかった。

「崖の上ってこと？　崖と反対方向に行けば何かない？」

「だめ……なんて説明したらいいかわからないけど、反対側には回れない。瓦礫が道を塞いでて進めないの。いいえ、そもそも道なんてないみたい。崩れているのは元は人工的な建物だったんだと思うんだけど……何かの塔、みたいな感じ」

ありさは説明しているうちに落ち着きを取り戻してきたようだ。泣いたり叫んだりすることなく、冷静に凪の無事を確認してくる。もっとも、確認されたところで凪にも自分の状況がよくわからないのだが。

「空は？　ヘリコプターとか、何か救助に来てくれそうなものは？」

なぜ自分たちがこんなわけのわからないところで危機に陥っているのか理解できないが、少なくとも独力ではどうにもできないことはわかる。助けが来ることを願うしかないのだ。

「ないと思う。見える範囲で、陸もないし。……陸はないんだけど、離れたところに棒みたいなものがある」

そう話すありさの声は自分でも半信半疑なのか歯切れが悪かった。凪も思いも寄らない単語がきこえて思わずきき返した。

「棒?」

「棒っていうか……離れているから細い棒に見えるのかも。それで……それでね、その棒の先に何かがあるの。何かが、棒の上に載っているように見える」

ありさのいうことは凪にはちっともわからなかった。もどかしくて、今すぐここから這《は》い出して自分の目で確かめたくなる。

突然、凪の耳に風の唸り声のようなものがきこえた。その瞬間、ありさが強張《こわば》った声で鋭く叫んだ。

「待って、何か来る!」

「救助ってこと?」

「わからない……何あれ、あんなの見たことない!」

ありさの声に再び恐怖と混乱が滲《にじ》み出す。

「北村さん!」

「翼のついた船が来る! 空を飛んでる……」

ついに恐怖のあまりありさがおかしくなったのかと思った。

翼のついた船? 飛行機とは違うのだろうか。それとも飛行船?

「やだ、こっちに来る……降りてくる! 人が、人が!」

本来、人がいるならむしろ好都合のはずだ。誰かに助けてもらわなければならない状況なのだから。だが、ありさは完全にパニックに陥っている。ということは、凪やありさが求めるような人間が来たわけではないということだ。

やがて男性のものと思われる複数の声がきこえてきた。こちらの安否を問うているらしい。何者か、とも。ほかにも何か単語がきこえたが、凪にはよくきき取れなかった。

しかし、まず怪我《けが》はないかときいてくる相手ならば、敵ではないだろう。声にも敵意は感じられない。

「北村さん、大丈夫なんじゃない？　怪我はないかってきいてくれてるんだし」

ありさを落ち着かせようとしていう。だが、しばらく答えは返ってこず、もうありさは傍《そば》にいないのだろうかと心配し始めた頃に掠れた声がした。

「来島さん、言葉がわかるの？」

ありさの声には驚愕《きょうがく》とわずかばかりの不審が混じっていた。

え、と思った。

「あの人たちの言葉、何語？　英語じゃない。中国語とかでもなさそう。なんで、わかるの？」

男たちの声はなおもきこえる。

もう大丈夫だ、とありさに話しかけている。歓迎するように、安心させるように、穏やかな、喜びの感情がにじみ出た声音で。

たしかにそうだ、なぜ、凪にはこの言葉の意味がわかるのだろう。まったくきいたこともない言語なのに！

瓦礫の下で凪は愕然とした。きき覚えのない音と抑揚……それなのになぜか、訛《なま》りの強い方言でも地方が同じならなんとなく意味がわかるときがあるように、ぼんやりと理解できてしまう。

「待って！　もうひとりいるんです、ここ、この下に！」

戸惑いながらも焦ったありさの声が少し遠くできこえた。

おそらく謎の言語を話す者たちは、ありさを救助しようとしているのだろう。その意図を察して、ありさは凪の存在を知らせようとしてくれている。

他にもいるのか、瓦礫の下か、というような意味の言葉が飛び交い、声が凪の方に近づいてきた。掛け声と共に細く差し込んでいた光の筋が太くなり、太陽の眩《まばゆ》さに凪は目を瞑《つぶ》った。周りではがらがらと瓦礫の崩れていく音がきこえる。

さあ手を、といわれて、凪は差し伸べられているであろう方向に右手を出し、大きな手を摑んだ。すると、すぐにぐいっと強い力で引っ張られ、ついに瓦礫の下から這い出すことができた。

その瞬間、鋭い怒号混じりの悲鳴が響き渡った。

『まじりものだ！』

周囲の気配が一転したのを感じ、凪は必死に目を開こうとした。だが、暗闇から急に明るいところに出たせいで、無理に目を開いても眩しすぎて涙が溢《あふ》れてしまう。

立ち尽くす凪は、敵意剝《む》き出《だ》しの叫びがとり巻いてくるのを感じながらどうしようもなかった。どこに逃げ場があるのかもわからない。

そして、やがて激しい衝撃が肩に、腹部に、最後に頭に走り、凪は再び気を失った。

3

夢を見ていた。

嫌悪と憎悪の表情を浮かべ、手に武器を持った、奇妙な服装の見知らぬ男たちが追いかけてくる。追いつかれたら今度こそ殺されるかもしれない。殺されなかったとしても、また連れ戻されて同じ日々の繰り返しだ。だから、絶対に追いつかれてはならない。

でも、どこへ行けば逃げられるのかわからない。ここがどこかもわからない。

やがて道に迷い、転んで、足が止まって、男たちに取り囲まれる。

びしりと鞭打たれ、肌が切り裂かれ血が溢れる。棍棒《こんぼう》が背中を打ち、息が止まる。骨の砕ける音がする。

痛みに縮こまることしかできず、身を小さくしながら泣いた。

なぜ、自分がこんな目に遭わなくてはならないのだ。

痛い想《おも》いをするのは嫌だ。つらい想いをするのは嫌だ。

ああ、そう、そうだ、自分がこんな目に遭うなんておかしい。

人を奴隷のようにこき使う権利なんて、こいつらにないはずなのだ。

徐々に惨めさが怒りに変わる。全身が憤怒によって作り替えられていくようだ。

自分がこんな目に遭ういわれはない。こんなことをする奴が悪い。こんなやつら、死んでしまえばいいのだ！

脳天が痺れるような感覚があった。

動かなくなったのは観念した証《あかし》ととったのか、男が乱暴に腕を摑み引きずり始める。

その瞬間、相手を排除するということ以外、何も考えられなくなった。

ずぶ。

爪を突き立て、切り裂く。

赤、赤。目の前はただ赤。その鮮やかさに口が開く。嗤《わら》う。

柔らかくて温かい。心地がいい。懐かしい感触。

首だ。すぐそこに首。爪の先に。知っている。これは脆《もろ》い。すぐに死ぬ。

撫《な》でるように切り裂く。さらなる赤。埋め尽くす赤。

この臭い、味。

ああ、これは……。

目の前の地面に、首と胴体が皮一枚だけで繋がっている男が、ごろんと転がった。

こちらを向く生気のない目を見た瞬間、ゆっくりと思考が戻ってきた。

何をした？　自分は今、何をしている？

視線を少しおろすと、左腕の先でナイフのように鋭く長い爪が血に濡れて光っていた。

何だ、これは？

気がつくと全身が血に濡れていて、恐る恐る触った顔もぬるりとした感触がした。目の前には、首の取れかけた人間の死体。

殺したのだ。自分が、人を。

恐怖のあまり叫んだ。声の限りに叫んだ。でも、それはまるで身の毛のよだつ獣の咆《ほう》哮《こう》のようで、とても人間のものとは思えなかった。

いつの間にか羽交い絞めにされ、頭を地面に押し付けられていた。我を忘れて叫んでいる間に、再び捕まってしまったのだ。

首をさらけ出すような格好を取らされ、なんとか拘束から逃れようと身をよじるが、複数人の男に押さえつけられ振りほどけなかった。

そして、せっかく引き千切ったあれを、今度は鉄のものを、再びはめられた。

首に冷たい感触がし、ずしんと重くなった。

ああ嫌だ、嫌だ、嫌だ！

あそこには戻りたくない、もうあんなことはしたくない！

再び叫んだ。叫び続けた。他にどうすることもできず、ただ獣のような咆哮を上げるしかなかった。

ろくでもない悪夢だ。

暗い牢の中で、揺らめく炎の明かりを見ながら、何度もそんな悪夢に襲われた。

まるで現実のようだ。いいや、血の温かさや生臭さ、感触さえリアルな、悪夢だ。

悪夢。逃れられない悪夢。

目が覚めても、また別の悪夢。

4

終わりのない悪夢は毎日続く。

もう何日目かなんて数えもしなくなってだいぶ経《た》ったある日、凪がいつものように追い立てられるままに作業場へ向かっていると、同じように歩いていた少年が、よろけて列から外れた。そしてそのまま地面に倒れ込むのを、ただぼうっと見ていた。体つきからすると、まだ幼い。十歳になるかならないかくらいだろうか。汚れた長い黒髪が絡まり合い、顔に垂れかかっているから表情はわからなかった。

彼の運命を悲しむことも憐れむこともなく、ただ見ていた。

だって他に何ができる？　助けようとしたら、鞭が自分に飛んでくるだけだ。それに助けたところで、一度倒れた者はどうせ長く持たない。体力のない子どもや老人ならなおのこと。

凪には、どうすることもできない。

そのとき、少年が顔を上げた。乱れた髪の間から覗くその瞳を見た瞬間、凪は息を呑《の》んだ。

紺碧《こんぺき》、というのだろうか。少年の目は、まるであの海の水をすくい取って固めて宝石にしたような、美しい目だった。太陽の光を受けて煌めく様も、まさにあの海そのものだった。

動かぬ死体を海に投げ入れた、あの日の光景が脳裏を過《よぎ》る。

不意に凪は泣きたくなった。もう随分と、そんな気持ちにならなかったのに。

少年は立ち上がろうとしたが、足に力が入らないのかもう一度倒れ込んだ。すぐに鞭を持った男が怒鳴りながら近づいてくる。

駄目だ。鞭で打たれたら、彼はきっともう立ち上がれなくなってしまう。

凪が焦りながらそう思ったとき、遠くで轟音《ごうおん》と悲鳴が鳴り響いた。

すぐに落盤だとわかった。数日おきにそこかしこで起きているからだ。だが今日のはいつもより大きかったのか、音が長く続き、救援を求める声が次々に上がった。それに応えて、周囲にいた見張りの男たちの数人が向かう。少年へ向かっていた男も足早に進行方向を変えた。

だが、すべての見張りがいなくなったわけではない。もしいなくなったとしても、鎖に繋がれたままでは逃げることはできないのだが。

凪は見張りの目が事故の起きた方に向いていることを確かめ、できるだけ鎖の音がしないように足を擦るようにしてそうっと少年の方へ近づいた。

『立って。早く』

小声ながら鋭く声をかける。が、すぐに彼らの話している言語と自分の発した言語が違うことに気づいた。凪にはなぜか彼らの話している内容がなんとなくわかるが、〝言葉〟そのものを理解しているわけではないのだ。

顔を上げた少年の顔には、驚愕と、それからいいようのない恐怖の表情が浮かんでいた。彼は凪を恐れている。ああ、それは当然のことだ。

なんとか彼らの言葉が話せないかと一瞬考えたが、すぐにそんな時間はないと考え直した。代わりに右手を差し出すと、少年は小さく悲鳴を上げ、恐怖に身を強張らせた。

自分がこの子を怯《おび》えさせているのだという事実に一瞬、虚無感が全身にのしかかってきたが、凪はそれを振り払った。相手が怯えていることになど気づいていないふりをして少年の腕を摑むと、一気に引き上げる。起き上がった少年がふらつくと、腕に力を入れて支えた。

『ちゃんと、立って』

凪はそういうと、手を放しても大丈夫か確認しながら、恐る恐る少年の腕から手を離した。

少年は相変わらず怯えてはいたが、それ以上に何が起こっているのかわからないというように呆然《ぼうぜん》と凪を見上げている。

今日、彼が生き延びたとしても明日はわからない。摑んだ腕は切なくなるほど細かった。

自分のやっていることは、何の意味もないことだ。でも、誰かを助けたいなんて人間らしい感情を抱いたのは、久しぶりだった。それはまだ自分が人間であるという証明のようだった。

（……そうだ、わたしは、人間だ）

呆然としたままの少年を残して、凪は自分のいた場所へと戻った。その直後、再び追い立てる男の声と鞭の音が辺りに響き始めた。

いつもの悪夢から、途中で醒《さ》めた。

悲鳴と怒号、足音と金属音がそこら中に響き渡っている。その音が、凪を夢から引き戻したのだ。

ぼんやりと仄暗《ほのぐら》い明かりに照らされた鉄格子の向こうを眺める。声や足音は遠くからきこえてくるようだ。何か普通ではないことが起きているらしいと、気配からわかった。近くの牢の中からも怯えたような戸惑ったような気配が漂ってくる。唸り声を上げる者もいた。

誰かが争っている？　それも、ひとりやふたりの争いではなく、もっと大きな規模のものだ。

やがて、軽い足音が近づいてきた。

その足音の主は手にちゃりちゃりと金属音を奏でる何かを持ち、さらに近づいてきて、止まった。凪の牢の前に。そして、ぼんやりと見つめる先で鉄格子の扉が開けられた。いつもは朝にならなければ開かないのに。もう朝なのだろうか？

まだ頭がしっかりと覚醒していないのか、見えているものがよく理解できない。扉に続いて足首にはめられていた鎖が外され、そして少ししてから、首にはめられていた鉄の輪が、外された。

首が軽くなったのに驚く。そのときになってようやく凪は目の前の人物を正面から見た。あの紺碧の瞳が、凪を見つめ返していた。

少年は凪をしっかりと見つめ、口を開いた。

立て、といわれたのだとわかった。

以前会ったときとは逆で、少年が凪に手を伸ばす。怯えているのか、その手は少し震えていた。

わけがわからないものの凪はその手を取り、引かれるままに立ち上がった。少年はそのまま走り出し、牢を出て行く。背後で逃げ出す凪を責めるかのように、唸り声が上がった。他の牢の者たちだ。だが、戻って彼らの牢の鍵を開けてやろうという気にはなれなかった。

少年は岩を削った粗い作りの階段を、息を切らして駆け上がって行く。上へ行けば行くほど喧騒《けんそう》はひどくなっていき、さらに熱風を感じるようになった。それもそのはず、上階はあちこちで火の手が上がっていた。そして、いつもの光景とは逆で、鞭や棍棒を持った見張りの男たちが、散々自分たちが打ち据えていた労働者たちに取り囲まれていた。抵抗している者もいるが、どちらが劣勢かは明らかだ。そもそも数が違う。

命尽きるまで働かされるはずだった者たちが、反旗を翻したのだ。

労働者たちは別の場所に仕舞われているはずの、数々の掘削に使う道具を武器代わりに持っているから、今夜誰かが急に立ち上がったというわけではないのだろう。武器になる物を事前に隠すなど、入念に準備していたに違いない。誰が主導してどのようにこの計画を練ったかはわからないが、事情を知らない凪のような者も次々に牢から解放され逃げ出しているようだ。

争う者たちと火に囲まれた場所を避けて少年は進んで行く。

戦う者、必死に逃げる者、これまでの恨みといわんばかりに一方的に攻撃を加える者……誰もが自分のことに必死で、自分のこと以外には目もくれない様子だ。これ幸いと、少年と凪は黙々と進み、やがて外まで出た。

外は闇に包まれていた。

そういえば、夜間に外に出るのは初めてだと思い至った。そこかしこに上がる火の手のせいで空の高いところはいっそう暗く、星はおろか月明かりも見えなかった。

血の臭いや物が燃える臭いで息が詰まりそうだった。煙も充満している。そんな中を、ふたりは他の逃げゆく者たちの背を追って作業場から遠ざかっていった。

炎が遠くなるにつれ周囲の闇の深さは増していく。しかし凪の目は、それに比例して暗さに慣れていった。おかげで転ぶことも岩壁にぶつかることもないが、少年の方はしょっちゅうよろけたり、目の前の岩に気づかず突っ込もうとする有様だ。その度に、凪は少年の腕を引いて怪我を防いでやった。

逃亡者たちは追手の存在を確認していなかったが、本能的に、またこれまでの経験上足を止めることなく走っていた。岩壁と岩壁に挟まれた狭い通路を抜けるとその足は方々に散り、気がつくと周辺には凪と少年のふたりだけになっていた。

ふと見上げると、空には無数の星が瞬いていた。輝く星空の下、必死で駆けていく。しかし、それも途中までだった。凪も少年も、ろくに食べていない上に毎日過酷な労働を強いられていたせいで、やがて疲労で足がもつれるようになってしまったのだ。いや、たとえ体力が万全でも、夜通し足場の悪い場所を明かりもなしに駆け通すというのは無理な話だ。

足の動きは遅くなり、荒い息を吐きながらどちらからともなく止まった。少年の方はすぐに地面に膝をついて座り込む。

凪は息を整えながら汗を拭い、後ろを振り返った。闇の向こうは静まり返り、追手の気配はない。そもそもあの男たちに逃亡者を追いかけ連れ戻すような余力があるだろうか。もしかすると、みんな殺されてしまったかもしれない。

逃げきれたのだろうか。助かったのだろうか。

そんな期待が心の奥底で頭をもたげた途端、これまでの疲労がどっと津波のように押し寄せてきた。

傍らの少年は、近くにあった大きな岩にもたれかかったままやけに静かだ。ぎょっとして近寄ると、幸い呼吸はあった。というより、彼は実に穏やかな寝息を立てていた。これは豪胆だと見るべきなのか。いいや、限界だったということなのだろう。凪自身もそうなのだ。

凪は倒れ込むように少年の隣に腰を下ろした。その途端、大地の奥底に吸い込まれたかのように、すとんと意識がなくなった。


辺りは霧に包まれ、ほんの数メートル先も見通すことができなかった。耳が痛いほどの静寂で、小動物の一匹も生きていないのではないかと思うほど、現実感がない。

鳥が飛んでいる、と気づいた。

遥か空の上を一羽の白い鳥が滑るように飛んでいる。その鳥は静かに、羽音もさせずに霧の中を降り立った。

霧に閉ざされているのに、なぜかその鳥の周りだけは霧が晴れていて、その姿を見ることができた。

鳥の種類には詳しくないから名前はわからないが、田んぼや畑でよく見るような白くて細長い体を持っている鳥だ。記憶の中の姿と違うのは、嘴《くちばし》と足先まで真っ白なことくらいだろうか。長い首を折って小さな頭をこちらに向ける仕草は、まあ優雅といえなくもない。

鳥はじっとこちらを見ていた。

疲れて動く気にもなれないし、害意もないようだから、こちらもただ見返した。

しばらくの間そうしていたが、不意に鳥が小枝のように細い足で草地を荒々しく踏み、羽を大きく膨らませた。威嚇でもしようというのだろうか。

いや、これは警告だ、と唐突に思い至った。

危険が迫っているのだ。

逃げなければ。

そう思った瞬間、白い鳥は霧に溶けるように消えた。それと同時に、体に重い衝撃と耳障りなだみ声がきこえた。

「しっかり押さえとけ！　おい、縄を早く」

「縄なんかで大丈夫かよ」

地面に体を押さえつけられた凪の頭上で、複数の男たちの声が飛び交う。

捕まったのだ。

ざあ、と一気に血の気が引いた。

せっかく逃げられたと思ったのに。もうあんな場所には戻らなくてもいいと思ったのに。自由を得たと思ったのに。

くぐもった悲鳴がきこえた。なんとか悲鳴のした方に首を動かし、薄目で見遣ると、立ち込める霧の向こうで、紺碧の瞳の少年が口に布をかまされ男のひとりに羽交い絞めにされていた。霧は濃いが、数メートル先なら微かに見える。

「呪具《じゅぐ》なんかないんだぞ。まじりものは殺しちまった方が安全だ」

「馬鹿いうな。どんだけ高値で売れると思ってんだ。そんな貧相な小僧ひとりよりよほど金になる。大丈夫だ、呑気《のんき》に寝てやがる」

その言葉に同意するかのように、凪にのしかかる重みが増した。もうひとりやって来て、より強固に押さえつけられたのだ。そして、後ろ手に回された手首に荒い縄の感触がした。

この男たちはあの作業場の者たちとは違うようだ。あいつらなら、有無をいわさず鉄の輪をはめて連れ戻す。これまでそうだったように。売り買いの話をしているから、きっとまた別口なのだ。

少年は身をよじり、足をばたつかせて必死に抵抗しているが、男たちの扱いは容赦なかった。腹部を殴られ、呻き声を上げた少年はぐったりと首をうなだれた。

その様子を目にした瞬間、頭の芯が痺れるような感覚がした。

早く巻け、と急かす男の声がし、手首に縄が巻かれていく。

こいつらもまた、自由を奪うのだ。意思を奪うのだ。

殺してやりたい、と思った。

当然の如《ごと》く凪を奴隷のように扱う者たち。やつらに対する怒りが、憎しみが噴火するように溢れ出て、心を燃え滾《たぎ》る溶岩で満たしていく。

縄を巻いたことで安心したのか、体にかかる圧力が少し減った。その瞬間、凪は渾身《こんしん》の力を込めて横に転がった。上に乗っている男ごと。男は無様な悲鳴を上げて跳ね飛ばされ、傍にあった岩にぶつかった。

周囲の男たちが一気に殺気立つ。次々に、腰に差していた片刃の大きなナイフのようなものを抜き放った。

やはりあの男たちとは違う。自分たちの手には負えないとわかって、すぐに殺してしまおうと判断したようだ。

殺されてたまるか。どうしてこんなやつらに殺されなければならないんだ。殺すのはこちらの方だ。

怒りに毛が逆立つのを感じた。目の前のこいつらを絶対に許してなるものか、生かしておくものかと思うにつれ、感覚が研ぎ澄まされていく。

体が軽い。風に溶けていく。爪が鋭さを増す。

ちりちりとした感覚。こちらを向いている目。左、奥、さらに奥、手前。
風が匂う。動く。それらがすべて、教えてくれる。
迫る刃。
左腕を振る。縄がちぎれる。刃が折れる。そうなるとわかっている。
この爪は強い。ヒトのちゃちな刃より。
風が一斉に動いた。押し寄せる。
なんと弱々しい咆哮か。
ああ、狩られる者たちだ。こいつらは。
柔らかい。脆い。木の実と変わらない。
左腕が温かく濡れていく。馴染みのある匂いに喉から声が漏れる。
遅い。でかい。小さくて素早いネズミの方がよほど手ごわい。
どん、と何かがぶつかる。一瞬だけ、呼吸が止まる。
だが、体は止まらない。声が出る。笑い声。
そんなもので、狩れると思うのか。
弱い、弱い。……ああ、脆い。
赤い飛沫《しぶき》が視界を埋め尽くす。裂かれた肉片と共に。
左腕で握り潰し、足を振り上げる。世界は赤だらけ。
よわいいきものの泣き声が、耳にひびく。

うるさいけれど、心地いい。

つぎは、どれだ。

……だれも、いない。

にげた……にげた、にげた、にげたにげた！　えもの！

ころす！　ころしつくす!!

ぐちゃ、と足が何かを踏んだ。

とても懐かしく馴染み深い……それと同時に、不快な感触だった。

視線を落とし、自分の周囲に広がる世界を見て、凪は呆然と息を呑んだ。

緑の草地はいつの間にか血の海と化しており、息の詰まるような生臭さが辺りに立ち込めていた。

（殺さなければ、殺し尽くさなければ……）

自分の中で、何かがそう叫んでいる。わけがわからない。

腕も足も血に染まっていた。

凪は、男の心臓を貫いた自分の左腕を持ち上げ、見た。

黒々とした毛に覆われた腕と、同じく毛に覆われた太い五指。そしてその先にはナイフのように研ぎ澄まされた五本の爪。血に濡れたそれらは、霧の間から微《かす》かに射《さ》す太陽の光を受けて小さく光っていた。

だから見てはいけなかったのに。

呆然とするのと同時に、頭のどこかで冷静な自分がそういった。

先ほどまではむしろ心地よいと思っていた血の臭いが、急に何よりも汚らわしいもののように感じられ、吐き気を覚えて凪はうずくまった。鱗《うろこ》のような赤茶色の肌をした足の先が、目の前にあった。足先といっても、人間のものではない。トカゲ？　ワニ？　何かそんな、爬虫類《はちゆう》のような……いいや、大きな鉤爪《かぎづめ》をもつそれは、まるで小さな恐竜のようだ。

なんだ、これは。

いいや、知っていた。

突然、閃光《せんこう》のように記憶が蘇ってきた。

瓦礫の中から助け出された後、正体のわからぬ者たちに襲われて気を失い、再び目覚めたときは、あの岩牢の中だった。そこで、凪は見たのだ。

両手を持ち上げ掌《てのひら》を見つめる。右手は前と変わらぬ、少し指の短い不格好な、しかし間違いなく人間の手をしている。腕の大部分が黒い毛に覆われた左手の掌と指先には、黒く弾力のある球体がついている。まるで肉球のようだ。そして指先についた爪は右手の倍以上長い。

『あ、あ』

凪の足のサイズは元々普通の、女性もののMサイズだった。今はそれより一回り以上は大きい。長さも幅も。いや、サイズなんて、こんな恐竜のような足に意味があるのだろうか。

『あああ』

意味がわからなかった。いつの間にかやけに出来のよい仮装をさせられたとでも思うほかなかった。しかし、左腕も両足も、自分の意のままに動いた。間違いなくおまえの一部なのだ、と思い知らせるかのように、右手と同様、思うがまま細部まで動かせた。

あの岩牢で目覚めたとき、気が狂いそうだと思った。今も。

あのときは、コレが自分であるという事実を全力で拒否して、泣き叫んで、暴れて、左腕も両足も引き千切ろうとして、そうしてあの男たちに羽交い絞めにされて、より強い拘束具、鎖に繋がれたのだ。首輪をはめられてからは、もうよくものを考えられなくなって……。

逃げ出したかった。自由になりたかった。人間らしい生活に戻りたかった。

だから必死で逃げ出して、でも追手に捕まって、それでも何とか逃げようと抵抗して……。

殺した。

追手の腕を、この獣のような左腕で引き千切って、首を切り裂いて。

殺した。人を殺した。夢ではなかった。あれは現実だ。自分は人を殺したのだ。

何度か逃げて、追手を殺して、それでも連れ戻された。全部、悪い夢かのように今の今まで思っていた。そう思いたかったのだ。肉を切り裂く感触も、血の生温かさも、人の肉のぬらぬらとした赤さも、忘れてしまいたかった。

人を殺したことなどないと、思い込もうとしていた。でも、殺したのだ。

『ああ、あああああ』

そして今もまた、殺した。

殺さねばならぬと、殺したいと思ったのだ。それが当然のことだと思った。身の内にどうしようもない衝動が湧き上がって、止めることができなかった。

『あああああああああっ！』

棒きれのように細く硬くなった死体の足を握った感触が蘇る。同じく自由を奪われた憐れな者たちを、あの美しい海に放り投げたことを思い出す。その恐ろしさ、おぞましさが今、現実感を伴って襲ってきた。夢の中で……夢だと思っていた現実の中で、人を殺した感触と今しがたの感触が重なり合う。

凪は咆哮した。

これは人間の声なのだろうか。自分は人間なのだろうか。

（助けて、助けて！　お母さん、お父さん！）

声にならない叫びが心の内で嵐のように荒れ狂う。

（誰か助けて、わたしをここから連れ出して！　元に戻して！）

そして、すべてなかったことに、本当に夢であったと思わせてほしい。

うずくまり、いっそ自分で自分を絞め殺してしまえたらと願いながら、強く体を抱きしめる。いいや、この爪で、あの男たちにしたように、自ら喉を切り裂いた方が、よっぽど人間らしいのではないだろうか――！

だが、凪は死ななかった。死ねなかった。どうしても腕が動かなかった。うずくまったまま力の限り叫び続け、やがて声は掠れ始めた。溢れる涙は顔から血を綺麗に洗い流してはくれない。なかったことにはしてくれない。生臭い臭いがどうにも不快で、この身が何よりも不浄に思えて、何度も吐いた。

もう胃液すら吐き尽くし、声も涙も出なくなったころ、ふと気配を感じてのろのろと顔を上げた。傍に、怯えて顔を引きつらせた少年が立っていた。

「な、なあ」

明らかに恐怖に震えているくせに近寄ろうとする少年を、凪は反射的に腕を振って追い払おうとした。しかし、咄嗟《とっさ》に振った左手の爪が、わずかに少年の肩を切り裂いてしまい、そのまま硬直する。少年もまた、驚いたように立ち尽くした。それでもなお、再び足を踏み出す少年に、凪は両腕を自分で拘束するように抱き、再びうずくまった。

『近寄らないで！』

この化け物のような体は、凪の意思とは関係なく誰でも傷つけてしまうのかもしれない。ただ人を傷つける化け物になってしまったのだ、きっと。

少年は逃げ去るだろうと思った。先ほど逃げた男たちのように。しかし、凪がうずくまったまま動かずにいると、なぜか少年もその場に立ち尽くしていた。ちらりと少年の方を見ると、切り裂かれた肩からの出血はそう多くないことがわかった。肩口に小さな赤いしみができている程度だ。いや、傷の大小は関係ない。そもそも傷を負わせたことが罪だ。

ごめん、と小さく呟《つぶや》いてから、少年やあの男たちが話す言語と、自分の口から発せられる言語が違うことを思い出した。

何とか少年に対して敵意がないこと、害する気がなかったことをわかってもらいたい。傷つけてしまったことを謝りたい。謝って許される話ではないけれど。

凪は音を探るように何度か声を出し、咳払いして、やっとたどたどしく言葉を発した。

「……わ、る、かった」

凪の言葉に、少年がはっと顔を上げて真《ま》っ直《す》ぐに見つめてきた。

「き、ずつけ、るつもりは、なかった」

発音するのになんとなく違和感がある。自分の知っている言語ではない、発し慣れた音ではないと、喉が訴えてくるような感覚だ。だが、一度声に出してみると、話すことができるという確信のようなものが芽生えた。こくりとうなずく少年の様子を見る限り、意味もちゃんと通じているようだ。

それにしても、なぜきいたことのない言語を理解し、話すことまでできるのか。改めて不思議に思った。不思議を通り越して気味が悪いくらいだ。

自由を奪われ働かされていたときも、使役する男たちの言葉はわかったし、今もそうだ。むしろあそこを逃げ出してからの方が、はっきりと言葉の意味を理解できる気がする。凪がかろうじてきいて理解できる外国語は、学校で習う英語だけだ。テレビや映画なんかできいたことのあるのはフランス語、ドイツ語、中国語、韓国語あたり……しかし、そのどれにも該当しない言語に思える。

一体ここはどこなのか。……自分の身に何が起きているか、そのことを最も考えるべきだが、それについては触れるのが恐ろしくもある。

「おまえは言葉が理解できるんだな」

声変わりの途中なのか、低音と高音の入り混じった不思議な響きの声で少年はいった。波の音のようだと凪は思った。

少年の言葉は質問というよりは念を押すという感じだ。確かに理解できる。少し意味を考えなくてはならないこともあるが、大方はわかるのだ。凪がうなずくと、少年は感心したように、そして安心したように息を吐いた。

「まじりものが人の言葉を理解できるなんて、まさかと思った。正気を失っていないまじりものがいるなんて、本当は……信じられないとも思っていたんだ」

まじりもの。

少年は今そういった。凪の知らない単語だ。理解できる文脈の中で、唯一理解できない。そういえば、先ほど襲ってきた男たちの誰かもそんなことをいっていたか。

だが、凪には以前にもその言葉をきいた記憶があった。少し考えてから、あっと思い至る。

瓦礫から助け出された後、太陽の眩しさに目を開けられないでいる凪に、誰かがそういった。その直後に襲われて気を失ったのだ。

「でも、おまえはあのとき、確かに私を助けてくれたし……信じて、間違いなかった」

少年は凪に話しかけているというより、独り言をいって自分で納得しているようだ。

「まじりものって、なに？」

そう尋ねると、少年はきょとんとして目を瞬《しばたた》かせ、首を傾《かし》げた。

「何って、おまえのような者……」

凪のような者。まじりもの。混じり者。雑《ま》じり者？

「わたしの、ようなって、この、ばけもの、みたいなって、こと？」

「化け物というか、獣魔《じゅうま》とまじった人間だから……おまえは正気を保っているわけではないのか？　いや、まじりものになるとそんなことも忘れてしまうのか？」

獣魔。また知らない言葉が出てきた。

「ここは、どこ」

「サライの東の果ての水晶鉱山……から西に逃げたはずだから、捨て地からは少し離れたと思うが」

また知らない地名、単語。頭が痛くなりそうだ。

「まじりもの、なんて、知らない、獣魔なんて、知らない、サライも、水晶なんとかも、捨て地も、わたしは何も知らない！　ここ、は、どこで、わたしに何、が、起きた!?」

混乱する頭でつかえながらも少年に通じる言葉で必死に叫ぶと、涙が溢れてきた。言葉にすると、自分の置かれている状況の不条理さが浮き彫りになる。

少年は凪に敵意も害意も持っていない。むしろ、助けてくれた。あの混乱の中、ひとりで逃げることもできたはずなのに、わざわざ一番地下にある牢の凪を助けに来てくれた。そもそも、こんな幼い子どもに当たり散らすなんて、情けない。

しかし、少年は責めるような口調の凪に怒った様子も、怯えた様子も見せなかった。ただ、ぽかんと口を開けていた。その顔に現れているのは、驚愕だ。

「知らない？　忘れたのでも、正気を失ったのでもなくて？　おまえはサライの者ではない？」

「それが地名、なら、知らない。わたしはハイキングの途中で、湖に……けど、気がついたら……」

気がついたら、瓦礫の下にいた。あれはどこだったのだろう。あそこからまた別の場所に連れて行かれたのだ。

「……気がついたらまったく知らない別の場所にいた、と？」

少年は少し考え込み、やがて何かに思い当たった様子で、さらに驚きに目を見開いた。発する声も掠れている。

「では、では……もしやおまえは、渡来者《とらいもの》なのか」

知らない言葉の連続攻撃でうんざりしてくる。子どもに当たるものではないと、頭ではわかっているのだが。

「それ、何」

「ここととは違うところからやって来る者。サライでもルシでもロシエンでもなく、そもそも星の海にある如何《いか》なる島からでもなく、まったく異なる異境から来る者。そういう者がいると、きいたことがある。滅多に起こることではないと思っていたが。ではおまえは、異境から渡ってきて、そしてまじりものになった、というわけか？」

わからない言葉だらけだが、そこはひとまず無視することにして、少年の説明の本筋だけでも摑もうと凪は頭を働かせた。

少年の言葉を素直に解釈すると、凪は元いた世界とは別の世界に紛れ込んでしまったということになるのではないのか。

子どものころから親しみ、憧れもした、主人公が別世界へ紛れ込んでしまう物語を思い出す。

幼い姉弟たちがくぐったクローゼットの向こう側、太っちょで臆病な少年が飛び込んだ赤い布張りの本の中……そういうところに、凪がいる？　とても信じられなかったが、それが一番納得できる話のようにも思える。少なくとも、少年の側……こちらの世界には、凪のように別の世界から来る存在、渡来者とやらがいると知られているのならば。

（わたしは今、別世界にいる）

驚愕と共にその事実が胸にすとんと落ちてくる。凪は少年を見つめながら、ゆっくりと肯定の意味を示すためにうなずいた。どうせ物語のようなことが我が身に降りかかるなら、もっとましな状況であってほしかったと思いながら。お姫様や救世主のような扱いをしてくれというわけじゃない。せめて、化け物ではない役割にしてほしかった。

　それとも、いつだったか本当は人間ではないといってほしいなんて願ったから、罰があたったのだろうか。

「異境から渡ってきて、まじりものになった。これ、どういう、こと？　元には？　元の世界？」

　矢継ぎ早にきくと、少年は居心地悪そうに視線をさ迷わせた。

「それは……私には、わからない。その、渡来者のことは、よく知らないし……」

　申し訳なさそうな態度に、凪は恥じた。なんだかこの少年は年齢の割にひどく大人びた話し方をするので、つい大人に助けを求めるような気持ちになっていた。

「まじりものや異境のことなら、見師《けんし》が詳しく知っていると思うが」

「けんし？」

「天掟呪法《てんじようじゆほう》に通じる者たちだ。まじりものを生み出すこともできるし、まじりものを従える呪具もその者たちが作る」

「じゅぐ？」

「おまえの首にはめてあった鉄の輪だ。鉄でなくてもいいが。あれをつけられたものは、己の意思を奪われ他者の意のままに操られるようになる」

　そういわれて、凪ははっと自分の首に手を当てた。少年が外してくれた鉄の輪、あれは体の自由を奪うただの拘束具ではなく、心の自由さえ奪うものだったのか。

　道理で、あれをつけられてから思考が麻痺したようになったわけだ、と納得する。夢と現実の区別がつかなくなり、自分の心が遠く彼方にあるような気がしていた。

　改めて、吐き気を覚えた。そんなものをつけられていたなんて。自分が自分でなくなっていたなんて。……いや、自分が自分でないのは今もか。人間ではない化け物だ。

「まじりものは危険なんだ。獣魔と同じくらい強く、それでいて獣魔や獣のように自然の掟の中で生きるのではなく、ただ殺戮《さつりく》を求める。だから、まじりものがいたら退治しようとするのが普通だ」

　退治。人間の生活に害為《な》す悪、というわけだ。悲しいのか腹が立つのか自分でもわからないが、喉の奥から乾いた笑いが漏れた。

「でも、あいつら……」

　凪や少年を捕らえていた者たち、それから先ほど襲ってきた……今はそこで死体となって転がっている者たちは、そうではなかった。

「呪具があれば、操れるからだ。制御できればまじりものは一体で何人分もの働きができるし、兵士としても強い。裏切ることもない。とはいえ、呪具を作れる見師はそんなに多くないはずだし、そもそもあれほど多くのまじりものを集めることは、簡単にできるはずないと思うのだが……」

少年は不可解そうな面持ちで、最後の方は呟くようにいった。

凪の入れられていた牢の周辺は、同じまじりものが五、六体は入れられていた。彼らはみんな、凪と同じように、体の一部や大部分が獣のようなものに変わっていた。そして、その目に生気が宿ることはほとんどなく、まるでホラー映画に出てくるゾンビのように虚ろだった。命じられたことをただ黙々とこなすだけの、操り人形だ。時折何か声を発しても、それはとても言葉といえるものではなく、獣の唸り声のようなものだった。人の理性など一切感じなかった。

先ほどの凪の叫び声も、まるで獣のようだった。

そんな考えが過って、ぞっとした。

少年は凪のことを、正気を失っていないまじりものだといい表した。それはつまり、普通は正気を失うということなのだろう。

「わたし、と、同じ……まじりもの、は、いない？」

「正気を保っているものは、ということか？　うん、きいたことがない。だから、最初は私も信じられなかった。でも、こうやって話が通じるし……まあ、ちょっと無知すぎるとは思うが、それも渡来者ならしょうがないのかもしれないし。おまえは普通のまじりものとは違うのだろう」

少年は確信を持っているようにいいきった。しかし、そう断言されても凪の心はちっとも晴れない。

少年のいう普通の……あの牢の中で唸り声を上げていた普通のまじりものたちと、本当に違うのだろうか。少し変化が遅いだけで、凪もいずれああなるのではないだろうか。現に、襲ってきた者を、敵と見做《みな》した者を、自身の命を脅かす者として、追い払わねば、とだけではなく、殺したいと思ったのだ。逃げ去る者たちを追いかけて、殺し尽くしたい、血を浴びたい、肉を切り裂きたいと、ただそう望んだのだ。

いずれ凪も正気を失い、ただ殺戮を好む真の化け物となるのではないか。

嫌だ。

それだけは、嫌だ。そんなことになるなら、死んだ方がましだ。

だが、死ぬのも怖いのだ。

「ところで」

こほんと大人のように、少年は咳払いをした。

霧が少しずつ晴れ、太陽が少年の姿を照らし出す。一番に凪の目に飛び込んできたのは、やはりあの瞳だった。遥か眼下に見た美しい海の色、煌めく紺碧の瞳。この瞳を見た瞬間、呪具を付けられ意思を奪われていたときでさえ、凪はその支配から脱し、この子どもを助けなければという意志を、人間らしい心を取り戻した。

「私は都へ行かねばならないのだ」

「都？」

「ああ。王の住むサライの都だ」

王がいる、ということは、ここは王政なのか。まじりものとか獣魔とか見師とか、凪にはこの世界の知識が足りなすぎる。

ふと思いついて、凪は自分を指さしながらきいた。

「見師、は、どこ？　見師、は、元に戻す？　戻せる？」

これまでの少年の話からすると、見師というのは、物語に出てくる魔法使いや呪術師のような力を持った者なのではないか。そして、呪具という特別な道具を作ることのできる見師がそういない、ということは、その職は特殊で価値のあるものであるはずだ。とすれば、権力者の周囲に自然と集まるのではないか？

「まじりものを元の姿に戻せるかは、わからない。異境に戻る方法があるのかも。ただ少なくとも、私や他の市井の者たちより、そういうことに関する知識があるのは確かだ。都の見師なら優れた者たちだから、なおのこと」

少年は最初の方はいい淀《よど》んでいたが、都の見師の能力については断言した。

見師に凪を助けることができるかどうかはわからない。だが現状、最もその可能性を持っているのは、唯一の希望は、見師なのだ。そしてその希望は都にある。

「わたし、行く。その、サライ、都に」

そういうと、少年は虚をつかれたように一瞬言葉に詰まり、「う、うん」と答えた。

やはりまじりものなんかと行動を共にするのは嫌なのだろうなと思っていると、少年は意外にも、ほっとしたような笑顔を見せた。すぐにわざとしかつめらしい顔を作ったが。

「いや、まあ、元より、私と共に来い、というところであったのだが」

一瞬だけ見せた笑顔は年齢相応に見えたのに、喋り方はなんだか大人びているというか、尊大だ。改めて、不思議な少年だなと思う。

だが、この少年もまた、凪の希望であるのだ。ひとりでは明日にでも心まで化け物に成り果ててしまう気がしていた。この少年だけが、凪の正気を、人の心を繋ぎとめる。きっと。

「私はサージェだ」

少年の言葉が一瞬なんだかよくわからなかった凪だが、すぐに名前だと思い至った。もう長いこと、誰の名前も呼んでいなかった。誰にも名前を呼ばれていなかった。

「サージェ」

口にしてみると、耳慣れない音を美しいと思った。この少年にぴったりだと。

「ああ」

「わたし、は……ナギ」

逆に耳慣れたはずの自分の名前が、以前とは違うようにきこえて不思議だった。

サージェは首を傾げたが、ややあってうなずいた。

「そうか……まじりものにも名があるのか」

新しい発見をした、というような少年の口調にナギは思わず苦笑した。

名は正気の証、人の証なのかもしれない。

「では行こう、ナギ」

名を呼ばれて、ナギは血だまりの中にすっくと立ち上がった。

5

霧が晴れた。

そこでようやく、ナギは自分の立つ世界の姿を目の当たりにした。

どこまでも……どこまでもどこまでも、青々とした草原が広がっていた。下っていく丘の向こう、上っていく向こう側の丘のその先まで、濃淡様々な緑色のじゅうたんを敷いているかのようにひたすらに、草地が広がっている。時折ぽつぽつと雑じる茶色は、おそらく岩場だ。そして草原の彼方には、朝靄《あさもや》に滲む山の稜線《りょうせん》が見えた。三方それぞれ、至るまでの距離や標高は違うようだが、どこも山だ。その山々も、視認できる限りはやはり緑で覆われていた。電柱や電波塔はおろか、家やその他いかなる人工の建物もない。人の手の入っていない自然そのものだ。

サージェに早くここを離れようといわれて死体を置き去りに進んだが、風にはまだ生臭さが残っている。いや、風は進行方向から吹いているから、この臭いはナギの体から放たれるものなのだろう。その不快さを頭の隅に追いやれば、風は心地よかった。

驚くほど澄んでいる。どこかきりっとした硬質な匂いと、絹のような優しい感触があった。風にこれほど感触があるなんて、考えたこともなかった。ナギのいた世界でもちゃんと感じようと思えば、同じように感じることができたのだろうか？

（いや）

ここは何かが違う。風の匂い、感触、明らかに元いた世界とは違う。

何が違うのか、と全身で風を受けながら考えて、思い至った。ここの風は生きている。まるでそれがひとつの生き物であるかのように、温度や意思を感じ取ることができそうなほど、生き物めいた気配がある。息吹だ。世界の息吹。

耳をすませば囁きがきこえる。まるで歌声のような、風の囁きが。

（……なんてね）

自分の突拍子もない思いつきにナギは苦笑しつつ空を見上げ、そのまま固まった。

その青さに、壮大さに、圧倒されたのだ。

これほど深い空を見たことがなかった。

吸い込まれそうなほど美しい青空、などという表現があるが、ここの空は違う。吸い込まれるなんて生易しいものじゃない。呑み込まれる、あるいは圧《お》し潰される。そう感じた。

太陽は、もちろんあった。ナギのいた世界と同じく眩しく輝いている。しかし、青い空が太陽以上の存在感を持っていた。陽光の眩さを忘れるほどに。空は同じくらいの存在感があった。空に太陽があるというより、空と太陽がある、と表現したくなるような。

天が見ている。

天が支配している。

意味もわからず、ただそう思った。

この空の下にいるすべてのものは、なんてちっぽけなのだ。人もまじりものも、おそらく獣魔とかいうものも、関係ない。

この空は美しい。が、同時に恐ろしくもある。その恐怖は暴虐や残忍さへの恐怖ではなかった。己とは次元の違う何か、尊い何かを畏れ敬う気持ち。今までにも輝く朝日や夕日、壮大な山や海など美しい風景を見たときに感じたことはあるが、そのときよりももっと心を覆い尽くし、あるいは覆すような絶対的な力を感じた。

鳥の群れが上空を飛び去って行くのが見えた。この空をその身ひとつで渡っていく彼らにもまた、深い畏敬の念を抱いた。

「蹄《ひづめ》の跡だ。あの連中の残党が馬で逃げたか」

傍にいたサージェの呟き声に、ナギは視線を空から地面へとおろした。地面を見ていたかと思えば、サージェは辺りをきょろきょろと見回した。馬を探しているのだろう。

「一頭でも残っていれば助かったのだが……あ、何かあるぞ」

と、急に駆けだした。彼の向かう先には何かが点々と散らばっている。ナギもサージェの後をゆっくりと追う。

荷物らしきものを拾い集めながら、サージェが歓声を上げた。

「幸先がいいぞ、ナギ！　あいつら、戦利品の一部を捨てていったらしい。おそらく、乗り手のいない馬を操るのに邪魔だったんだろう」

ナギも手伝おうかと思ったが、伸ばした手はべっとりと血に濡れていて、この手で何かを触ることに躊躇《ためら》いがあった。

お風呂に入りたいな、と急に思った。

こちらの世界に来てから一度も入っていないし、そんなこと今までは考えもしなかった。食事さえ、食べ物と思えない腐ったものを出されるままに食べていた。まるで人ではなかった、あの生活は。

「ほら、これで拭え」

手を見下ろして立ち尽くしていると、サージェが布を差し出してきた。それは細長い布ではあるが、タオルではない。もっと長い。反物だろうか。鮮やかな青に染められた布だ。血で汚すのは忍びない。そんなナギの躊躇いを感じ取ったのか、サージェは押し付けるようにナギの赤い手に布を持たせた。

「ひとまず、お互いに格好をどうにかしなくては。都に入ることはおろか、人に道をきくこともできない」

サージェはぼろぼろになった野良着のようなものを着ている。サイズも合っていない。確かにサージェのいうことはもっともだ。ナギは罪悪感に駆られながらも、その美しい布で自分の手、顔、そして全身を拭った。血はまだあまり乾いておらず、大半はふき取ることができた。だが、左腕の毛の部分についた血はなかなか取れず、おぞましさも手伝って、いっそすべてむしり取りたくなった。

風呂は無理でも、せめて水で洗い流したい。しかし見渡す限り草地しか目に入らず、ため息をついて諦めるしかなかった。そこへ、サージェが別の布を持ってきた。

「仕立てた物もあったぞ。これで一応格好はつくだろう」

渡された深い青みがかった緑の布を広げてみると、服だとわかった。あの男たちが着ていたものと同じ形だ。おそらく着物のように前を合わせて着るのだろう。着物と違って立ち上がった襟があり、着物に比べ上に来る左身頃の上部が詰まっている。よく見ると布に文様が織り込まれているのがわかった。わりと厚めで、感触はごわごわしている。

まず改めて自分の着ているものを見下ろしたナギは、あっと息を呑んだ。破れ、裂け、血と泥に汚れてぼろぼろになってはいるが、それは学校指定のジャージだった。胸元には刺繍《ししゅう》された名前がわずかに残っていた。

笑いが込み上げた。自分でも何の笑いなのか、最初はよくわからなかった。

こんな化け物の姿になって、奴隷のような扱いを受けて、人まで殺して、絶望の淵《ふち》からようやくわずかに希望を見出《みいだ》し顔を上げた、その瞬間に、平和で命の危険のない呑気な生活を送っていたころの自分に無邪気に問われた気がした。何やってるの、と。

（生きてるんだよ）

必死に、生き延びたんだ。ここまで。

白い刺繍の文字が、自分の苗字《みようじ》が、赤の他人の名前のように思えた。

「着方がわからないのか？」

服を抱いたまま固まっているナギを見て勘違いしたらしく、サージェはほら、といって、ひとつひとつ説明しながら自分がまず着て見せた。

ナギはため息まじりに一瞬だけ笑い、サージェに倣って着始めた。年端のいかない少年とはいえ、さすがに他人の前で真っ裸になるのは嫌なので、一通り着方を習ってからサージェには後ろを向いてもらった。

まず、ズボンのようなものを穿く。足の爪で破らないように気をつけながら足を通し、腰の部分は細長い帯のようなもので縛って留める。そして、やはりあの上衣《うわぎ》はナギが予想した通り、着物に似た着方をするらしい。しかし着物と違って袖は筒状になっており、これは洋服の形状に近い。普通の洋服よりかなりゆったりした作りのようだが、それが今の凪にはありがたかった。これなら左腕を袖の中に殆《ほとん》ど隠してしまえる。上衣の裾の左右に深い切れ目が入っているのもいい。これのおかげで足の可動範囲がかなり広がる。

左胸、右腰と紐《ひも》で結んで固定し、最後に右胸と肩についた紐を結べばいいのだが、これが難しかった。そもそもこの左手の爪では、紐を結ぶという作業が困難なのだ。どうしても綺麗に結べない。しまいには、多少不格好でも構うまい、脱げなければいいのだと開き直って、ナギは強引に結んだ。

本当はこれに革のブーツを履くらしいのだが、何度か試して早々に諦めた。ブーツを履いて普通に歩こうとすると、どうしても足の鋭い鉤爪が、丈夫な革を引き裂いてしまいそうなのだ。そもそも、靴など履かない方が歩きやすい。

この恐竜のような足で、どこまでも駆けていける気がした。この爪で大地を捕らえて、蹴って、きっと風のように走れる。そんな確信があった。

すべて身に着けてみて、ナギは気がついた。

目線の高さが違う。地面までの距離に違和感がある。

身長が高くなっているのだ。

元々は百六十センチに届かない小柄な方だったが、今は以前よりおそらく十センチ以上は高くなっている。

まじりものになったからだ。

かつては、満員電車で周囲から押し潰されそうになる度に、もう少し背が高ければと願ったものだったが。こんな形でその願いが叶《かな》うとは、神様がいるのなら、何とも皮肉な性格らしい。

ナギは脱いだジャージを見下ろした。

ぼろぼろの汚い布切れ。それでも、元の世界と繋がる唯一のもの。

ナギはジャージの残骸を拾い上げると、小さくまとめた。それから、先ほど血を拭った反物を手に取る。汚れている部分を切り捨てて、残りの布で包もうと思ったのだ。

鋏《はさみ》になるようなものはないかと辺りを見回し、自分の左手に視線が止まった。爪をナイフのように布地に突き刺し裂こうとしたが、なかなかうまくいかない。大の大人の体を簡単に貫いたはずの爪に、今はあのときのような鋭さはないようだ。不思議に思いながらも苦心して布を切り取り、ジャージを包んで脇に抱えた。

サージェの方を見ると、彼もまた泥と垢《あか》にまみれていた顔を拭い、ぐちゃぐちゃに乱れきっていた長い黒髪を手櫛《てぐし》で丁寧に整え、紐で結い上げているところだった。彼の着ている服はナギと同じ形だが、鮮やかな青色で金色の縁取りや細かな刺繡が前面に施されていた。

身だしなみを整えたサージェを見て、ナギは少年だという自分の判断に初めて疑問を抱いた。あの場にはナギを除いて女性がひとりもいなかったから、当然彼も男だと思い込んでいた。しかし、その人形のように整った顔立ちは中性的で、少女だといわれても納得できる。意志の強さが現れた大きな紺碧の瞳も、凜《りん》とした少女といわれても違和感はない。そもそも、幼い子どもの性別は外見では判別しにくいものだ。

じっと見られていることに気づいたらしく、サージェがナギの方に問いただすような視線を向ける。

「サージェ、は、男の子？」

素直にそうきくと、サージェは微かに眉間に皺《しわ》を寄せて「そうだが？」と答えた。その声にはわずかに苛立《いらだ》ちが滲んでいるような気がした。

「いくつ？　歳《とし》」

「十二だ」

十二。その答えにナギは少し驚いた。十二といえば日本なら小学六年生か、中学一年生に当たる。それほど大きいとは、思っていなかった。サージェの体は細く、骨と皮という表現がぴったりだった。身長もまじりものになる前のナギより随分低い。百四十センチもないだろう。てっきり十歳か、それ以下だと思っていたのだが。

「それがどうした？」

どうした、というわけではない。成長の早い遅いは人それぞれだ。どれくらい成長するかも。見上げてくる強い視線に、ナギはなんでもないというふうに首を振って応えた。

サージェは落ちていた荷物を拾い集め、袋状になった織物の中に詰めていった。反物の他にも革製の水筒のようなものや革袋がいくつか。時に小さく歓声を上げながら、サージェは手際よく荷物をまとめ上げ、結構な重量がありそうなそれに紐を通し、背負えるようにしてからナギの方に差し出した。

持て、ということだろう。

今度はナギが眉間に皺を寄せる番だった。

別に荷物を持つのは構わない。だが、荷物はひとつきりで、サージェは手ぶらだ。もちろん、体の小さい子どもより自分が持つべきだとは思うが、ひとつの荷物をナギが持って当然という態度が引っかかった。

「君も、持つ。少しは」

「荷物を持つのは従者の役目だ」

どん、と荷物を押し付けられた。顎を上げてそういい放つサージェの態度は傲然としていて、どこかあの男たちを思わせた。手にした鞭を気まぐれに振るい、鎖に繋がれた者たちが自分に従うと信じて疑わない、あいつらを。

ナギの脳裏に奴隷のような扱いをされた日々がフラッシュバックする。人間扱いされなかった昨日までの日々が。

ナギは押し付けられた荷物を振り払った。どすんと草の上に荷物が落ちる。振り払われたサージェは、怒るのではなく、まさかそんな態度に出られるとは思ってもみなかったというように目を見開いている。

「わたしは、従者じゃ、ない」

左腕の毛が逆立ち、爪が鋭くなっていくような気がした。怒りだ。この化け物の体は、怒りによって力を得るのだ。

ナギは必死に湧き上がる怒りを抑え、右手で今はもう何もはまっていない首元を微かに触った。

「わたしは、もう二度と、奴隷には、ならない。誰にも、支配されない！」

強い調子でいうと、サージェは大きな目をますます見開き、慌てたように首を振った。

「ち、違う、そうじゃない！　私は、そんなつもりじゃ……」

見る見るうちにあの尊大ないけ好かない雰囲気がしぼんでいき、サージェはしゅんと項垂《うなだ》れた。

「おまえを支配しようなんて思っていない。これからもしない。ただ、都へ入るときに従者のひとりも連れていないのは格好がつかないと思っただけで、誰かを雇うよりおまえの方が信頼できると思って……悪かった。謝る」

サージェはしばらくもごもごと言い訳していたが、やがてため息をついて謝罪の言葉を口にした。

その様子にとりあえず嘘偽りはなさそうで、叱られた子どもにしか見えなかった。急速にナギの中で怒りが静まっていき、むしろ一瞬で激昂した自分が大人げなかったように思えてきた。かといってサージェの発言を許せるわけでもなく、彼にいった通り、ナギはもう二度と誰にも奴隷のように扱われたくなかった。

「……わかった。持つ」

少し気まずくなりながら、ナギは一度は振り払った荷物を拾い上げ、紐を腕に通して背に負った。かなりの重さのようだが、今の自分には苦になる重量ではないのが不思議だった。

「でも、従者、じゃない。君より、力が強い」

そういうと、サージェはぱっと顔を上げた。

「ああ、もちろんだ。私は非力だからな」

と、自慢にもならないことを胸を張って偉そうにいい、辺りを見回した。

「さあ、行こう。都は西だ」

先ほどは確かに自分の発言に反省していたように見えたのだが、呆れるほど切り替えが早くてナギは思わずため息をついた。

6

ナギは空腹を我慢していたのだが、それはサージェも同じだと、すぐに彼の腹の音が教えてくれた。しかし、サージェは何よりもまずあの場を離れたがった。血の臭いが嫌なのだろう。ナギもそれは同じことだった。たぶん、彼よりも敏感にその臭いを感じ取っている。だが、彼ほど不快に感じていないのではないかとも思った。どこかで、懐かしさ、戻ってきた日常のような感覚がある。それが、自分が正気を失い普通のまじりものになりつつある証のようで恐ろしく、サージェがもう食べ物を口にしてもよいと思えるほど不快な臭いから遠ざかるまで、ナギも空腹を訴えることはやめておいた。

柔らかな草地の上で荷物を下ろし、サージェのいう通りにまず荷物に括《くく》りつけられていた、革でできた水筒のひとつを渡した。サージェは栓を開けて匂いを嗅ぎ、安堵《あんど》したように笑みを浮かべた。

「ああ、助かる」

それからその中身をごくごくと飲む。その間にナギは、干し肉が入っているという小さな革袋を取り出した。

袋の口を開けると、一口大に切られたからからに乾いた赤黒い肉らしきものが入っている。それをサージェの方に差し出すが、彼は首を振って水筒をナギに渡してきた。

「ずっとまともに食べていないから、たぶんそういうものを食べると具合が悪くなる」

食べていないのはナギも同じだ。だが、肉を見て顔をしかめたサージェと違って、ナギには食欲があった。食べても大丈夫な気がする。もちろん、こんなところで体調を崩しては困る。困るのだが、どうしても誘惑に逆らえず、ナギは一切れだけ口にした。

肉は乾いていて硬く、非常に嚙み応えがあった。だが、味がした。ひと嚙みしただけで、旨《うま》いという想いが溢れた。何かを味わうなど、いつ以来のことだろうか。溢れる涙をそのままに、ナギはじっくりと肉を嚙《か》んでいった。

久しくまともなものを食べていなかったから心配していたが、顎も歯も問題なく、肉を咀嚼《そしやく》できた。何の肉かは知らないが、肉本来の独特の臭みのようなものに加えてどこか酸味があり、さらにスパイスか何かの風味がした。

ひとつ食べるともっと食べたいという欲が出てきた。もうひとつ、と伸びる手を何とか意志の力で抑え込み、革袋の口を締めた。サージェのいう通り、ずっとまともなものを食べていなかったのに、急に消化の悪いものを大量に食べるのは危険かもしれない。そう何度も自分にいいきかせた。

次に、サージェから受け取った水筒の栓を開けた。てっきり中身を水だと思い込んで口をつけたナギは、一口、口に含んで驚いて吹き出しそうになった。かろうじて耐えたのは、どんなものであろうと勿体《もったい》ないという意識があったからだ。腐った水一滴たりとも、昨日までは無駄にできなかったのだから。

水筒の中身は水ではなかった。

ナギは得体の知れない液体を味わいながら、首を捻《ひね》った。似ているものを記憶から探そうとするが、いまひとつどれにも当てはまらない気がする。独特の酸味の奥に微かな苦み、それから薬のような風味。少しだけ右手に垂らしてみると、濁った白い液体が出てきた。匂いも独特だ。どこか獣臭さがある。

この世界に来る以前だったら飲むのを遠慮したかもしれない。まずいからというより、味も匂いもナギの日常になかったものだからだ。だが、今はそもそも味を感じられることが嬉《うれ》しかった。

牢の中で出されるものは何を煮込んだのかわからない液体、それも半ば腐ったものだった。それらを味わうなんてとんでもなかったし、呪具のせいなのか味の記憶もほとんどなかった。

ナギはその白い液体をもう少し飲み、サージェに渡した。彼ももう一口二口飲む。だが、それだけだ。やはり何か力になるものも食べた方がいいのではないか、と思って再度干し肉をすすめてみたが、やはりサージェは首を横に振った。

「バルライだけで十分だ。喉の渇きも空腹も満たす。活力も湧いてくるからな」

どうやらこの白い液体はバルライというらしい。サージェはこの国の人に「白い血」とまで呼ばれている日常的な飲み物であり、食事でもあると説明した。薬にもなるらしい。

とても信じられなかったが、確かに気がつくと空腹は収まっていた。

「都へは、どれくらい？」

人心地ついてナギがそう尋ねると、サージェの表情が強張った。

「商人が来るのに、十日か、それくらいかかった、と思う。たぶん」

なぜかサージェはしどろもどろといった感じで答えた。なんだかはっきりしない。

「道は？」

「うん、まあ、とにかく、西に行けば……」

いい淀む少年に、なんだか嫌な予感を覚えた。

「サージェ、まさか……」

「街道！　街道に出て、それに沿ってずっと西に行けば、最後は都だ！　それは間違いない」

自信満々に胸を張ってみせたが、それが虚勢であることはまるわかりだ。ナギは小さく唸った。自分から都に行かねばならないといったくせに、ろくに行き方も知らないのか。

「し、仕方ないだろう。ここはサライの東の果て！　都は西の果て！」

ナギは首を振った。それは責めてないという意味のつもりだったのだが、サージェは反対の意味にとったのかむくれてしまった。

ナギだって、北海道や沖縄に自力で行けといわれたら、戸惑うだろう。ネットで調べれば何とかなるだろうが、この世界にそんな便利な物があるとは、そもそも期待していない。

大体、サライという国の大きさはどのくらいなのだろう？　それだけでかなり話が違ってくる。小さければいいが、もしロシアや中国並みの大きさだったら？

（いや、それはないか）

商人が十日で来るとサージェはいったのだ。徒歩か、馬か、どちらにせよユーラシア大陸を横断するほどの距離であるはずはない。

（それでも、サージェには見知らぬ場所なんだ）

ならばなぜ、年端もいかない少年が、たったひとりでそんな距離を行こうとしていたのだろう？　そんなことをいったら、そもそもなぜあんな場所で働かされていたのかも疑問だ。もっとも、そんな子どもはサージェひとりではなかったのだが。

ふと、あの子たちは逃げられたのだろうかと思いを馳せる。

牢から解き放たれたとして、無事に逃げおおせただろうか。逃げおおせたとして、行く当てはあったのか。

「サージェ、家族は？　都？」

都に家族や親戚でもいて、それを頼るつもりなのかと思ったのだが、ナギの問いにサージェはまるで能面のような無表情となり、ただ家族はもういないとだけ答えた。

もう、ということは元々はいた、ということだろう。どういう事情か知らないが、親や兄弟姉妹は、亡くなってしまったということ。頼る者はいないということなのだ。

「……なぜ、都へ？」

もしかしたらあまり踏み込むべきではないのかもしれない、と思いながらもきくと、サージェは何か考え込んでいるかのように、あるいは探るように、しばらくじっとナギの顔を見つめていたが、ふっと一転して粛々とした面持ちになると、背筋を伸ばした。

「おまえが決して私を裏切ることはないと見込んで明かす。私は聖王《せいおう》の喜生《きつしよう》なのだ。だから、サライの民の平穏と安寧のために換生《かんしよう》の儀を受けねばならないのだ」

ナギはぽかんとするしかなかった。その顔を見て、サージェは一瞬ナギを窺《うかが》うような表情になったが、すぐに憤慨したようにいった。

「信じていないのだな」

信じるも信じないもない。いっている内容が、ナギにはちっとも理解できないのだ。まだこちらの言葉に慣れていないせいかと思ってしばらく考えてみたが、やはりわからない。これはおそらく、ナギの知らない、この世界独自の単語ばかりで説明されたからだろう。

「いっている意味が、わからない」

サージェは、なんだとと眉を吊《つ》り上げたが、すぐにナギがこの世界とは異なる場所から来たことを思い出したらしく、考え込んだ。

「何がわからない？」

全部がわからないのだが、まずひとつずつ単語の意味をきいた方がいいだろう。

「聖王、とは？」

そう尋ねると、サージェはああ、と納得したようにうなずいた。

「異境から来た者なら、知らないのも無理はない……のか？　ずっと昔の、サライの王だ。名はシュレン。非常に賢く、民想いで、史上稀《まれ》に見る善政を敷いた徳高き王だ。それ故、王柱《おうちゆう》へ換生した後は、サライの地に長く平穏が訪れ、数十年にわたり人々は崩落の恐怖から守られたという。その業績から聖王とも称される。その喜生が、私なのだ」

どことなくサージェは得意げな顔だ。だから悪いと思ったのだが、ナギは質問を続けた。

「聖王が、昔の偉人だということは、わかった。じゃあ、喜生、とは」

ナギの問いにサージェは一瞬息を呑み、それから素っ頓狂な声を上げた。

「喜生を、知らないだと!?」

ナギがゆっくりとうなずいて、じっと答えを待っていると、サージェは視線をさ迷わせながら考え込んだ。

「……どういうことだ？　つまり、異境には、喜生はいないのか？　いやもちろん、いかなる国でも喜生は非常に稀な存在で、滅多に出会う機会がないけれど」

ナギには答えようがなかった。喜生がどういうモノのことをいうのか、わからないからだ。

「もしかすると、似たもの、は、あるかも。喜生、とは？」

「一度死んで塵に還《かえ》った者と、まったく同じ塵が同じ道筋で再び集まり、重なり合い、過去にいた者と同じ姿かたちと成って生まれ直す者。その者のことを、瑞兆《ずいちょう》の最たるもののひとつとして、喜生と呼ぶ……の、だが」

サージェの説明の最後の方は、声が途切れがちになった。話をきいていたナギの表情を見て、まったく理解していないとわかったからだろう。そして、相手が自分の説明を理解できないということが、彼には理解できなかったのだ。

「死んで、塵に、還る？　どういう、意味？」

「どういうって……だって、人も獣も、死んだら塵に還るだろう。この世のすべては塵から生まれるんだし……もしかして、おまえのいたところでは、違う、のか？」

まさかそんなことはあるまい、といいたげなサージェに、ナギは頭を抱えた。塵に還るというのは何かの比喩表現なのか。まさか、文字通りということはないだろう。だが、ナギの夢だと思いこんでいた曖昧な記憶の中に、海へ運ぶ途中で、死体が砂ぼこりのように消えてなくなる光景があった。あれは、塵となって消えてしまったと表現できなくもなかった。

「死んだら、ぱっと……砂粒みたい、小さく、消える……なくなる、溶ける……？」

「……まあ、そうだな。塵に還るのは、そういう感じかもしれない」

サージェが慎重にうなずくのを見て、ナギは息を呑んだ。

あれが塵に還るということ。この世界での、死。

（いや、おかしい。だってわたしは、死体を……）

思い出したくもないが、捨てた死体もあるのだ。海へ。

「違う、変だ。消えない、溶けない、人、もいた」

「……死んですぐ、塵に還った者を見たのか？　哀れな……チが砕けたんだな。生き物をその生き物たらしめるチが傷つけば、一瞬で塵に還ることもあるという。普通は、もっと時間がかかるものだ。弔い場に送り出して、数日はかかる」

チ？　またよくわからない単語が出てきて戸惑っていると、サージェがじっとナギを見つめて逆に問いかけた。

「おまえのところでは、人は死ぬとどうなるんだ」

その問いに、ナギは言葉を詰まらせた。

ナギが経験した最も身近な死は、幼馴染《おさななじみ》が事故に遭ったときのものだ。もう三、四年前になるだろうか。葬式に参列して、棺桶《かんおけ》に入った幼馴染とお別れをした。あのときは、かつて共に近所を駆けまわっていたころの幼馴染と、作り物みたいに横たわる少女の姿がうまく結びつかなくて、混乱したものだ。

「えっと……亡くなると、葬式……弔い、をして、火葬……火で、焼く」

そういうと、サージェは飛び上がった。その顔は恐怖と驚愕で引きつっている。

「火で焼く、だと？　お、おまえのところ、おまえの国は罪人の国か？」

悲鳴のようなサージェの口調に、こちらの世界、少なくともサライでは死者を火葬するのは罪人の場合に限るのだと察しがついた。そして、それは不名誉なこと、あるいは恐怖を伴うことなのだ。

「違う、そういうわけ、じゃない。焼かない、国も、ある」

火葬は仏教なんだったか……キリスト教は土葬だったはずだ。だから、アメリカのお葬式の場面では、大きな棺《ひつぎ》を地面に埋める映像が流れる。いや、日本だって昔は土葬だったときいたことがあった。

「土に、埋める、国も」

「……ああ、それは同じなんだな」

「違う」

サージェは納得したようだが、同じではない。塵に還るのではないのだ。

「埋めると、腐って……えっと……分解、されて？　やがて、土に、還る。体は、なくなる」

「それは……塵に還るということではないのか？」

「違う。ものすごく、時間がかかる」

しかし、サージェは違うといわれたことに納得がいかない様子だ。そうじゃないのだ。全然違うのだ、といいたいが、何が違うのか、ナギにはうまく説明できなかった。小さな虫や微生物が生き物の体を分解する、というような話を理科で学んだ気がしたが、どういう虫がどういうふうに生き物の肉体を土に還すのか、人に詳しく説明できるほどきちんとした知識がない。そんなこと、今まで誰かに説明する必要はなかったのだ。誰でも知っている、常識だったから。

「まあ、いい。とにかく、人は死ぬと塵に還る。そして再び、塵が集まって人や他の生き物となり、赤子となって母親の胎内に宿り、やがて生まれる。ただ、極々稀に、同じ塵が集まって、同じ姿かたちの人間が生まれる。それを喜生というんだ。本当に、滅多にいないのだ。しかも、私はあの聖王の喜生なんだからな」

すごいんだぞ、といいたげなサージェを見て、そもそも喜生とは何かをきいたのだと思い出した。

（それにしても、同じ塵……というのはよくわからないけど、過去にいた人間と同じ姿の人間が生まれる？）

「それ、生まれ変わり、ということ？」

「ウマレカワリとは？」

質問を質問で返され、ナギは思わず唸った。

この世界に、生まれ変わりの概念はないらしい。

「え、と……死んだ、人の魂、が、もう一度、別の人の体に、宿る……？」

説明しながら、これで合っているのか、いまひとつ自信がなくなってきた。

「タマシイ……？」

「ええ……」

魂の概念もないのか、と驚くと同時に、再び頭を抱えてしまう。

きょとんとした顔のサージェを見て、自分もサージェの説明をききながらこういう顔をしていたのかもしれないと思った。

（なんだっけな……魂、輪廻転生《りんねてんしょう》、前世来世……仏教だっけ？）

なんとなく知ったつもりになっていたが、説明しようとすると全然だめだ。

昔テレビで、前世の記憶を持っている子どもの話を見たことがある。海外には、そういうことを研究している学者がいるという話も。

小学校に上がる前くらいの幼い子どもが、突然知らないはずの大昔の人間の家族の話や死ぬときの話を語り出し、それを不審に思った両親が調べてみると、その人物は実在していて、子どもが語る通りの人生、最期を迎えていたとわかった……そんな内容のテレビ番組だった。

（女の子なのに知らない男の人の記憶がある、という例も紹介されてたな）

「聖王は、男性？」

「もちろん」

「サージェも、男の子」

「だからそうだといっている。そもそも、聖王が男なら、その喜生が女のはずがない」

同じ塵が集まって、同じ姿かたちの人間になる。

それは文字通りの意味なのか？

「……じゃあ、聖王も、サージェのような、瞳の色？」

そうきくと、サージェは一瞬たじろいだように見えた。あの作業場で出会った人間の中に、思い出しうる限りサージェのような瞳の色をした者はいなかった。みんな、ナギとおなじ黒っぽい色の瞳だった。おそらくこの国において、サージェのような瞳の色は珍しいのだろう。今の反応からすると、そのことで嫌な目に遭ったことがあるのだろうか。人と違う見た目を持つと、いわれのない差別を受けるのは別世界であっても同じなのかもしれない。

「ああ、そうだ」

サージェの動揺は本当に一瞬で、すぐに誇らしげな声で肯定した。どうやら、聖王の喜生である、ということは彼にとってよほど大事なこと、名誉なことのようだ。

喜生というのが何なのか、まだよくわかっていないし、自分がいた世界に似たようなものがあったとも思えないが、ここはそういう世界なのだ。なにせ、普通の女子高生が、一瞬にして半分獣のまじった化け物になってしまう世界だ。

とにかく、サージェは聖王という人の喜生なのだ。無理やり納得することにして、次にわからなかった単語は何だったかと思い出し、ナギは質問を続けた。

「王柱、とは？」

サージェは少し眉をひそめ、ナギの顔を真っ向から見返した。その聖王とやらと同じ色の目は、本気でいっているのか、といいたげだ。おそらく、王柱というものも、喜生と同じくこの世界では常識なのだ。

サージェはひとつため息をついた。

「星の海はわかるか？」

「星の、海？　海……崖のずっと下に、見えた。サージェの目と、同じ色の？」

その海を見たときに自分が何をしていたのかは思い出さないようにして、ナギが答えると、サージェはうなずいた。

「そうだ。それが星の海と呼ばれるもの。王柱はその星の海に聳《そび》え立ち、大地を支える、ひいては人の生活を支える重要かつ最も尊いもののひとつだ」

「海に、立つ？　大地を……？　支える……??」

「……昔話をしよう」

うまくイメージできずに戸惑っているナギを見て、サージェは喋り方を変えた。

「むかしむかし、大地と海は隣り合い、大地に暮らす人々は、好きなときに大地と海の境に立つことができ、そこで昇る太陽や月を見ることもできました」

　少しぎこちないが穏やかでゆったりとした口調だ。ナギが小学生のころ、学校に来ていろいろな昔話をしてくれたボランティアの人を思い出した。

　それはいわゆる創世神話のようなものだった。

　かつて大地とそれに接する海があった。ある日、海は大地を呑み込み溶かし始め、人々は内陸へと逃げ惑い始める。やがて広い海の中にいくつかの浮島が残るだけとなり、残り少ない大地に人と獣がひしめき合うようになった。それでも海は大地を溶かし続け、残った人や獣も犠牲となっていく。

　そんな中、人々は天に慈悲を祈った。すると天から大地を穿《うが》つ柱が下りてきて、残った島々の真ん中に刺さり、それらの柱は海に溶かされることがなかった。

　残った人や獣は協力して柱を上り、上りきるとそこには新たな広い大地が広がっていた。生き残った生き物たちは、ようやく残酷な海の猛攻から逃れることができたのだ。

大きな大地は四つあり、それらは四大陸と呼ばれた。そして、人間や獣は四大陸で生きていくことにした。

　だが、それでめでたしめでたしではない。長い時が経つにつれ、海は決して壊れないと思われていた柱さえも、少しずつ溶かし始めたのだ。大地の重みも、柱に大きな負担をかけていた。このまま柱が壊れたら、あの恐ろしい海に呑み込まれてしまう、という人々の嘆きをきき、四つの大陸の四人の王は、自ら柱となって大地を支えることを決意した。強く立派な王たちはひたすらに民の平穏な暮らしを願って柱となり、大地を支え続けた。人々は、偉大な王たちの尊い行為を決して忘れぬよう、柱のことを王柱と呼ぶようになったという。

神話とは、つまり作り話だ、とナギは思っている。だが元となる事実がある場合もある、ときいたことがある。世界各地にノアの箱舟とよく似た話があるらしいが、大昔にいろいろなところで大洪水が起こっていて、その事実を元に話を作ったから、大筋が似たのだとか。

サージェの語った話にも、部分的には事実が含まれているのだろう。海が大地を襲ったというのは、つまり津波だろうか？

ナギが考え込んでいるのを見たサージェは、おもむろに水筒を地面に倒し、飲み口の方に落ちていた小石を横一文字に並べてT字型を作った。

「これが大地、そしてこれが大地を支える王柱、その下は星の海。……わかったか？」

並んだ石が大地、水筒が大地を支える柱……海の上に柱が立っており、その柱が大地を支えている。

（どうやって？）

何本かの柱で、大陸と呼ばれるほど広大な大地を支える？　物理的に、そのようなことが可能なのだろうか。

どうしても懐疑的になってしまう。しかし、語るサージェの目は真剣だ。その目を見て、ナギはこの世界の海を見たときのことを思い出した。

確かに、崖から見下ろしたとき、海は遥か下にあった。あれほど下にあるのは妙だ、と今にして思えば違和感を覚える。

昔、家族で有名な渓谷の吊り橋を渡ったことがある。橋から見下ろす川は遠く、足の竦《すく》んだ妹と抱き合ってなんとか足を踏み出したのを覚えているのだが、あのときにも遠く及ばないほど、崖から海面までの距離は遠かった。

そもそも、よくあれを海と判断できたものだと、今更ながらに思う。直感的にそう思ってしまったのだが、そもそも普通は目視で海だと確信は持てない距離だった。

サージェは王柱と大地に見立てた水筒と小石を見下ろして続けた。

「大地は王柱によって支えられている。だが、完璧じゃない。どうしても落ちる部分が出てくる。そして、王柱も少しずつ壊れてしまう。王柱が完全に壊れれば……崩落すれば国が沈む」

「国が、沈む？」

「そうだ。そもそも、最初は四つの大陸があった。たくさんの王柱に支えられていた。そこから次々に大地のところどころが落ち、やがて島と呼ばれるほどひとつひとつの大地は小さくなってしまったんだ。残った王柱の上にある大地とその周辺だけの大地。そこに国はある。島を支えている王柱が崩落すれば、国そのものがなくなるということだ。国は星の海に沈む」

「沈む……海に、落ちる、ということ？　落ちたら……死ぬ」

この高さだものね、とナギは思ったのだが、サージェはうなずきながら、「当然、溶けて消え去る」と続けた。

「溶ける？」

「だって、下は星の海だ。星の海は、触れるものすべてを溶かす。王柱とて、少しずつ侵食されるのだから」

海が大地を呑み込む。溶けて消える。

これも比喩ではなく、文字通り、ということなのか。

「じゃあ……海を渡って、他の島に行く、とか？」

「ああ、船のことか？　そりゃあ、あれば行けるけど、あんな高価な物、王や貴人か、あるいはそれなりの商人でなければ使えない。それに、海を渡るとはいわない。渡るのは空だ」

え、と思った。サージェの言葉に、何か引っかかりを覚えたのだ。そのとき、ナギの耳に少女の声が蘇った。

『翼のついた船が来る』

そうだ。ナギが瓦礫に埋まっているとき、辺りを見ていたありさがそういったではないか。

（翼のついた船……空を渡る……まさか、船が、飛ぶ？）

まさか、と笑い出したくなったが、同時にありさの別の言葉も思い出した。確か彼女は、遠くに棒のようなものと、その上に何かが載っているのが見える、ともいったのではなかったのか。

王柱。王柱の支える大地。

急に恐ろしくなった。サージェの語った内容は本当なのだと、本能的に悟った。すべてを溶かす恐ろしい海の上にある浮島に、今ナギはいる。ここでは人と獣がまじったような化け物がいて、生き物は塵から生まれて塵に還り、島から島へ渡るために、船に翼をつけて空を飛ばす。

この世界では、自分のいた世界の常識は通用しない。以前の常識でこの世界をとらえようとしても、できないのだ。

あまりに理解の範疇《はんちゅう》を越えすぎている。

呆然とするナギには気づかず、サージェはひょいと水筒を掴むと、立ち上がって呟いた。

「それこそ今、船に乗れたら、都までひとっ飛びなんだけどな」

それからため息をつく。いっても仕方ないというふうに。

「そろそろ行くぞ。少しでも早く都につきたいからな」

そういわれ、ナギは黙って荷物を背負って立ち上がった。なんだか地に足がついていないような、ふわふわとした感じがする。自分が立っているこの大地が、ひどく曖昧なものに思えた。

混乱して頭を抱えながら、ナギは微かに震える足を踏み出し、先に行くサージェに続いて歩き出した。

7

なだらかな緑の斜面を下りると、今度は上りになった。ずっと草原ばかりで、美しいが代わり映えはしない。だが、ナギにとっては初めて見る景色、初めて触れる空気で、歩いている間もずっと興味が尽きなかった。

空気が冷たく乾いている気がしたのは、ここが高地だからだろうか。そもそも王柱とはどれくらいの高さなのだろう。

船が空を飛ぶという話だが、空を見てもそれらしき影はない。船というからには、それなりの大きさなのだろうが、鳥が行き交うのを見かけるだけだ。サージェの話では、金持ちでなければ乗ることができないということだったから、頻繁に行き来するものではないのかもしれない。あるいは、ここが田舎だからか。

(田舎、だよね、たぶん)

見渡す限りの草原、山。

まさか、都の周辺も同じということはないだろう。都と反対側の果てだから、大きな町もないのか。

(科学技術とか、どうなってるんだろう)

鉱山で働かされているとき、重機の類《たぐい》は一切見なかった。電動の工具を使うこともなく、機械の音をきくこともなかった。使っていたのはツルハシやシャベル、モッコのようなものばかりだった。

車や列車などの乗り物があれば移動も楽になるが、サージェの口ぶりからすると空飛ぶ船に乗るか、馬に乗るか歩くしか手段はないと考えるべきか。

丘を越えると、また草原が広がっていた。しかし、遠くに今まではなかったたくさんの点と、それより大きな白い点が見えた。

「サージェ」

疲れているのか、時に悪態をつきながらとぼとぼと下を向いて歩いていたサージェは、名を呼ぶと顔を上げて、ナギの指さす方向を見た。

「……人がいる!」

一転して明るい表情になると、心なしか早足になって丘を下っていく。ナギも慌てて後を追った。重い荷を背負っているとはいっても、ナギの足は……足の鉤爪は、どんな時でも大地をしっかりと掴み、斜面であってもふらつくことがない。それに比べてサージェはつんのめり、つまずき、危なっかしいことこの上ない。しかし彼は、どんどん速度を上げて走って行き、最後はほとんど転がるようにして平地に辿《たど》り着いた。

白い点までの距離はだいぶ近くなっており、それがただの点ではなくお椀をひっくり返したような形の何かだということがわかった。その周囲の小さな点は常に動いている……あれは動物だ。

(あれは……もしかして、テント？　周りの動物は家畜ってこと？)

それはつまり、人がいるということだ。

「やっと道がきける」

サージェはほっとしたようにそう呟き、テントに向かってしばらく歩いたところで立ち止まり振り返った。

「ナギはここで待っていろ」

当然ついて行こうとしていたナギは、なぜ、と問おうとして思い出した。自分の姿を。まじりものは普通、人々から忌み嫌われるのだとサージェはいっていた。殺戮を好む正気を失った化け物だから、と。そんなものがついて行ったら、大騒ぎになってしまうだろう。

左腕は長い袖で、足は靴を履けば隠すこともできるが、ちょっと道をきくくらいのために準備するのも面倒だ。

サージェを見送って、ナギは地面に腰を下ろして待つことにした。

ふと、自分の見た目はどれくらい変わっているのだろうと思う。

左腕と両足の変化は把握しているが、自分の目で確かめられない部分……顔や背中などの変化はわからない。鏡がなければ確かめようがない。

（……まさか、顔の一部が獣みたいになってたり……しない、よね）

触ってみても、一応おかしな感触はない。目の辺りにはまつ毛の感触があるし、鼻の形も人間のものだと思う。口が異様に大きくなっていたりということもない。耳も……大丈夫だ。順繰りに右手で確かめていき、詰めていた息を小さく吐いた。

だが、鉱山で自分と同じ並びの牢に入れられていた他のまじりものたちの中には、獣とまじりあって皮膚や目鼻が変形した者もいた。実際に見て確かめるまでは、自分もそうでないとは断言できない。しかし、鏡を見るのも怖い。

とりあえず今は、自分の姿を映せるものは何もないのでどうしようもないが、果たして鏡を差し出されたときに、それを見る勇気があるだろうか。

草の感触は柔らかくて心地よく、吹き抜ける風も優しい。

ここはとても綺麗だ。なのに恐ろしい。得体が知れない。

自分にはわけのわからないものばかりだ。

サージェの去って行った方向をぼんやりと眺めていたナギは、草を食《は》みながらぞろぞろと移動している動物を見て、あっと声を上げそうになった。

（羊だ……！）

少し汚れたもこもこの体を押し合いへし合いしているのは、ナギのよく知る動物だった。少なくとも、それによく似て見えた。

そういえば、当たり前のように受け入れていたが、馬だっているという話だったではないか。獣魔という生き物についてはいまだにわからないことだらけだが、少なくともこの世界と元いた世界に共通する動物もいるということだ。

他にも似ているところはあるのかもしれない。そう思いながら羊たちの動きを目で追っていると、唐突に思った。

獲《と》れるな、と。

自分がそう思ったことに気づき、愕然とした。

(今、何を考えた？)

心臓が早鐘を打ち始める。

羊たちののんびりとした動きを見ながら頭の中で、一気に距離を詰めて飛び掛かり、数頭を仕留める動きを、自然とシミュレーションしている自分がいた。簡単だ、と思いさえした。全頭仕留める必要はない。一頭か二頭でいい。他は逃げていいのだ。

そんな自分の考えに、不快感が込み上げてきた。

自分の中に、自分ではない自分がいて、本来の自分とは違う思考回路でものを考えているように思えてならなかった。自分ではない自分とは、なんだろう？

視線を左腕に、それから両足に落とす。これの持ち主だ。おそらく小動物や家畜を狩って食料とすることが当たり前の生き物。自分の一部となってしまった、人外の生き物。

そのとき、目の前の羊の集団が急に右往左往しながら割れ始めた。こちらの思考が読まれたのかと言い様のない不安に駆られていると、羊の群れを割って誰かが猛然と駆けてくるのが見えた。

サージェだ。

走りながら、サージェは何か叫んでいる。

ナギは荷物を背負い直して立ち上がった。そして、サージェの後ろに彼を追うように走っている動物が二頭いるのに気づいた。

サージェは叫び、手を振り回しながらこちらに走ってくる。その顔つきは必死だ。サージェとその後ろの動物のせいで、羊たちが慌てふためいて四方八方に散っていく。

「逃げろーっ！」

ようやくサージェの声がきき取れた。そう思った瞬間、ナギはサージェの後ろの動物が何なのか気づいた。犬だ。それも、体つきのがっしりとした大型犬である。犬は恐ろしい声で吠《ほ》えたてながらこちらへ向かっていた。

ナギも慌てて走り出した。

何があったのか問いただしたいが、今はそんな悠長にしている余裕はない。

この足はきっととてつもない速さでどこまでも駆けることができる。その直感通り、駆け出したナギは瞬く間にサージェとの距離を空けそうになって、慌てて速度を落とした。このままでは彼だけが追いつかれてしまう。しかし、サージェに合わせていてはナギまで追いつかれるだけだ。

顔を真っ赤にして走るサージェが駆け抜けたのを確認して、ナギは立ち止まって振り返った。ナギの動きに合わせ、犬たちも動きを止める。真正面から見る犬は、猟犬というよりは牧羊犬といった印象を受ける長毛種だ。ふわふわに波打つ黒と茶の入り交じった毛並み、賢そうな目。犬好きの人間にとっては、本当ならとても可愛らしく映るのだろう。歯を剝き出して唸ってさえいなければ。姿勢を低くして今にも飛び掛かってきそうに構えてさえいなければ。

剝き出しの犬歯は恐ろしかった。噛まれたときのことを想像すると、全速力で逃げ出したいのは山々だったが、ナギはともかくサージェは逃げきれない。

ナギは二頭から決して目を逸《そ》らさず、ぐっと腹に力を込めた。相手の唸り声が徐々に大きくなっていく。そして飛び掛かろうと犬の前足がぐっと前のめりになった瞬間、ナギは吠えた。それは人間の発するどんな言葉でも、音でもなかった。獣の鳴き声、咆哮だ。

草原に響き渡った吠え声に、犬たちはぶたれたように後退《あとじ》さりし、ナギが一歩踏み出すとさらに後退した。犬たちのもっと後方には、パニック状態でうろうろしている羊の群れがいた。

犬たちが尻込みしている気配を察し、ナギは畳みかけるようにもう一度吠えた。すると、二頭の犬は急に尻尾を後ろ足の間に垂らし、元来た方向へ一気に駆け戻って行った。その様子を確認して、ナギは息を吐きながら額の汗を拭った。

確信があったわけではない。必要に迫られての一種の賭けではあったが、どうやらなんとかなったようだ。

まじりものは、あるいは自分というまじりものの一部になっている獣魔は、普通の動物に恐れられているのだ。

「ナギ？」

名前を呼ばれて振り返ると、草地に身を伏せていたサージェが起き上がるところだった。

「すごいな、おまえ。どうやったんだ？」

何をどうしたか、自分でも確かに把握しているわけではない。ただ、来るな、近寄るな、去れ、と念じながら吠えただけだ。

これは人間のやることじゃない。

犬に向かって吠えようなどと思いつくこと自体、まったく人間らしくない。

そう気づいて、ナギは何か取り返しのつかないことをしてしまったように感じた。

「まじりものとは役に立つものだな」

平然とした顔でいうサージェに、微かに苛立ちを覚える。そんな簡単に片づけていいことじゃない、といってやりたかった。ただ、自分が何をして、その結果、何を失ったのかうまく説明できない。

大体、助けてやったのはナギの方なのに、ナギが自分のために体を張るのは当たり前といわんばかりの態度は癪《しゃく》に障る。ナギは彼に隷属する者ではないのだ。

「なぜ、あんなことに？」

ひとまず文句は呑み込んで尋ねると、サージェは仏頂面になって立ち上がり、服についた草や土を払った。

「知るものか。こちらを見るなり、馬泥棒呼ばわりしてきたんだ。無礼にも程がある。私を誰だと思っているんだ」

「つまり、道はきけなかった、と」

「あんな奴に頭を下げてきくことはない！　犬までけしかけてきたんだぞ！」

サージェは憤慨した様子で、犬が追いかけてきていないかもう一度確かめてから、人がいたテントや家畜の群れとは反対の方向へ歩き始めた。ナギの方は見ようともしない。ついて来るのが当たり前だと思っているのだ。

この世界についてろくに知らないナギに、選択肢はない。それはそうなのだが。

「そういうふうに、横柄な態度でいるからだ」

荷物を背負い直して歩き出したナギが、前を行く背中に向かっていうと、サージェはくるりと振り返った。その顔は赤い。それが怒りのせいなのか、先ほどまで全力疾走していたからなのかはわからない。

「横柄、だと？」

「君の態度は、とても偉そうだ。人を見下している。そんな接し方をされて、気分のいい人間は、いない」

淡々というと、サージェは一瞬言葉に詰まったがすぐに拳を握り締めて声を張り上げた。

「私は聖王の喜生だ！」

「それが、何？　わたしには喜生の価値がわからない。つまり、君の価値も、わからないということだ」

ナギは自分を睨《にら》み上げてくる紺碧の瞳をじっと見下ろした。拳をぶるぶる震わせているサージェは、なおも何か叫ぼうと口を開きかけたが、結局それ以上何もいうことはなく、ふたりはしばらくそのまま睨み合った。やがて、震わせていた拳をゆっくりとほどいたサージェが、ふい、と視線を逸らして歩き出した。

ナギも大人しくついて行く。サージェは怒っているようだったが、ついて来るなとはいわなかった。

（価値、か）

怒りを表すかのようにずんずん大股で歩いて行くサージェを見ながら、自分のような人間がよくいえたものだなと、ナギは自嘲気味に苦笑した。

自分の価値こそ、どこにあるのだろう。

社会にうまく馴染めず、いつもおどおどと、日向にいる人間を日陰から羨望の眼差《まなざ》しで見るしかなかった自分。今は、わけのわからない化け物になっている自分。

本当は、まじりもののナギを助けてくれたサージェに、もっと感謝すべきなのかもしれない。牢に閉じ込められたまま火に呑まれるしかなかった他のまじりものに比べれば、自分は幸運なのだ。

無言のまま歩き続けていたふたりは、やがて細くて背の高い木々の密集した林に出くわした。その林を抜けると、小川があった。

随分久しぶりの水だ。どちらからともなく、ふたりは川辺に駆け寄って清流に手を浸《つ》けた。

川幅は狭く、大の大人なら跳んで越えられそうなくらいしかない。水の流れも遅かったが、それでも新鮮な水であることには変わりない。

ナギは顔を洗い、左腕の黒い毛にこびりついていた血の塊を、丹念にこすり落とした。少し上流では、サージェも同じように顔や手を洗っている。気持ちいいのだろう。心なしか表情が明るい。

ナギには彼の気持ちがよくわかった。身だしなみというのは大切なのだ。着飾ることはともかく、体が清潔かどうかは心に少なくない影響を及ぼすものなのだ。

本当は大量に沸かした湯の中にドボンと浸かりたいのだが、さすがにそんな贅沢《ぜいたく》はいえないとわかっている。あるいは、都に行けば可能なのだろうか。

そんなことを考えながら、ナギは川を見下ろして、はっとした。

水面《みなも》に自分が映っていた。

一瞬目を逸らすが、いつまでも逃げてはいられないこともわかっていた。これから人の集まるところに行くのなら、自分がどれほど普通の人間から外れた容姿をしているかは、むしろ把握しておくべきだ。

そう思い直して覚悟を決め、恐る恐る川に身を乗り出した。

流れが遅いといっても、鏡のようにはっきりと姿を映してくれるわけではない。それでも、ある程度の形はわかった。

澄んだ流水の向こうから、怯えた表情ではあるが、見慣れた顔がこちらを見つめていた。

（……よかった）

思わず目に涙が滲んだ。

川面《かわも》に映る少女の顔は、見たこともない化け物のようにはなっていなかった。触って確かめたときと同じく、目も鼻も耳もちゃんと元のままだ。顔立ちも変わっていない。強いていうなら、変わっているのは左側の髪質、だろうか。ナギの髪は、妹と同じく手入れをしなくてもいいくらいサラサラなストレートの黒髪だった。それをショートボブにしていた。髪の長さは変わっていないし、右側は直毛のままだが、左側だけなんだか妙な癖がついているように見える。色の違いまではよくわからないが、黒系であることは変わっていないようだ。

よく見ようと髪をつまもうとして、視界に入った腕の毛並みにはっとした。これだ。

少しうねるような癖のある毛。左頭部の髪もこの左腕と同じ毛に変わったということなのか。

何ともいえない不快感が込み上げてきて、その不快の塊を吐き出したくなった。吐き出して、自分のこの変貌した部分がすべて元通りになるといいのに。あるいは、この左腕も、左側の髪も、両足も、引き千切って捨ててしまいたい。

水面に映った鏡像が、見る見るうちに歪《ゆが》んでいく。

(早く帰りたい。元に戻りたい)

願うのはただそれだけだ。そのためには、都に辿り着いて、見師に会わなければ。ここでうずくまって泣いていても、誰も助けてはくれないのだ。

「みんなに尊ばれる王の態度とは、どのようなものだと思う?」

必死で涙と吐き気をこらえるナギの背中に、ぽつりと声がかかった。少し離れた川べりに身を屈めていたはずのサージェは、いつの間にか川から数歩離れたところに座っていた。その目は何やら思案しているのか、ただぼんやりと川の流れに向けられている。

「おまえのところの王は、どうだ? 民に慕われているか?」

数時間ぶりにきくサージェの声は、元気がなく明らかに沈んでいた。その様子に、間違ったことはいっていないとはいえ、さすがにきつくいいすぎたかと、胸が痛む。

「どうかな。そもそも、王はいなかった」

そう答えると、サージェは顔を上げた。彼にとっては意外な答えだったようだ。

「王がいない？」

「そう。王じゃなくて……ええと、民の、代表、のような人がいて」

総理大臣のことを何と説明すればいいのだろう。そもそもナギは政治が苦手で、大学受験の選択科目からは早々に外してしまったくらいだ。

「民の代表？　……ああ、そうか。コランか、ロシエンのような感じなのか。その者は、慕われているか？」

「どうかなあ」

ますます答えにくい問いだった。

ナギはこの間十八歳になったばかりだから、今度の選挙から投票に行くことができる。ただ、何を基準に、誰にあるいはどの党に投票すべきなのかはまったくわからなくて、やっぱり政治も勉強しなくてはいけなかったかなと、今更ながらに後悔し始めていたところだった。

周囲の大人たちの中に、手放しで時の総理大臣を誉《ほ》める人はいなかった。批判するだけ批判して、辞めて新しい人物に代わると、前の方がよかったといったりするのだ。そのようなことを、とつとつと何とか説明しようと試みたが、サージェは困惑したように眉をひそめただけだった。

「民に選ばれたのなら、民のために生きねばならないだろう」

その言葉に、思わず苦笑する。

そうだ、そのはずだ。でも、ナギの世界ではそうでなくなっている。政治家は、国民のためではなく、自分の利益のために国民から搾取する者、搾取していると批判される者、そんなイメージが定着してしまっている。

「聖王というのは、みんなに慕われていた？」

そうきくと、サージェは一転して顔を輝かせた。

「当然だ。聖王と称されるくらいだからな。何より、すべては民のためだった。決して恵まれた生まれじゃなかった。それでも、ただ民のために立ち上がり、いくつもの偉業を為して、そして……」

なぜかサージェはそこで言葉を切り、ぐっとこらえるように唇を噛みしめた。まるで痛みに耐えるかのように。

「再び、喜生となってこの世に現れるほど、民を、想っておられたのだ」

聖王という人は、本当に良い王だったのだろう。もちろん、大昔の人らしいから、若干美化されて伝わっている可能性もあるが、それでも慕われていた。いや、今でも慕われているのだ。

顔を洗って身綺麗になったサージェの顔立ちは、より端整さが際立っている。今はまだ子どもだが、数年もすればまさに貴公子といった容姿に成長するのだろう。かつての聖王と同じく。

「私は、私という喜生が生まれたのは、聖王がそう願ったからだと思っている。聖王は、きっと、ずっと民のことを想っていて、この世から去っても民のことを想い続けていて、この先も民のためにすべてを捧《ささ》げたいと願っていたのだ」

サージェの推論に根拠はなさそうだが、なぜか彼はそういいきった。

「サージェには、聖王の記憶がある？」

ふと思いついてきいた。ナギの世界でいう生まれ変わりには前世の記憶があって当然だったが、喜生はどうなのだろう？

「うん。一応。まあ……その、全部ではないけれど」

記憶があるのなら、良い王の振る舞いをその記憶から学べばいいのでは、と思ったのだが、それを口にする前にサージェは首を横に振った。

「いや……そもそも、私が良い王として振る舞う必要はなかった。尊ばれる必要はない。私は聖王の喜生。ただ役目を全うすればいいだけのこと。そのために、生まれてきたのだから」

その言葉は、ナギに向かってではなく、サージェが自分自身にいいきかせているようだった。そして、なぜかひどく虚ろだとナギは思ってしまった。まるで、何度も何度も数えきれないほど唱え続けたせいで、言葉の意味が壊れてしまったかのように。

落ちゆく赤い日の光を受けたサージェの姿は小さく、今にも消え入りそうに見えた。

8

気がつくとナギは瓦礫に埋まっていた。

胸が圧迫されて呼吸がうまくできない。誰か助けて、と叫ぼうとするが、声にならない。だが、近くに人がいるのは間違いなかった。会話がきこえるのだ。

「待って！　もうひとりいるんです！　ここ、この下に！」

ありさの声だ。

「友だちなの、助けてください！」

必死にそう訴えるありさに、落ち着いた男の声が応える。

「あなたはもう大丈夫ですよ。怪我はありませんか」

男の声は穏やかで、ありさへの思いやりが感じられた。傍にいた数人と共に、彼女の無事を確かめ、どこかへ導こうとしている。いつの間にか、ナギは瓦礫の中から抜け出していて、彼らのやり取りを眺めていた。

「お願いです、友だちを助けて」

なおもいい募るありさに、男たちは困ったようにこちらを振り返った。その視線が一転して冷ややかになる。……おかしな話だ。男たちの表情はなぜか光に塗りつぶされたように見えないのに、彼らが何を考えているか、次に何をするかはわかる。

「まじりものだ」

「まじりものは退治せねば」

そういって、手にした武器を構えて襲いかかってくる。

(やめて!)

もう誰かに殴られるのは嫌だ。暴力を受けるのは嫌だ。

なぜ自分だけがこんな目に遭わなければならないのだ。

痛みへの恐怖と悲しみ。そして、それらを与える者たちへの怒りと憎しみ。そんな感情が爆発する。

気がつくと、目の前には真っ赤に染まった死体がいくつも転がっていた。

自分の左腕の爪から、血が雫《しずく》となってぽたりぽたりと落ちていく。

「ほら、ごらんなさい。あれはまじりもの。化け物です」

男の嘲笑《あざわら》うような声が響き、ナギは我に返った。顔を上げると、ありさが恐怖に顔を引きつらせてこちらを見ていた。

(ああ、違う、違うの)

「まじりものは人を殺すのが好きなのです。とても危険な化け物だ」

(違う、違う!)

殺したくて殺したのではない。相手が、ナギを傷つけようとするからだ。排除しようとするから。隷属させようとするから。

自分は確かにこんな姿になってしまったけれど、心まで化け物になったわけではない。そうありさに訴えたかった。それなのに、なぜか声が出ない。まるで人の話し方を忘れたように。

一歩足を踏み出すと、ありさは一歩後退する。一歩踏み出す。一歩後退される。恐怖に目を見開いたありさの口から、決定的な一言が漏れ出す。

「近寄らないで、化け物」

(違う、北村さん!)

違うのだ、と力の限り叫ぼうとして、ナギははっと目を覚ました。

視界は暗い陰に覆われていて、背中には硬い感触がした。風に揺れて、木々がざわざわと音を立てる。

(ああ、そうか)

日が落ちてきたので、簡単な食事をとり、林の中で休むことにしたのだった。あれからどのくらい経ったのか。明るい月が辺りを照らしていた。

この世界は空が近いからか、あるいは人工の光がまったく見当たらないからか、月が近く感じられ、驚くほど輝いて見える。

心臓はばくばく鳴り続け、全身に汗をびっしょりとかいていた。

嫌な夢を見た。

瓦礫に埋まっていたとき、まだこちらの言葉を今ほど理解することはできなかった。だから、あの男たちが本当にあんなことをいっていたのかは、わからない。それに、実際にはナギの姿をありさは見ていない。あんなことをいわれてはいない。そもそも、まだあのとき、ナギは、誰も……。

（おんなじか）

どちらにせよ、今はもう肉を切り裂く感触を知っている。左腕は毛むくじゃらで鋭い爪を持ち、両足も鱗に覆われ、ナギのいた世界では太古の昔に君臨していた生き物に似た形へと変貌している。この姿を見た相手の反応など、容易に想像できる。

何もかも変わってしまった。そうなりたくてなったわけじゃないのに。

そもそも、どうしてナギだけだったのだ。

一度考えると、ずっと胸の奥にしまい込んでいた疑問が頭をもたげ始めた。

どうしてあのとき、ありさは歓迎されたのに、ナギは打ち据えられて奴隷のように扱われることになったのだろう。それはきっと、ナギがまじりものになっていたからだ。ならば、なぜ同じようにこの世界に来て、ナギはまじりものとなり、ありさはそうでなかったのだろう？

明るくて人気者で、ナギにないものをすべて持っているありさ。物語の主人公に選ばれるなら、間違いなくナギではなくありさだ。だからなのか？　だから、彼女はまるでヒロインのように歓迎され、そうでないナギは……。

ナギはあえて大きくため息をついた。

(嫌だ。この先は考えたくない)

でも、やめようと思ってもやめられない。そしてその想いは、やがてありさへの憎しみに変わっていく。彼女へ抱いていた羨望や憧憬が、憎悪に。いや、元々憎んでいたのだろうか。日陰から日向を眺めるしかできない惨めな人間は、最初から日向にいる人間を嫉妬のあまり、憎んでいたのではないか。

今この瞬間も、同級生の少女は何の脅威に怯えることもなく、衣食住を保証された環境で、安穏としているのかもしれないと考えただけで、毛が逆立っていくような気がした。爪が月明かりの下で煌めく。

ナギのやり場のない怒りを止めたのは、呻き声だった。

その声をきくまで、ナギは傍らに眠る少年のことを忘れていた。反対方向に向けられているサージェの顔を、身を乗り出して覗き込む。

サージェは眠っているようだった。少なくとも瞼《まぶた》は閉じ、体も横たえたままだ。しかし、その顔には苦悶《くもん》の表情が浮かんでおり、時折きつく結ばれた唇から呻き声が漏れている。

彼もまた、自分と同じように悪夢にうなされているのだろうか。

ありさを助けたのはちゃんとした大人たちで、自分を助けたのはちっぽけな少年だというのは、不公平だ。

ついそんなことを考えてしまって、ナギは自分が嫌になった。

確かに、きちんとした社会的地位と権力のある大人に助けられたら、どんなに楽だったろう。ただ、だからといって、炎に巻かれた牢の中から助け出してくれた少年の行為の価値が下がるわけではない。それはまた別の話だ。

サージェは、子どものくせに妙に大人びた話し方をしたり、いきすぎてひどく尊大な印象を与えたり、かと思えば年齢相応に不安げな表情を見せたりする。聖王の喜生という立場も、実際のところナギはよく理解していない。しかし、たとえ彼がどんな人間であっても、命を助けてくれたことには変わりないのだ。

サージェの呻き声はいよいよ大きくなり、不明瞭だった言葉の一部がきき取れるほどはっきりとしてきた。そしてそれは、明らかに悲鳴だった。

「い、いたい、いたいいたいぃ……いやだ、とける、たすけて、だれか……！」

急な病気か何かではないかと、ナギは慌ててもっとよくサージェの様子を確かめようと手を伸ばす。

明るい月の光の中、サージェの青白い顔が浮かび上がり、額に汗が浮かんでいるのが見えた。悲鳴がいよいよ甲高くなったので、ナギは伸ばした手で細い肩を摑み、揺すった。

「サージェ、サージェ！」

かなり強く揺すってみたが、サージェが起きる気配は一向にない。まさか、本当に重い病を発症してしまったのではないかと、ナギの顔から血の気が引いた。もしそうならば、自分はこの右も左もわからぬ緑の大地に、たったひとり取り残されてしまうのだ。

尚《なお》も揺すっていると、サージェは悪夢から抜け出したのかだんだんと声を上げなくなり、やがて穏やかな寝息を立て始めた。

どうやら病ではなくただ悪夢を見ていただけらしい。先ほどとは打って変わって安らいだ寝顔をしばらく見ていたナギは、ほっと一息ついた。

病気ではなくてよかった。

そう思ってから、改めてこの世界で頼れるものはこの子だけなのだと実感した。

謎だらけで、腹の立つことも多いけれど。それでも。

それにしても、あのうなされ方は尋常ではなかった。ただの悪夢ではないのかもしれない。

(もしかして、虐待……とか)

あの異様に痩せこけた体からは、容易に想像できることだ。そもそも、なぜこの子はあんな過酷な労働に従事させられていたのだろう？　……奴隷として売られたのだろうか。

何にせよ、おそらくサージェには惨《むご》くて悲しい過去があるのだろう。

改めて木の幹に背を預けるが、もう眠気は去っていた。それで、ただ大地の鼓動をきいた。それと、風の歌声。

大地なのか、その下の星の海なのかわからないが、ゆっくりと太鼓を叩《たた》いているような独特のリズムは、生き物の鼓動、あるいは細波《さざなみ》のようだった。そよそよと頬を撫で、草原へと吹き抜けていく風はまるで歌っているかのように囁いている。

ああ、歌が沁《し》みていくと思った。

美しい響きが世界を覆い尽くしている。

気がつくと、ナギはサージェの背中を撫でながら鼻歌を歌っていた。

何の歌かは自分でもよくわからない。風の声に合わせて音を響かせるだけだ。

羽音がきこえて、樹上に視線を上げると、一羽の鳥が飛び立つところだった。嘴も足も白い鳥で、具体的な種類はわからない。なんの根拠もないが、昨夜危険を告げてくれた鳥と同じなのではないかと思って、思わず微笑《ほほえ》んだ。

何だついて来たのか、と。

白い鳥が明けゆく空を飛んで行く。

夢とうつつのはざまで、鳥の羽ばたきに魅せられながら、ナギは歌を歌っていた。

9

先を行くサージェが歓喜の声を上げた。

川沿いに行けば街道もあるのではないかという彼の意見に従い歩いていたのだが、どうやら読みが当たったらしい。なだらかな斜面を登ると、その向こうに蛇のようにくねくねと曲がりくねった、白茶けた道が続いているのが見えた。

街道と聞いて、さすがにコンクリート舗装された道を思い描いていたわけではない。が、石畳くらい敷かれているのではと勝手に想像していたナギは、その粗末な道に驚いた。大きな石や草は取り除かれ歩きやすく整えられているし、車二台が優にすれ違えるほどの幅はあるが、それだけだ。

サージェはいくらか進んだところで道の端に屈みこんでいた。どうやら道の脇に置かれた大きな石を見ているようだ。

「それ、何？」

石は荒く削ってあり、概《おおむ》ね六角形のように見えた。表面には何か模様が彫りつけてある。

「亀石だ。大地の安寧を願って埋める。大きな街道を通すときには、旅の安全を祈るためと、大体の場所を知らせるために一定の距離ごとに置く」

つまり道しるべのようなものか、とサージェの説明をききながらナギは納得した。しかし亀石とは。六角形なのは亀の甲羅を表しているということか。

（っていうか、亀、いるんだ）

昨日の羊といい、両者の世界に共通する生き物は結構いるのかもしれない。

「東のハカまでの距離を示している……ということは、都どころかウルナンまでも、まだまだか」

ぶつぶつと呟きながら、サージェはがっくりと肩を落とした。

石の表面に刻まれている模様は文字なのだろうか。ナギはしげしげと眺めてみたが、模様なのか文字なのか判然としなかった。耳できく言葉はなんとなくわかるのに、文字はさっぱりのようだ。一体どういう仕組みなのだろう。

人に見られてはまずいからと、しばらくは街道がぎりぎり見えるあたりを歩いていたが、まったく人通りがないことに気づいてからは、街道を行くことにした。歩いてみてわかったが、たとえ粗末ではあっても、整えられているのといないのとでは歩きやすさが雲泥の差だ。ナギの足では道なき道でもさほど苦労はしなかったが、サージェの歩く速さ、足取りの軽さがまったく違う。

「都から東の果てのハカまで街道を通したのは、聖王なんだぞ」

黙りこくって歩いていた昨日までとは打って変わって、そんな話をしてくるほどの余裕ぶりだ。

かつてサライには二本の王柱があったが、聖王の前の王の代に東側の王杆が崩壊し、大規模な大地の崩落が起こった。それによって残った大地をめぐりサライ中で戦乱が巻き起こったが、それを治めたのが聖王なのだという。そして国の隅々にまで街道を通し、物流を安定させた。

サージェの話しぶりは記憶を掘り起こしているというより、ありふれた伝説を語っているような口調だったので、これはサライの人間なら誰でも知っている聖王の偉業なのかもしれない。

（織田《おだ》信長《のぶなが》の楽市楽座とか、そういう感じなのかな）

いや、どちらかというと、戦乱の世を終わらせたのなら徳川《とくがわ》家康《いえやす》の方が近いのだろうか。話をききながら、ナギはそんなことを考えていた。

数日前に、聖王の記憶があるというのはどんな感じなのかとサージェにきいてみた。自分の記憶と二重に別人の記憶があるのだろうか。経験したことのない出来事を、ごく普通に思い出せるのだろうか。

サージェは夢を見るのだ、と答えた。

夢の中で別人になっていて、行ったことのない場所、会ったことのない人、したことのない経験をする。自分は知らないはずなのに、それがどこかも、周りの人間が誰なのかも、自分が何をしているのかもわかるらしい。もちろん、自分が誰であるのかも。時折彼が語る大人のような知識は、その夢から得たもののようだ。

幼少期から晩年まで、夢に現れる聖王の姿は様々らしいが、頻繁に見るのは自分に近い歳の頃なのだそうだ。あるいは、サージェが知りたいと思ったり、印象に残ったりした時期の記憶は何度も繰り返し見るのだと。そう答えたサージェの顔がわずかに曇っているように見えたから、ナギはそれ以上きくのをやめた。悪夢にうなされるあの幼い姿を思い出したからだ。

サージェのような子どもが、あれほど苦しむ経験をするはずない、とはいいきれない。この世界にはナギの考えが及ばない危険がたくさんあるだろうから。だが、もしかしたらあの悪夢の原因は、聖王の記憶なのではないかと思った。一度そう思うと、そうなのかどうかもう確かめられなかった。

サージェは聖王のことを語るときはいつも楽しそうに、あるいは誇らしそうにしている。その姿を見ると、あえてつらい記憶は思い出さないようにしているのではないか……そう思えてしまったのだ。

街道には一定距離ごとに宿場町が置かれ、町はサライ中を行き来する行商人で賑《にぎ》わっているらしい。ナギはあまり人目には触れたくないのだが、食料の調達は必須だ。手持ちの水筒のひとつは空になってしまったし、干し肉も残り少ない。後は封のされた小さな壺《つぼ》が二つほどあったが、サージェから決して開けてはならないと念を押されている。まさか毒なのかと青ざめたが、よくよくきけばそうではなく中身は蜂蜜で、特定の場所に巣をつくる蜂から、採り方を知るある一族だけが収穫できる、非常に高価な物らしい。つまり、反物の残りと同じく換金用ということだ。

一応革の小袋には金も入っていたらしく、ひとまずそれで食料を買い、後は様子を見て売ろうということになった。ナギとしては、早く大きな荷物を減らしてほしいのだが、子どもがひとりで高価な品物をいくつも売ったら怪しまれてしまう。

草原のテントで道をきこうとしたとき、馬泥棒と間違えられたのは、もしかしたら子どもがひとりであることを怪しまれたのかもしれなかった。しかもあのときは、身なりは飾り立てているものの顔や手は薄汚れていたのだ。今は洗って小ざっぱりしているから、良家の子息に見えなくもない、かもしれない。

(たぶん……いや、どうだろう)

街道の先に町が見えてから、ナギは革のブーツを履いた。こちらのブーツの履き方は、中にズボンの裾を入れて紐で縛って固定するというものらしいので、その通りにすると、明らかに人のものではない両足は見事に隠れた。足の裏が大きすぎるから不格好ではあるが、大きさの合わない物を無理やり履いていると思ってくれるかもしれない。ただ、普通に歩こうとするとすぐに底を踏み抜いてしまいそうになるのが難点だった。踏み抜かないようにするには、そろそろと足を踏み出すしかなく、その姿はぎこちない。

「……まあ、足の悪い従者、ということにすればいいだろう」

ナギの歩く姿を見たサージェは不安げな顔でそういった。

サージェの身分は商家の息子で、行商の途中で盗賊に襲われ、親や他の従者は殺されてしまい、わずかな荷と足の不自由な従者ひとりと共に何とか逃れ、都の親類のもとへ身を寄せるところである……そういうことにしようという話になった。

全て嘘ではない。ナギたちが盗賊に襲われたのは本当だし、その盗賊たちが商人から荷を奪ったのも間違いないだろう。その荷を、こちらが奪ったというだけだ。

もちろん、襲われて荷を奪われ、そしておそらく命も奪われたであろう商人たちには同情する。荷を横取りして申し訳なくも思う。だが、それらについての罪悪感を、ナギは捨て去ることに決めた。そうでなければ、生きていけないのだ。……本当は、一番捨てたいのは、盗賊たちを殺したという記憶だが。

街道を挟むように粗末な建物が建っているのを見て、ナギは驚いた。宿場町というか、もう少しなんというか、豪華とはいわないが……もっとましな建物が建っていると思っていたのだ。

(まるで掘っ立て小屋だ)

いびつな木材を組み合わせて建てられた小屋の数々は、今にも崩れてしまいそうだった。主要な通りである街道沿いでも、風が吹けば木材の軋《きし》む音が聞こえてくるほどなのだ。ちらりと覗いた細い小路《こうじ》の向こうには、もはやろくな屋根も持たない木を立てかけただけのような小屋の下に人がいた。

埃《ほこり》っぽいのは乾燥した空気のせいだろうが、何ともいえない異臭が鼻をついた。何かが腐ったような、すえた臭いだ。通りは基本的に静かで、時折建物や裏路地の向こうから野卑な笑い声が響いてくるので、ぞっとした。

ここはまさしく、荒れ果てた、と表現するしかないような町だった。

ナギたちに気づいた町の者は、ひそひそと近くの者に何事か囁く。それが細波のように広がっていく。

町の誰もがふたりを見ているような気がした。それでいて、まったく歓迎されている気はしない。

嫌な感じだな、とナギは思った。町の雰囲気全体がとても嫌な感じだ。そして、嫌な予感がする。首筋にちりちりするような感覚が、左腕の毛が逆立つような感覚がした。

（この国の宿場町っていうのは、みんなこんな感じなのかな）

まさかそんなことはないだろうと思うが、ちらりと見たサージェの反応からは判断できなかった。

サージェは緊張した面持ちながら無理に余裕ぶった笑顔を浮かべて、通りにいた中年の女性に声をかけた。宿を探しているのだが、と。話しかけられた女性は、不審そうに隙のない目を向ける。彼女はサージェと、それから後ろにいるナギをとっくりと眺めてから、急に笑みを浮かべて通りの先を指さした。食堂があり、頼めばその店の二階に泊めてもらえるだろう、と。

サージェが礼をいって歩き出しても、女性はじっとサージェの方を見ていた。その顔には既に笑みはない。ナギは女性の視線に寒気を覚えたが、彼女は親切に教えてくれただけだ。一瞬、まじりものであることがばれたのかと思ったが、それにしては騒がれることもなかった。ならば、気づかれたわけではないのだろう。なぜこんなにも嫌な気持ちになるのか、ナギは自分でもよくわからなかった。

ここに泊まるのはよくないのではないか。

根拠はないが、ふとそう思ってしまった。しかし、サージェにそのことを告げようにも、町なかではあまり口をきかないようにといわれている。足が悪い上に口もきけないということにしておけば、放っておかれるだろうから、と。

女性にいわれた店の戸をくぐると、まだ日は明るいというのに薄汚れた格好の男たちが集まっていた。卓の上にあるのは酒だ。あの、きくだけで怖気《おぞけ》立つ下卑た笑いは、こういう者たちが発していたのだろう。

サージェが入って店の者を呼んだ瞬間、男たちはぴたりと会話を止め、こちらを振り向いた。そのまとわりつくような視線に、ナギはますます不快感を強くした。

「まあ、それは大変でしたねえ、坊ちゃん」

店の女将《おかみ》らしき中年女性はサージェの身の上話をきいて、大いに嘆き、涙まで見せた。しかし、どうにもわざとらしく感じるのは、ナギの先入観のせいだろうか。

本来は宿ではないが、そういう事情なら特別にお泊めしましょうと女将はいい、無償というわけにはいかないのですけど、と探るような目つきでサージェを見た。サージェは懐に入れていた革袋から、小さな平たい丸いものを出し、女将に渡す。一瞬銅貨かと思ったが、金属のような質感ではない。どちらかというと陶器のようで、表面に模様――鳥を図案化したものだろうか――が彫ってあるのがちらりと見えた。少しおはじきに似ている。これがこの国の通貨なのだろう。女将は満足そうにうなずくと、ここに名前を、と木を削った薄い板のようなものを差し出した。サージェは強張った顔で墨に浸した筆を持ち、ゆっくりと板に何かを書いた。

この世界の文字は、ナギにはまったくわからない。文字か模様かすらわからないのだ。だが、サージェの書いたその文字を見て、小学生のときの書写の授業で、担任教師がナギの字に対し何度も「勢いがあっていいですね」という評価を繰り返していたことを思い出した。

「ところで、ここからトルイまで、どれくらいかかりますか？」

サージェにそうきかれた女将は、薄い笑みを貼り付けたまま首を傾げた。

「トルイ？　どこです、それは」

その答えに、サージェは少なからず衝撃を受けたようだったが、それ以上は尋ねなかった。

部屋の用意をしている間に食事を、といわれて、ふたりは隅の卓についた。店内にいた男たちは会話を再開していたが、先ほどのように大声ではなく、また会話の途中でこちらをちらちら見ていることが気配でわかった。

やはり、嫌な予感がする。

やがて料理が運ばれてきた。何かの肉を茹《ゆ》でただけのスープと、豆のような穀類を蒸したものだ。見た目は粗野だったが、食べると肉の旨みが強く美味《おい》しかった。豆のようなものは、肉のスープに混ぜて食べるようだ。全体的に味は薄いのだが、スパイスの風味が強く、薄いと感じさせない。肉とスパイスの味がうまく調和しているのだ。この少し薬っぽいスパイスの感じは、干し肉やバルライにも使われているものだろう。いつの間にかナギもこの味に馴染んでいる。

左腕を晒すわけにはいかず、何とか右手一本で食べ終えた。女将に案内されて二階の部屋に入ったナギは、女将の足音が遠ざかるのを扉の前で聞き耳を立てて確認してから、口を開いた。

「サージェ、ここは何か変だと思う」

サージェは布を敷いた低い木の寝台に早速横になろうとしていたが、ナギの言葉に動きを止めた。寝台に腰かけ、考え込む。

「宿場町って、こんなもの？　もっと、人が多くて賑やかなのかと思っていた」

ナギが思い描いていたのは、たくさんの店が立ち並ぶ様子だ。日が落ちても通りに並ぶ店から明かりが漏れて暗い道を照らすような、賑やかな町。なのに、今明かり取りの窓を上げて通りを見下ろしても、暗い闇の中にひっそりと沈んでいる。ただ、微かに人の声はきこえてくるからまだ寝静まったわけではない。

そういえば、やはりナギのいた世界ほど、科学技術が発達しているわけではなさそうだ。明かりに使われているのは蠟燭《ろうそく》で、電気など通っていない……というより、そもそもそういう技術がなさそうだ。もちろん、機械仕掛けの器具も一切見なかった。自動車などまずないだろうから、主な移動手段はやはり馬か。

（いや、船が飛ぶんだっけ？）

それがどういう仕組みなのかはわからないが、電気とは違う何らかの力で動くのなら、自動車に類するものもあるのだろうか。行商人はどうやって移動しているのだろう。と、そこまで考えて自分たち以外に旅人がいないことに気づいた。

そういえば、この店も、宿ではないといわれた。

宿場町なのに宿がないなんて、そんな馬鹿な話があるだろうか。

直感的に抱いた、この町は嫌だという思いに理性的な判断が加わると、いっそう寒気がした。

「厩《うまや》がない」

寝台に腰かけたまま、サージェがぽつりと呟いた。

「宿場町には厩を置くのが決まりだ。だが、見当たらなかった」

やはりサージェもおかしいと気づいているのだ。すぐに出て行こうといいかけるナギに、サージェは首を振った。

「もう日が落ちた。今日くらい、屋根のあるところで寝てもいいだろう。日が昇ったら、すぐに出て行こう。金は払っているのだから、こっそり出て行っても文句をいわれる筋合いはない」

その声は切実さを孕《はら》んでいた。サージェは野宿に倦んでいるのだ。その気持ちはよくわかる。鉱山では、曲がりなりにも壁や屋根があった。風も雨も遮るものがない、いつ何時野生動物に襲われるかもわからない平原で眠るというのは、確かに落ち着かない。ナギだってそもそもアウトドアは嫌いで、現代日本の整備されたキャンプ場に行くことさえ避けていたくらいだ。

（あれ、でもわたし、野宿をそれほど嫌だと思ってなかった……？）

「夜が明ける前に起きよう」

サージェはそういうと、ばったりと寝台に横たわるやいなや、すぐに寝息を立て始めた。連日の野宿で疲れがたまっていたのだろう。

それはナギも同じだ。……同じのはずだ。でも、どうしても眠る気にはなれなかった。寝台の上に座ってはみたが、焦る気持ちが募るばかりだ。

夜が明けるまで本当に待って大丈夫なのだろうか。

時間が経つのがやけに遅く感じた。ナギは眠るのをやめて、荷物を引っ張り出した。袋状の鞄《かばん》をふたつに裂き、紐で縛って大きい物と小さい物のふたつに分ける。大きい方には反物などを、小さい方には残りの食料と蜂蜜の壺を入れた。財布はサージェの懐だから大丈夫だ。

ふたつの荷を足元に置き、ナギは暗闇の中でまんじりともせずにじっと夜明けを待った。

通りにきこえていた微かな声も消え、夜がすっかり更けたと思われるころ、何かの気配を感じてナギは音を立てずに立ち上がった。明かりひとつない暗闇の中、扉の向こうで複数の気配が近づいてきていた。

ナギは明かり取りの窓を上げ、淡く差し込む月明かりを頼りにサージェに近づき、無言でその肩を揺すった。いつものように深く眠っていたらどうしようかと思ったが、今夜は眠りが浅かったようで、サージェはすぐに目を覚まして体を起こした。寝ぼけてもいないようだ。

足を擦る音が扉のすぐ向こうで止まった。

全身がひりひりするような嫌な感じはさらに強くなり、それに伴い五感が研ぎ澄まされていくような気がした。

何かいいかけるサージェに小さい方の荷物を押し付け、自分は大きい方を担ぐ。

狭い穴倉に追い詰められたような気分だ。心臓が恐怖で早鐘を打ち、息が苦しかった。それはサージェも同じようで、強い力で左腕にしがみつかれた。

小さく扉が開く。その瞬間、念のために扉のすぐ前に置いていた腰掛がかたんと小さく音を立て、それに対して悪態をつく低い声がきこえてきた。それを窘《たしな》める声も。いずれも男の声と思われた。

男たちは部屋に侵入しようとしている。

恐怖で全身が凍り付き、頭の中はどうしようという焦りで思考が空回りするばかりだ。

逃げ場がない。唯一の出入り口は塞がれている。ここは二階だ。

男たちが扉を塞ぐように置かれている腰掛に気づいた。するとすぐに、扉がものすごい勢いで開けられた。腰掛が部屋の奥に吹っ飛ぶ。もうなりふり構わなくなった男たちが、部屋に飛び込んできたのだ。月明かりに照らされ、彼らの手にした何かがぎらりと光った。

煌めく複数の刃を見た途端、サージェが押し殺した声で悲鳴を上げた。男たちがそれに気づき、一斉に振り向く。その瞬間、ナギはしがみついているサージェを引きずって明かり取りの窓へと走った。そしてそのまま飛び上がり、窓横の壁を両足で思い切り蹴りつける。粗末な木材でできた壁は拍子抜けするほど呆気なく割れ、飛び散る木の破片と共にナギは屋外へと飛び降りていた。ほんの一瞬浮遊感に包まれた後、両足に重い衝撃が走る。だが、大丈夫だ。痛みはない。怪我はない。そう判断し、半ば抱えるように一緒に落ちたサージェが、震えながら掠れた悲鳴を上げているのを見た。彼も荷物を抱えたままちゃんと立っている。

通りには人の壁ができていた。彼らが手にした松明《たいまつ》の明かりの中、薄汚れ痩せた体が、目だけは爛々《らんらん》と輝いている顔が、次々と浮かび上がる。

ぞっとした。

まるでホラー映画だ。田舎の町に迷い込んだ主人公たちが、昼間は親切な村人たちに歓迎されるも、夜になるとその村人たちはモンスターに豹変した、という類の。

いや、この町の人々は親切ではなかった。最初から値踏みするような目つきで、こちらを見ていた。あれはサージェが金になるようなものを持っているか、物色していたのだ。

松明をかざした村人が悲鳴を上げた。

「まじりものだ！」

「あのガキ、なんてもの連れてやがる！」

「おい、呪具をしてないぞ！」

悲鳴が一気に広がっていく。

片刃の剣を持った男たちが通りに飛び出してきて、他の者たちも手にした武器を構えた。

いざというときに動きづらいから、ブーツは脱いでいた。明らかに人間のものとは違う両足が、衆人の目に晒されている。

人々の目つきは、先ほどまでの獲物を見るものから一変した。その顔に浮かんでいるのは恐怖と怒り。あるいは憎悪。そして、目の前のものを生かして帰してはならぬという、強い意志だ。

「……ぐっ」

右肩に重い衝撃が走り、ナギはのけぞった。そして、自分の肩から細い棒が生えているのを見て、啞然とした。

「ナギ！」

サージェが悲鳴まじりに名を呼ぶ。

痛い。熱い。

目の前でぎらりと白刃が煌めく。

身を捻ったが、左腕に熱い衝撃があった。腕を斬りつけられた。

彼らはナギを殺す気だ。……いいや、退治する気なのだ。

ナギは短く鋭い言葉でサージェを促して走り出すと、行く手を阻む刃を、怒りを帯びた爪で薙《な》ぎ払い、体当たりして人々を追い散らす。尚も追ってくる者たちに担いでいた荷物を投げつけ、後はもう一目散に町の外めがけて、ひた走った。

暗闇の中、ふたりの荒い息遣いだけが響く。

街道から外れて走り続け、地面の凹凸に足をとられたサージェが転んだのを契機に、ナギも足を止めた。振り返ると、闇の中で複数の赤い点がゆらゆらと揺れ動いているのが見えたが、近づいてくる様子はなかった。これ以上追ってくるつもりはないようだ。それがわかって、ナギは座り込んだ。重く、すえた臭いのする息苦しい町の空気とは違い、草の匂いに包まれているとほっとした。すると、忘れていた痛みが一気に襲ってきた。思わず呻き声を上げる。

扱いにくい左手で何とか矢を握り、引き抜く。脳天を貫くような痛みに、しばし呼吸を忘れた。

「ナギ、ナギ、大丈夫か」

涙声で傍に座り込むサージェに、何とか呼吸を整えて左手を振った。大丈夫だ、と。暗くてよく見えないが、右肩と左腕の衣服が血に染まっているようだ。だが、もう大して出血はしていない。傷がそれほど深くなかったというのもあるだろうが、そもそもそういう体なのだ、とナギは悟った。

ナギの体には、こちらの世界に来てからついた無数の傷跡がある。ほとんどが、鉱山で鞭打たれたときの傷だ。見張りの男たちは、鞭を振るうとき、一切容赦しなかった。

特にまじりものには。肌が裂け、血が噴き出しても一向に気にしなかった。常人ならしばらく動けなくなるであろう傷を、幾度も負わされた。

たぶん、彼らは知っていたのだ。まじりものはそういう風に扱っても問題ないと。血が流れてもすぐに止まり、傷の治りも驚くほど早かった。そうしてついた無数の傷跡が、体には残っている。

まるで不死身のようだ。殺しても死なないんじゃないかと思ってしまう。でも、痛みはある。苦しみはある。

もし本当に死なない体になったのだとしたら、この世界から、この体から逃げ出す最後の手段さえ奪われたということになってしまう。

（いや、大丈夫だ。まじりものは退治されるといっていた。まじりものでも、ちゃんと死ぬんだ）

そう自身にいいきかせながら、腹が立って涙が出そうだった。なぜ自分で自分に死ねるから大丈夫だなんて、いいきかせなくてはならないのだ。

まじりものだ、と叫び、怯え、強い殺意を宿らせた人々の目を思い出すと、ああ、本当に自分は化け物になってしまったんだなと、改めて思わざるを得なかった。

「ナギ、大丈夫か」

「……うん。まじりものだからね」

つい、そんな皮肉が口をついて出た。自分に対する皮肉だ。ナギは、こんな体になった自らを嘲笑うしかなかった。

ナギは衣服の裾を切り裂き、即席の包帯を作って右肩に、左腕に巻いた。たぶん、そう時間もかからずこの傷も跡を残して塞がるのだろうなと思いつつ。

黙々と作業していると、押し殺して泣く声がして驚いた。

「すまなかった」

絞り出すような声でサージェはそういった。泣いていることを悟られまいと、必死で我慢しているようだ。なぜ彼が謝るのだと、ナギは月明かりにうっすらと照らされた少年の姿をぽかんと見た。

「おまえが変だといったとき、すぐに去るべきだった。何かおかしいと、わかっていたのに」

そういうことかと納得する。判断を誤ってしまったことを、後悔しているのだ。

「仕方ない。できればちゃんと屋根の下で休みたいと、わたしだって思う」

「あのとき去っていれば、おまえが怪我を負うことはなかった。私のせいだ」

「大丈夫。まじりものだから、こんな傷はすぐに治る」

「でも、痛いのには変わりない。下手をすれば、しっ……死んでいたかもしれない」

サージェの声が上ずる。恐怖に耐えかねたように、最後の方は震えた声だった。その声をききながら、ナギは奇妙な心持ちだった。

誰もが厭《いと》う化け物を心配するなんて、たぶんサージェは変わっている。化け物が痛い想いをするのが可哀《かわい》そうだなんて。おかしな子だ。でも、それを嬉しいと感じる自分がいる。

「大丈夫だってば。ただ、これからは気をつけよう」

これ以上サージェに責任を感じてほしくなくて、ナギはわざとぶっきらぼうにそういいつつ、今後は自分の直感を信じようと密《ひそ》かに決意した。

ナギはあの町に入った瞬間から、根拠もなくここにいてはならないと感じていた。本能的に嫌だと思ったのだ。理性は、人々の貧しそうな暮らしを見て決めてかかるのはよくないとか、よく知りもしないのに簡単に判断するのはよくないとか訴えてきたが、必ずしもその訴えに従えばいいというわけではない、と今回の件で学んだ。本能……野生の勘ともいうべきものを、もっと重要視した方がいい。

一瞬、そうしてまじりものは理性を失っていくのではないか、という考えが過ったが、すぐに頭の隅に追いやった。

とにかく、今は死ぬわけにはいかないのだ。死ぬより前に、賭けるべき可能性があるのだから。

項垂れてこくりとうなずくサージェを見ながら、ナギはそう強く決意した。

第二章

1

危うく町の住民たちに殺されかける一件があってから、ナギたちは街道を歩くのもやめた。万が一、追手が来たときのことを考えてだ。街道を見失わないよう、少し外れた道なき道を歩く。サージェは日に日に疲労が溜《た》まり、歩みが遅くなっていったが、文句ひとついわなかった。

時折荒んだ印象の町を見かけたが、近寄らなかった。本音をいえば食料を補充したいところなのだが、たぶんああいう町は正規の宿場町ではないのだ。サージェは宿場町には厩があり、厩と町全体をその地方の役人が管理しているはずだという。そういう町に行き当たるまで、近づかないことにした。いや、そういう町であっても大丈夫なのかどうかはわからない。どんな町にも弱者を食い物にしようとする輩《やから》はいるだろう。そして、いくら虚勢を張っても、サージェのような子どもがそれなりの大金を持ってひとりで旅するのは、どうぞ襲ってくださいといっているようなものなのだ。かといって、まじりものが一緒だと悟られれば、それはそれで町を追われることになる。呪具を着けたまじりものを従えている者がいないわけではないらしいのだが、やはり子どもがひとりでまじりものを連れている、というのは異様な光景だろう。

足を引きずるようにして歩いていたサージェが、突然あっと声を上げて小走りになったのは、細い峠道を越えたところだった。

街道の隅に置かれた石らしき人工物に向かって走って行く。ナギは亀石と街道の右手に広がる山とを見比べているサージェの傍へ、ゆっくりと歩いて行った。

サージェの視線の先はただの山だが、よく見るとうっすらと道らしきものも見えた。あまり管理されていないのか、だいぶ草に侵食されている。しかし、それでもぼんやりとした道は、麓の林へ、そしてその先の北の方にある山へと続いているようだ。

サージェはもう一度亀石を見た。

「この道はトルイに続いている。こっちへ行こう」

「トルイ？」

確か、ナギたちを騙《だま》して泊めた店の女将に、サージェはトルイまでどれくらいかかるか、ときかなかったか。トルイが地名らしいということはナギにも推測できたが……しかし、あの女将はそこを知らないようだった。

「聖王の生まれ故郷だ。あそこの者なら、私が聖王の喜生だとわかってくれる。必ず助けてくれるはずだ」

サージェは久しぶりに明るい声になり、生き生きとした様子だ。ついでに、妙に堂々とした態度も復活している。ナギには根拠のわからない謎の自信を取り戻したようだ。

しかし、本当だろうか、とナギは疑問を抱かずにはいられなかった。聖王生誕の地だというのなら、それなりに栄えている町ではないのか。それを、あの女将は知らなかったというのか。

「それは、確か？」

できるだけ不信感が出ないようにさりげなくきくと、サージェは少し考え込んだ。

「トルイにならば、聖王の絵姿くらいあるはずだ。もしかすると、幼少期のものも。それを見れば私が聖王と同じ外見だということはわかるだろう。喜生だとさえ信じてもらえれば、私を助けないはずがない」

少し不安が混じっているようだが、出会ったときと同じ自信に満ちた、やや尊大すぎると思うような声だ。

ナギは西へ続いている街道の先を見つめた。登り斜面になっているためここからは見えないが、峠を越えたときにその先を見ている。しばらくは大きな町もなさそうだった。

「この先は？」

「ウルナンがあるはずだが……まだまだ、先だ。ウルナンへ辿り着いたとしても、都へは、さらに倍以上距離がある」

思わずナギは呻いた。まだ、半分も来ていないのかと思うと、本当は呻くどころか泣き出したいくらいだ。

「トルイまでは、ここからどれくらいかかる？」

「そうだな……たぶん、半日、か、それくらいか……？」

明言を避けるように、サージェはもごもごと答えた。

半日か、とナギは考える。

決して近くはない。が、とりあえずそこまで行けば助力が望めそうだというのだ。もうほとんど残っていない食料も調達できるだろう。うまくいけば、だが。本音では、西へ向かう方が堅実な気はするし、元々ナギは一発逆転よりコツコツ努力し続ける方が性に合っている。

(でも、なあ)

このところ沈みがちだったサージェが、やっと明るい表情になったのだ。トルイに行くのはやめようというと、また落ち込むだろう。そう思うと、提案を無下に突っぱねるのも気が引ける。

「わかった、行こう」

ナギが答えるとサージェは破顔し、先ほどまでの重い足取りはどこへやら、小動物のように飛び跳ねて前を歩き出した。

「半日って、いった」

日が落ちて街道と草地の区別がつかなくなっても、ふたりはまだ山を登っていた。

元々消えかかっている街道だから、余計に見分けづらい。

そもそも、街道がきちんと整備されていないということは、誰も使っていないのではないか。今更ながら、ナギは気づいてしまった。

「……悪かった。半日は、いいすぎたかもしれない」

つい責めるような口調になったナギに対し、サージェは言い訳をするように答えた。

「本当は？」

「……わからない」

「わからない？」

思いがけない答えに、ナギは素っ頓狂な声を上げてしまった。トルイの記憶は、鮮明にあるわけではないのか。

「い、いや、だって、聖王はトルイを出るとき、いつも天黒馬《てんこくば》に乗っていたから、歩いてどのくらいかかるかは、わからないというか、やったことがないというか」

焦ったようにしどろもどろに答える様子を見て、我慢しようと思っていてもため息が漏れ出た。

まあ確かに、王という身分の人が、歩いて旅するはずがない。なにがしかの乗り物を使うのは普通で、サージェがその人の記憶を頼りにしている限り、情報の正確性は最初から疑ってかかるべきだったのだ。

つまり、鵜呑《うの》みにしたナギも悪い。それはそうなのだが、あと半日歩けばなんとかなると思っていただけに、どっと疲れが襲ってきた。

ナギはある程度、夜目もきくが、サージェはそうはいかない。下手に動いて怪我をしても後が大変なので、林に差し掛かったところで休むことにした。

ふたりで木の幹に背を預けて座ると、道中見つけた赤い果実を取り出す。

昼間、これを見つけたときのサージェのはしゃぎようはすごかった。

「アトイの実だ！」

叫ぶや否や、ぽつんと一本だけ聳え立つ、赤い実を付けた木の幹にするすると登っていき、いくつもの実を抱えて戻ってきた。

サージェの採ってきた実は大人の握りこぶしくらいの大きさで、そこそこ硬く、つるりとした薄い果皮を持っていた。鼻を近づけてみると、甘酸っぱい爽やかな香りがする。

食べられそうではあるが、本当に大丈夫なのか、ナギには判断できない。野生の果物には毒がある物もあるから、軽々しく食べない方がいいという半端な知識しかないのだ。

「ものすごく甘くて、みずみずしいんだ。生でも美味《うま》いし、肉と煮込んでも美味い」

しかし、サージェの反応はナギとは真逆だった。嬉しそうに説明しながら袖で軽く汚れを落とし、ナギが止める間もなく赤い皮に歯を立てる。

シャリッという小気味よい音が響いた。

サージェは満面の笑みで齧《かじ》った実を咀嚼し……ひと噛みする度に表情が変わっていった。笑顔がそのまま固まり、それから何か考え込むような表情になり、眉根を寄せて小首を傾げる。その首の傾斜はどんどん深くなっていく。

その様子を見ていたナギは、やっぱり毒があるのではないか、と冷や冷やした。

「出して。毒があるのかもしれない。すぐに吐き出した方が」

慌てるナギを押しとどめるように、サージェは片手を上げて制した。相変わらず首を傾げたままだ。

「……いや、アトイの実で間違いない、と思う。毒はない。食べ、られる、うん」

少なくとも喉の渇きは止まるぞ、といわれて、ナギも恐る恐る実を口にした。

食感は悪くなかった。だが、ものすごく甘い、とはとてもいえなかった。

はっきりいうと、かなり酸味が強くて、若干渋かった。まだ熟していないのか、と思ったが、色は赤々としている。なんとなく、まずい林檎《りんご》とはこんなものかもしれないと思った。

美味いか美味くないかと問われると、食べられるとしか答えられない。そんな味だ。甘くは、決してない。

少なくともサージェのいう通り、この強い酸味が喉の渇きは癒してくれたし、腹の足しにはなる。鞄に入るだけ詰めて、ふたりは再出発したのだった。

あれから時間が経った今、もう一度食べてみても、やはり食べられるものだとしか思えない。だが、疲労のせいか昼間より美味しく感じるのが不思議だ。

食料は干し肉がいくつか残っているだけで、既にバルライはない。明日トルイに着けなかったら、と思うと、暗い気持ちになる。

「街道が荒れているように思うんだけど」

もしかして、トルイもあの偽の宿場町のようにすでに荒れ果てているのではないか、とつい思ってしまう。

「トルイは天黒馬の産地だから、商人でも天黒馬に乗る。荒れているのはそのせい、じゃないか……？」

答えるサージェの声は、あまり自信があるふうではなかった。

「……というか、天黒馬、とは？」

先ほども聖王が乗っていたといっていた。馬に乗っても徒歩と同じく街道を通るのではないのか。

「ああ、天馬《てんま》の一種だ。サライではこちらの方が主流なんだ。普通の天馬より体が大きくて、毛が黒っぽいものが多いのでそう呼ぶ。速度はやや落ちるが、そのかわり力が強くて、持久力もある」

ふうん、と適当に相槌を打ったナギは、天馬ねえ、と呟き、次の瞬間立ち上がった。

（てんま……天の、馬……ペガサス!?）

「天馬って……あの、天馬!?　空を飛ぶ、あの？」

樹冠の間から射す月明かりに、サージェの驚いた顔が浮かび上がっている。

「あ、ああ、そう、だが。なんだ、おまえの故郷にもいるのか？」

「いる！　いや、いない！」

「……どっちなんだ？」

困惑した表情を浮かべるサージェだったが、ナギは彼の問いに答える余裕はなかった。

脳裏に、これまでに見た、あるいは読んだ、様々なペガサスのイメージが駆け巡っていた。

（ペガサスって、あのペガサス、だよね？）

神話に出てくる、かの有名な伝説の生き物。漫画や小説、映画など現代でも数多《あまた》の創作物に取り上げられ、ファンタジー好きを魅了する、翼の生えた、空飛ぶ馬だ。そんなものが現実にいるなど、とても信じられなかった。が、サージェは当たり前のように語る。あの幻獣が存在する世界なのだ、ここは。

再び座り直したものの、ナギの興奮は止まらなかった。

（嘘でしょ。ペガサスがいる？　この目で、生きて動いている本物を見られる？）

現実感がなさすぎて、なんだか笑えてくる。

（まさか、ユニコーンやドラゴンもいるとか？）

可能性がないとはいいきれない。そう考えると、さらなる興奮を抑えられなくなる。

そんなナギを、サージェは変な目で見ていたが、彼の視線には構っていられなかった。

明日には、天馬が飛び交う光景を見られるのかもしれない。

そう思うと、ナギは久しぶりに心が浮き立つのを感じていた。

2

街道はひたすら山の中へ続いていた。すでに木々の生えている地帯は遥か下になり、周囲には背の低い草や岩ばかりだ。相変わらず街道は整備されていない。本当にこの先に町があるのか不安になってしまうが、途中でまた亀石が現れた。ナギには読めないが文字が彫ってあり、それを見たサージェは笑みを浮かべた。おそらくトルイまでの距離でも彫ってあるのだろうが、その石がやけに苔生《こけむ》しているのが気になった。

「この先だ。この峠を越えれば、トルイが見える！」

そういって振り返ったサージェの顔は、喜びに溢れていた。まるで本当の郷里に帰ろうとしているかのように。

道なき道を連日歩き、ろくに食事もできず、疲労は限界に達しているだろうに、痩せ細った小さな体は力強く足を踏み出していく。意気揚々と。少年の背を、ナギはため息まじりに、同時にどこか安心もしながら追う。

しかし、しばらくしてその足が、止まった。

ちょうど道を上りきったあたりだろうか。そこでサージェの足は止まり、ふっと力が抜けたように膝をついた。

怪我でもしたのかと、慌てて後を追う。

「サー……」

名を呼び掛けたナギの声は、途中で宙に消えた。

道の先が、なかった。街道の途中で、突然絶壁になっていた。

周囲には遮蔽物がなく、荒れ狂う風が激しく吹きつけ、サージェの高く結った髪を弄ぶかのように揺らす。その様はまるで疾走する度に揺れる馬の尾のようだった。

視界の先には、遥か遠くまで紺碧の海が広がっていた。

死体の足を引きずりながら初めて見たときと同じく、サージェと相対するときに見る色と同じく、それは今日も変わらず美しく……恐ろしく見えた。

遠くに、煌めく海の中、細い棒のような物とその上に載っている何かがぼんやりと見えた。距離はここからかなり離れているようだ。

（……北村さんのいった通りだ）

今自分で目にしてみて、彼女の表現が間違いではなかったとわかった。わからされた。もっとちゃんと説明してくれと思った自分を恥じるほどに。だって、誰が海の中に柱が立ち、その上に大地が広がっているなど、思いつくだろう？

王柱と、それに支えられた大地。

目の前の絶壁から視線を移動させていくと、ナギが立っている場所は、いわゆる湾のようになっているとわかった。海は遥か下にあるのに、湾と表現するのはなんだか奇妙な心持ちだが。湾の、ちょうど三日月《みかづき》の最も抉《えぐ》れた部分に当たるところに、ナギたちはいた。西側はなだらかな曲線を描いてからその地平線……海岸線はやがて海へと消え、東側は左に比べて急な曲線を描きながら北の方まで大地が突き出しているのが見える。ちょうど岬のようになっているのだ。その岬の先端でさえも、向かいの大地とは離れている。

サライとは別の大地が、海の向こうにあった。

サージェの語った通り、この世界は柱によって支えられた島で構成されているのだ。

「落ちた……トルイが、落ちている……」

呆然とした様子で、膝から崩れ落ちたサージェが呟いた。その声は掠れていた。

頼りない声に、ナギは海の上に浮かぶ多島の世界を目の当たりにした衝撃から脱し、当初の目的を思い出した。

この街道の先にあるという聖王の生まれ故郷、トルイを目指していたのだ。しかし街道は途中でなくなり、ここより先に大地はない。それはつまり、トルイのあった大地が今はないということだ。

大地は落ちる。そうしていくうちに、元々大きな大陸が四つあった世界から、小さな島が無数に存在する世界に変わったのだという話だったではないか。

ナギは戦慄した。

話にはきいていても、自分にはうまく思い描けていなかったのだと、今更ながらに実感した。大地が落ちるなど、ナギのいた世界では考えられないのだ。

もちろん、地震はある。特にナギの住む日本は地震大国だから、幼いころから学校でも訓練をしてきた。知識として、地震により、突如海上に島が現れることもあるし、逆にあったはずの大地が沈むこともあると、知っている。だが、ナギの知る地殻変動と、文字通り大地が海に落ちるというこの世界の現実は、あまりにかけ離れている。

大地のなくなった空中に向かってサージェが何か呟いていたが、風の音できこえなかった。ただ、彼が呆然自失となっていることだけはわかる。

トルイに行けば何とかなるという漠然とした期待を抱いていたナギ以上に、サージェは聖王の故郷に深い縁を感じていたのだろう。本当の郷里へ向かうかのようにはしゃいでいた姿を思い返すと、胸が痛んだ。

かける言葉を失っていたナギは、不意にぞわっと悪寒が全身に走るのを感じた。肌がひりつくような感覚、毛が逆立っていく不快な感覚だ。

危険だ、と本能が告げる。

辺りを見回すが、周囲には人はおろか獣の姿すらない。樹木がなく視界は開けているから、それは間違いない。空にも鳥一羽すらいない。

自分たちを脅かす者はいない。だが、ここは危険だと感じた。

怖々と腰を低くし、大地に手をついたナギは異変に気づいた。

鼓動が違う。

大地は常に一定の律動を刻んでいた。それはゆっくりとした、安定的で力強いもので、まさに鼓動と呼ぶに相応《ふさわ》しいものだった。もちろん、実際に地面が何か音を出しているわけではなく、あくまでナギの感覚的なものだ。だが、大地と接する度に感じているものだった。

その鼓動が乱れている。呼吸が荒れているかのように、速く、間隔も一定していない。それに同調するように巨大な不安の波が心に押し寄せてきた。

「サージェ、ここを離れよう」

脱力してへたり込んでいるサージェの腕を取り、引っ張りあげる。サージェは抵抗することなく立ち上がったが、動きに主体性はなく、トルイが落ちた衝撃から依然脱していないのは明白だ。

よろけるサージェの腕を引っ張って、来た道を戻ろうと踵を返したナギは、奇妙な音をきいた気がして思わず立ち止まった。低い音が遠くからやって来る。

大地の鼓動とは違い、その音はサージェの耳にも届いていたらしく、虚ろだった顔から一気に血の気が引いていく。色を失った唇がわななく。

「大地が、鳴いている」

震えた声がそう呟いた瞬間、大地も震え出した。

思わず叫んで、ナギはサージェの腕を引き倒し、その場に伏せた。

地震だ。

大地の鳴動は徐々に強くなり、ナギが経験したことがないほどになった。悲鳴を上げながら、しがみついてくるサージェに覆いかぶさるようにして強い縦揺れに耐える。散々訓練した地震の時の対処法が、次々に脳裏に浮かんでは消えていく。何か行動するどころではない。ただ真っ白な頭で、収まってくれと祈ることしかできなかった。

随分と長いこと揺れに耐えていたような気がしたが、実際のところどうだったのかはわからない。ようやく収まってきたかと思って顔を上げたナギは、海の向こうを見たまま固まった。

東側にあった岬が、今まさに大地から離れ海へと落ちていくところだった。

距離があるせいか、それとも風の音のせいか……あるいは、音まで脳が処理しきれなかったのか、大地が崩れる轟音はナギの耳に届かなかった。そのため、無音で大地が落ちていくように見え、それはまるで大地にさほど重量がないかのような錯覚を引き起こした。

（クッキーの端が欠けて、崩れてしまったみたい）

そんなことを、思った。頭の中の別の自分が、どんな表現なんだと笑う。笑っている場合か、とさらに別の自分が指摘する。もうわけがわからなかった。その光景は、あまりに現実離れしていた。

岬の先端の一部が落ち、さらに残っていた部分が次々と落ち、しばらくして崩落は止まった。気がつくと、先ほどまで見えていた岬の半分ほどがなくなっていた。

ガラ、ガラ、という岩が転がるような音が断続的にきこえた。

その音にようやく我に返ったナギは、しがみついたまま同じ方向を見ていたサージェを半ば抱えるようにして立ち上がった。

海へ落ちる大地があそこだけだと、なぜいえる？　ここも落ちない保証は？

恐怖は思考を止めたが、体は突き動かされた。

ここは危ない。そう、本能が警告している。

もはや廃れた街道を律義に通っている余裕はなく、岩だらけの急斜面を一気に駆け下りていく。人間ならばすぐに足をとられ転がる羽目になるだろうが、広い足の裏と鋭く頑丈な鉤爪がしっかりと大地をとらえてくれる。

背後で、通り過ぎた傍からガラガラと大地が落ちていく。そんな妄想を振り払い、必死で走った。

「……待て！」

ナギの足を止めたのは、サージェの鋭い制止の声だった。

すでに頂上からはだいぶ下っていたが、それでも安全なのかはわからない。どこまで行けば安全なのか、そもそもわからない。

「水晶溜《すいしょうだ》まりだ……！」

上ずった声が悲鳴のように響いた。いや、悲鳴だった。思わず抱えていたサージェを地面に降ろすと、サージェはトルイがなくなったと知ったとき以上の衝撃を受けた様子でへたりこみ、顔を引きつらせている。

前方には斜面が続いていたが、先ほどまでとは様子が違った。大地のそこかしこが、きらきらと煌めいて見える。水面が日の光を受けているかのように。

（水面？）

よく見ると、赤茶けた大地を、ところどころうっすらと液体が覆っている。

「触るな！　これは、これは……星の海と同じだ……触れるものを溶かす……！」

「え……」

伸ばした指先を止めて、ナギはもう一度液体を見た。煌めいて見えるのは……日の光を受けているからではない。この液体そのものが、何らかの光を帯びているのだ。

そういえば、行き道ではこの辺りにもっと草が生えていたはずだと思い出した。周囲を見回すと、確かに離れた場所にはまだ草地があった。だが、その部分は徐々に消えていっている。……溶かされている、のだろうか。

その光景に、ナギはぞっとした。

「だめだ……ここも落ちる……いやだ、いたい……とける、もう、いやだ……！」

うわごとのようにサージェが呟いている。それはいつか見た、悪夢にうなされる姿に重なった。あのときも彼は、激しく痛みと恐怖を訴えていた。そして、助けを求めていたのだ。

水晶溜まりは徐々に広がっていた。これは大地が落ちる前兆なのだろうか。ここを回避して、遠回りして逃げる余裕はあるのだろうか。ないのだとしたら？　ならば、ここを越えなければならない。

背後ではガラガラという音が響いている。その音が、追ってくるような気がした。

ナギは無言でサージェの前に屈み、彼の両腕を取って自分の首に回すと、軽い体を背に負った。

「摑まっていて」

そして、一歩踏み出した。

「よせ、ナギ！」

サージェの悲痛な叫びは、ナギの耳には届かなかった。

右足に水気を含んだ土を踏んだ感触がしたと思った瞬間、激痛が一気に脳髄まで達した。

「……っ……！」

悲鳴は声にならなかった。

（あ、あ、ああああああああ！）

目の前で閃光が瞬いて何も見えなくなった。いや、見えているのに、それを処理する脳が機能していないのだ。痛みで。

熱い。熱いなんてものじゃない。燃え盛る業火でさえもこれほどの熱さ、痛みをもたらしはしまい。

溶ける。爪の先から、自分というものが溶けて消えて無くなっていく。

さらに左足を踏み出した。

「……ぐ」

喉の奥から奇妙な音が漏れる。食いしばった歯が砕けそうだ。

耐えられない。もう熱いと痛いしかわからない。それ以外にない。それから逃れたいだけだ。逃れられるなら死んでもいい。

もう一度右足を踏み出す。次に左。そしてまた右。

ただそれだけを繰り返していく。足を速めることはしなかった。そんなことはできなかったし、万が一にも自分が転ぶわけにはいかないからだ。

踏み出す度に、自分の一部が溶かされてなくなっていくように思えた。

もう足の爪はない、指はない。甲もない。足首の肉もない。骨も溶かされていく。思考する脳すらも、なくなっていくかのようだ。

それでも、今ここで歩みを止めるわけにはいかなかった。

ただ、見えない前だけを見据えて進んで行く。

いつの間にか頭の中で自分が、骨だけになった足を棒のように大地に突き刺して歩いて行く化け物になっていた。

「ナギ、ナギ！」

背中に軽い衝撃が走る。何度も、何度も。泣き叫ぶ声がきこえる。

「ナギ、もういい、降ろせ！　もう越えた！」

繰り返す叫び声に、ナギはようやく目の前に緑色が広がっていることに気づいた。視界が戻っている。色が戻っている。草が、木々が……水晶溜まりを、越えたのだ。いつの間にか林の中を歩いていた。

そう気づいた瞬間、ナギはその場に膝をついた。

足先から、無数の槍《やり》で一斉に刺し貫かれるような激痛が這い上ってくる。霞《かす》む目で確かめると、両足はあった。指も爪もあった。ただ焼け爛《ただ》れ、鱗の下の肉が見えているだけだ。

火傷《やけど》を負った部分を触ることはできない。しかし、何とかして痛みを止めたくて、できるだけ患部に近いところを押さえながら、どさりと草地に横倒しになった。

「ナギ、大丈夫か！」

サージェの必死の問いかけに、答えることができなかった。涙を溢れさせた顔を見て、憐れに思いながらも慰めてやる言葉ひとつ思いつかない。とにかく痛かった。痛みを止められるなら、両足を切り落としてしまおうかと、一瞬考えてしまった。

どうしようどうしよう、と独り言のように繰り返しながら、サージェはおろおろとナギの傍に膝をついていたが、やがて意を決したように立ち上がった。

「待ってろ。助けを呼んでくるからな」

何を馬鹿な。

街道から外れたこんな場所に、誰がいるというのか。いたとしてもまともな人間じゃない。そもそも、この世界の人間がまじりものを助けてくれるはずがない。サージェだって、また狙われるとも限らないのだ。

行ってはいけない、傍を離れてはいけない。そういいたいのに、喉を締められたかのように、出てくるのは呻き声だけだ。そうこうしているうちに、足音が去って行く。

（駄目だ、サージェ……！）

薄れゆく意識の中で、最後にそう叫んだつもりだったが、声になっていたかは自分でもわからなかった。

はっと目を開けると、樹冠から射す眩い光がちょうど瞼に当たっていた。

「……サージェ！」

呼びながら慌てて身を起こしかけ、足の痛みにぐっと声が詰まった。

痛みはまだある。が、先ほどまでの、いっそ足を切り落としたくなるほどの狂いそうな痛みは去っていた。

辺りを見回しても、小さな少年の姿はない。人を呼びに行ったままなのか。

あれからどれくらい経ったのか、自分がどれくらい気を失っていたのかはわからなかった。まだ日は高く、傾いてはいない。何時間も経ったというわけではなさそうだが、自信はない。

人を探して彷徨《さまよ》っているだけならいい。だが、誰かに出くわし、捕らえられていたらどうする？　最悪の場合、金品を奪われた挙句に殺されていたら？

嫌な想像を振り払い、ナギは立ち上がった。足を地面につける瞬間に激痛が走ったが、息を止めて衝撃をやり過ごすと、やがて痛みに慣れた。

この体は本当に頑丈だと、痛みに歪む顔から思わず笑みが漏れた。

痛みが最小限になるように、そろりそろりとゆっくり、慎重に歩いて行く。だが、サージェがどの方向に行ったのかわからない。どこに何があるのかもわからないのだ。

サージェなら街道を探し、それを辿るだろう。ならば、街道を見つけ出さなければ。

だが、林の中では周囲の様子がわからない。まずはこの林を抜けようと、幹に手をかけながら少しずつ移動していく。木は視界を邪魔する厄介者に思えたが、立っていられるのは支えになる木があるおかげでもあった。

草を踏みしめ、次の幹までと自分を鼓舞して歩いて行く。そうして歩けども歩けども、一向に街道は見えてこなかった。

不意に水音がきこえて、ナギは辺りを見回した。

（水？　……川？）

川があるなら、街道は近くだろうか？

水音のしたと思われる方に歩き始め、いくつめかの幹に体を預けて顔を上げた瞬間、ナギは言葉を失った。

あったのは川ではなく、小さな池だった。濁っていて底が見えず、お世辞にも綺麗とはいいがたい。だが、ナギが見ていたのはそんな池ではなく、そのほとりにいた生き物だった。

煌めく緑の鱗は、まるで翠玉《すいぎょく》のようだ。がっしりとした体軀《たいく》は、離れた場所から見ても大きく思える。後ろ足は見覚えのある太い鉤爪と大きな足。それに反して前足は可愛らしく思えるくらい小さいが、それでも鋭い鉤爪が光っていた。折りたたまれてはいるが、その背には間違いなく翼があった。鳥のような羽毛の生えた翼ではなく、蝙蝠《こうもり》のように皮膜が張っているものだ。

水辺に悠然と佇《たたず》むその生き物の、琥珀《こはく》のように黄色い目の中の細い瞳孔が、ひたとナギの方に向いた。

いるかもしれない、と一瞬考えたことはあった。その可能性に心躍らせもした。だが、あのとき自分は本当にいると信じていただろうか。まさか、という気持ちの方が強かった。冗談交じりに思っただけだ。

本当にいるなんて、自分が出会うなんて、信じられなかった。

（ドラゴンだ……！）

目の前に、緑色の鱗に覆われたドラゴンがいた。

立ったときの大きさはどれくらいなのか、いまひとつわからない。頭の高さは座っていてもかなり高く感じる。……座っている。尻を地面につけて、ちょこん、と形容したくなるような座り方をしているのだ。

立ち上がって前傾姿勢になれば、象くらいの体高だろうか？　翼に迫力がありすぎて、既知の動物と比べてもピンとこない、というのが正直なところだ。

ドラゴンはナギを見ていたが、不思議とあまり恐怖は感じなかった。襲われるとは思わない。その目には、知性があった。

質問すれば、何か答えをくれそうな雰囲気だ。

（ああ、そうだ。だってドラゴンといえば、賢者みたいなものじゃん）

太古から生き、なんでも知っている賢い生き物として物語に描かれることも多い。主人公に助言をくれる存在だ。ナギは主人公には決してなり得ないけれど。

そろ、と幹から体を離し足を踏み出しても、ドラゴンは動かなかった。ただじっとナギを見ている。まるでナギを待っているかのように。

（男の子を見ませんでしたか、ってきけばいいのかな？）

まるで夢を見ているような気分でよたよたと近づいていき、琥珀色の目を見上げて口を開いた、その瞬間――足元でドスッというくぐもった音がした。反射的に目を向けると、地面に矢が刺さっている。続け様に、今度はよりナギの足に近いところにもう一本矢が刺さった。慌てて矢を避けるように逃げると、さらに矢が飛んできた。

急に動いたせいで足に痛みが走り、よろける。池の中に転がり落ちないよう、必死に耐えながら、矢が飛んできた方向を振り返りかけて、ナギはぎくりとした。

耳元で大きな鼻息がきこえた。

先ほどのドラゴンの顔が、ナギの頭の真後ろにあった。鼻を鳴らして匂いを嗅ぐその様は、まるで獲物を物色している肉食獣のようだ。

そのときになって、初めて自分が捕食されるかもしれないという可能性に気づき、ナギは軽率な自分の行動を後悔して、思わず目をぎゅっと閉じた。知恵者として描かれることもあれば、悪逆な化け物として描かれることもある、それがドラゴンではないか。姿を見た瞬間に、逃げるべきだったのだ、本当は。浮かれている場合じゃなかった。

「離れろ、ジュード」

低く張り詰めた男性の声が静かな林の中に響いた。

はっと目を開けると、池の反対側に矢をつがえた人物が立っていた。ナギの頭は齧られておらず、依然ふんふんと匂いを嗅がれているだけだ。

目の前でぎりぎりと弦が引き絞られていく。

男性の格好はナギが着ている衣服とは違った。上衣は前をボタンで閉じる形で、長くすぼまった袖をたくし上げてある。ズボンもよりぴったりした形状で、矢を射るにも、腰に差した大ぶりのナイフを使うにも、動きやすそうな服装だ。

歳はナギより随分と上だが、中年と呼ぶには少し早い印象を受けた。三十前後といったところか。ナギを見据える目は厳しいが怒りや憎しみといったものは感じられず、冷静な狩人《かりゆうど》のようだと思った。

彼はジュード、と名前のような言葉を発した。このドラゴンの名だろうか。そういえば、このドラゴンには手綱がつけてある。ということは、騎乗用ということだ。

もしかしていつかサージェが馬泥棒の嫌疑をかけられたように、ナギも同じような誤解をされているのではないか。

「あ、あのっ」

ナギが口を開くと、男性の眉がぴくりと上がった。

泥棒じゃないんです、といったところで、簡単に信じてはもらえないだろう。街道から離れたこんなところでひとり彷徨っているなんて不審だ。ナギは無意識のうちに両手を上げていた。敵意も逆らう意志もないことを示すために。

「あの、すみません、この子に何かするつもりはなくて……ええと、人を探しているだけなんです」

ナギが言葉を発するにつれ、男性の目が見開かれていった。口も軽く開いている。

男の子を見ませんでしたか、と続けても大丈夫だろうかとナギは考えたが、ひとまず相手の反応を待とうと思いとどまった。しばしの沈黙ののち、ようやく男性は応えた。

「……今喋ったのは、おまえか？」

そう問われて、ナギはしまったと思った。

ドラゴンに出会えたことがあまりに衝撃で、意識が元の世界で物語に心躍らせていたころに戻っていたから、自分がまじりものであることを忘れていた。

「なぜ、まじりものが言葉を喋る？」

どう答えていいのか、どう答えれば警戒を解いてもらえるのかわからなかった。この世界ではまじりものは問答無用で退治される。まじりものは正気を失った殺戮を求めるだけの化け物。そういうものなのだ。

ふん、と大きな鼻息がかかったかと思うと、ドラゴンの冷たい鼻面がナギの頬に押し付けられた。食べられるのかと一瞬凍り付いたが、じゃれるように頭をこすりつけているだけだ。しかし、本人はじゃれているつもりでも、この巨大な体軀では人間の体など簡単に倒されてしまう。

思わずよろけたナギは踏ん張ろうとして、足の痛みを思い出した。反射的に力を抜くと、耐えきれずにそのまま転んでしまう。

「わあぁ……ちょっ、ちょっと待って……ぐえ」

ドラゴンは転んだナギの頭を軽くつつき、襟首を嚙んで引っ張ってきた。助け起こそうとしているつもりなのだろうか。しかし、力が強いから首が締まる。

ナギが何とか立ち上がると、すぐ傍で足音がした。顔を上げると、さっきの男性が立っている。その手に弓は握られていたが、もう矢はつがえられていない。射すくめられるような目つきも、心なしか穏やかになっているように見えた。

「おまえはまじりものだな？」

そう問われて、ナギは素直にうなずいた。

「言葉を喋るまじりものなぞ、初めて見たな。つまり、おまえは正気を失っていないということか」

「そう……だと、思います。今のところは。一応」

これまでの自分の行動を考えれば、胸を張って肯定はできなかった。それは嘘になる気がした。そんなナギを見る男性の目には、好奇心が宿っていた。

「名前は？　あるか？」

ナギはうなずいて、思わず小さく微笑んでしまった。まじりものにも名があるのか、と驚いたサージェの顔を思い出したのだ。

「ナギ」

「そうか。俺はヨルカという。こいつは俺の兄弟みたいなもので、翠竜《すいりゅう》のジュードだ」

自分が紹介されたとわかったのか、緑のドラゴン——翠竜と呼ぶらしい——は低く鳴いた。

「その足はどうした？」

ヨルカの目はナギの焼け爛れた両足を見ていた。

「あ、ええと……水晶、溜まり、とかいうところを、越えなくちゃいけなくて、それで……」

「水晶溜まりの中を歩いたのか？」

そう問うヨルカの声は、正気か、といいたげだった。

まじりものゆえの無鉄砲と考えられては困る。ナギは水晶溜まりがどんなものなのか、知らなかったのだ。説明はされたが、実際に触れるとどうなるのか、本当のところは理解していなかった。

「よく知らなかったんです」

「水晶溜まりを？」

この世界の人にとっては常識なのだろう。だが、ナギにとってはそうではないのだ。

「わたしはここと違う世界から……異境、と呼ばれているところから来て……ええと、渡来者、とかいうやつらしいんですけど」

そういうと、ヨルカはすっと目を細めた。そしてしげしげと頭のてっぺんからつま先までナギを見つめた。

「渡来者だと？　この辺りでは珍しいな。それで？　渡来者で、まじりもので、しかも正気を保っているだと？」

はっと息を吐き出すように笑うヨルカに、自分のいうことを信じてくれていないのだとナギは失望した。だが、そうではなかった。

「そんな面白いものがこの世にいるとは」

言葉どおり愉快そうに笑うヨルカを窺い見たナギは、相手にもはや敵意はなさそうだと感じて密かに胸を撫で下ろした。

「とにかく、手当てをした方がいい。竜種の鱗は頑丈だが……それにしても水晶溜まりを渡るなど、大した根性だ。ジュード」

名を呼ばれた翠竜は、ナギの傍らで身を屈めた。ナギが戸惑っていると、ヨルカがナギを抱え上げてジュードの背に乗せた。

竜の背中に乗っている！

興奮のあまり鼓動が速くなるのを感じながら、喜んでいる場合ではないとナギは自分を戒めた。

「待ってください！　わたし、サージェを探さないと。ヨルカ……さんは、男の子を見ませんでしたか？　青い服の、十歳くらい……十二歳の男の子です」

ジュードに乗ったままそうきくと、ヨルカはじっと探るような目でナギを見上げた。

「そいつは……おまえの主人か？」

主人、といわれて、ナギの胸に不快感が広がった。

呪具という首輪をつけられ、意思を奪われて、ただ動く屍《しかばね》のように働かされていた日々が脳裏に蘇る。

自分は誰のものでもない。誰にも従属しない。誰の支配も受けない。

そうありたいと願う心が、いつの間にかナギの中で大樹のように根を張っていた。

「いいえ、わたしは誰かの奴隷じゃない。そんなものには、ならない」

真っ直ぐに見つめ返してそう答えると、ヨルカはなぜか満足そうににやりと笑った。

「よくいった。それでこそ竜に連なる者だ。主人でないなら、友か」

友だち。

そういっていいのだろうか。改めて考えると、自分とサージェの関係はうまく説明できないことに気づいた。

元は同じ鉱山で働かされていた奴隷同士だが、ナギにとってサージェはそこから救ってくれた命の恩人でもある。でも、その後は逆にサージェの命を救ったこともあったと思う。一緒に行動しているのは、目的地が同じで、ナギはこの世界のことがよくわからないから頼らざるを得ないだけで……でも、利害が一致しただけの関係、ではない気がした。

サージェの言動には腹が立つこともあるが、あの不遜な態度が彼なりの虚勢なのではないかと、ナギは気づき始めている。何か深い苦しみを抱えているのに、それを隠して必死に自分を大きく見せようと背伸びしている。そんな少年の存在が、日に日に自分の中で大きくなっていることに、ナギは気づいていた。

そうでなければ、サージェを背負ってあの激痛に耐え、水晶溜まりを越えたりできなかっただろう。

「そうです。友だちです」

ナギの答えに、ヨルカは力強くうなずいた。

「わかった。それなら空から探した方が早い。ただ今は風が乱れていて、ジュードも飛べない。もう少し待て。その間に手当てをしよう」

「あ、ありがとうございます、ヨルカさん」

「〝さん〟はいらない。言葉もかしこまらなくていい。そういうのは、苦手なんだ」

ナギにしてみれば、明らかに年上の大人を呼び捨てにするのは抵抗があったが、もう一度さん付けしたときに本気で嫌そうな顔をされたので、それ以降は意識して敬語を使うのをやめた。

ジュードに乗っていると目線が高くなって新鮮だった。しかも、竜に乗っているのだ。その夢みたいな現実に、どうしても気分が高揚してしまう。注意力散漫になったナギは何度か枝に顔面を打たれる羽目になり、その度にからからと笑われてしまった。

そのくったくない様子を見て、この人はナギがまじりものだからと差別しないのだな、としみじみ思った。あるいはまじりものを恐れないのか。

しばらくすると林を抜けた。その先は見慣れた緑一色の草原だ。だが、少し離れたところに、これまでに見たことのないものがあった。あり得ないものが緑の中に鎮座している。

翼のついた船だ。

(北村さんが混乱したのも、わかる)

全体の形は飛行機のように見えなくもないが、底は飛行機というより船のような形状で、深く弧を描いている。そしてその船体には、合計四つの翼がついていた。

「やれ、また妙なものを拾いやがってと嫌味をいわれるな」

ヨルカの呟きに同意するように、ジュードが鼻を鳴らした。道中も彼らのやり取りはまるで会話をしているかのようだった。ジュードはヨルカの言葉を明らかに理解しているし、ヨルカも言葉を発さないジュードの動作や鼻息から、彼の気持ちをよく理解しているように見えた。

ヨルカは真っ直ぐに翼のついた船へ向かって行った。近づくにつれ、船の外に人がいるのが見えた。そして、何やら怒鳴る声も。

「何の騒ぎだ？」

「ああ、この辺をうろついてた妙なガキを捕まえて……」

ヨルカの問いに、船の手前に立っていた人物が振り向いた。

おそらくヨルカと同年代の男性だが、ヨルカとも他のサライの男性たちとも違う服装をしていた。襟の大きな西洋のコートに似た物を羽織っている。髪は短い。これまで見たサライの男性たちはほとんどが長く伸ばした髪を結うか束ねていたし、コルカも長さや束ね方は少し違うが、髪を伸ばしているのは同じだ。だが、この人は違った。

ふと、ヨルカもこの人も、サライの人ではないのではないかと思い至った。サライとは違う文化の国の者なのではないか。

顔立ちは整っている、と思う。サージェも綺麗な顔だが、中性的な少年の彼とは違って、男性的だ。ただ、切れ長の目のせいかどこか冷たい印象を受ける。黒い瞳は黒曜石のような鋭さを感じさせた。

その瞳に見つかった瞬間、光る何かが飛んできた。

ジュードから降りてゆっくりとヨルカの後を追っていたナギは、反射的に身を伏せた。

頭上を小さなナイフのようなものが通り過ぎていく。

危なかった。まじりものの反射神経がなかったら、間違いなく顔面に直撃していた。

ナギの顔からざっと血の気が引く。

「キール!」

咎《とが》めるようなヨルカの声は、怒りを含んだ別の声にかき消された。

「ヨルカ、そいつはまじりものだぞ! おいジュード、何してる、そいつから離れろ!」

身を伏せたまま恐怖で動けないナギを庇《かば》うように、ジュードが前に立ってくれた。

キールと呼ばれた男性は、右腕で押さえつけていた何かを放り出すと、腰に差した剣を抜いてナギを見据えた。その目は恐怖や憎悪ではなく、ただ単純に排除せねばならないという冷徹な意志に満ちていた。

まじりものだと認識された瞬間、恐怖に顔を引きつらせる者や、逆に金になると欲望を露《あら》わにする者には出会った。どちらも武器を手にして襲ってきたが、まさか出会って一秒も経たないうちに退治されそうになるとは……。とんでもない洞察力と行動力だ。

「キール、この子はただのまじりものじゃない」

「まじりものに、ただもくそもあるか。まさか、今度はまじりものの世話まで始める気じゃないだろうな」

「ナギ！」

そのとき、キールの傍で小さな人影が飛ぶように立ち上がり、一目散にナギの方へ駆けてきた。その姿を見て、ナギも慌てて立ち上がり、飛び込んできた少年の体を受け止めた。衝撃で足に少し痛みが走る。

「い、生きててよかった」

「ごめん。心配かけた。でも、わたしは大丈夫」

「し、心配したぞ！　水晶溜まりを歩いて渡るなんて、む、むちゃなんだからな……ほんとなら、溶けるところだ……っ」

ぎゅうぎゅう抱きつかれながら、ナギはほっとしていた。ちゃんと再会できたことと、おそらくサージェがいつも通りであることに。トルイが沈んだと知った時、そして水晶溜まりを前にした時の、希望を失った様子をもう一度見るのはつらかったのだ。

「おい、待て。今喋ったのは、そのまじりものか？」

唖然とした声がきこえて顔を向けると、抜き身の剣を手にしたまま、キールが立ち止まっていた。先ほどより近づいているところを見ると、直前まで剣で斬りかかってくるつもりだったようだ。

「だから、ただのまじりものじゃないといったろう」

ちゃんと話をきけ、と諭すような口調でヨルカはいうが、キールの頭は混乱しているようだ。

「ただの？　ただのどころか、なんなんだ？　つまりこいつは、獣魔とまじりながら正気を失っていないと？　そんな話、きいたこともない！」

「いいから、その物騒なものを仕舞え。この子はナギという。おまえのいうとおり、まじりものだが正気を失っていない。意思の疎通はできる。ナギ、こいつはキール。俺の友だ。まあ、今いっても信じてもらえないかもしれないが、悪い奴じゃない」

苦笑するヨルカに、ナギも少々顔を引きつらせながら苦笑を返した。

ナギがまじりものでなければ、キールもこんな仕打ちをしなかっただろう。

「で、その子どもは？」

ヨルカが顎でサージェを指す。キールはまだ警戒心を露わにしているものの、剣を鞘《さや》に戻しながら説明した。

「あの地鳴りの後、林の方から走って飛び出してきて、人を助けてくれという。とりあえず今は待てといってもきかないから、捕獲しておいた」

サージェはキールから少しでも距離を取ろうと、ナギの後ろに隠れている。暴力でも受けたのだろうか、と心配していると、キールが近づいてきてナギの後ろを覗き込んだ。

「地鳴りが収まっても、大地の崩落が収まったとは限らない。下手に動くのは危険だ。それくらい、子どもでも知ってるよなあ？」

返しに詰まったところを見ると、キールの言葉は正論であり、それをサージェも知っていたらしい。

「つまり、俺はお前の命の恩人だぞ」

「なんで、そうなるんだ！」

先ほどまで小動物のように押さえつけられていたからか、サージェにしては珍しく初対面の人間に攻撃的だ。

「しかし、助けてほしいのが人ではなく、まじりものとはね。呪具もないのに、よくもまあこんなものを連れ歩くもんだ……おい、その足はどうした」

ナギの全身をじろじろと見ていたキールは、焼け爛れた両足に気づいたようだ。つい先ほど、殺す気で攻撃してきた相手にどう答えたものかと困っていると、ナギの代わりにヨルカが答えてくれた。

「崩落に巻き込まれかけて、水晶溜まりを越えて逃げてきたらしい」

「は？　水晶溜まりに入った？　こいつ、やっぱり正気を失ってるんじゃないのか？」

このキールという人物は、ヨルカと随分、印象が違う。必ずしも類は友を呼ばないらしい。ヨルカは最初からまじりものに対して友好的というか、興味を持っているようだったが、キールの態度は徹底して冷ややかだ。ナギが言葉を話したことで、正気を保っていると一応はわかってくれたようだが、もし次の瞬間、ナギが正気を失い襲いかかったとしても、キールは驚きもせずにナギを殺すだろう。

言葉で訴えても信じてはくれなさそうだから、ナギは自分がまだ人の心を持っていると態度で示す必要がある。とはいえ、最初から否定的なキールの信頼を勝ち得ることができるかは、まったくわからないが。

ナギは慎重に、まるで値踏みするような感情のこもらない目を向けて来るキールを見た。

キールはナギの全身をじろじろとくまなく確認しながら、懐から何か模様の入った布の袋を取り出した。その中から取り出したのは小さな木枠で、木枠の中には石がいくつも連なっている。

「普通のまじりものの相場がこのくらいとして、呪具なし、手負い、となると……まあ、でもその足は竜種だな。なら回復も早いか。やっぱり呪具代が痛いな。いっそ見世物小屋に売るか。言葉の喋れるまじりものなんて、珍しいだろ。意思の疎通ができるなら、呪具がなくても……いや、やっぱり駄目だな。安全性を考えると呪具は外せない。くそ、ほとんど儲《もう》けは出ないか」

ぶつぶつと呟くキールの手は止まらず、ぱちぱちと石を弾《はじ》き続けている。

なんとなく、それが計算機の類であることは察しがついた。いわゆる、算盤《そろばん》のようなものなのだろう。そして、目の前で自分の売られる算段をされているのだ。

捕まえて売る気なのだと気づいて、ナギは助けを求めるようにヨルカを見たが、彼はやれやれといいたげな顔でため息をついていた。

キールの言葉が冗談だと思っているのか？　そうだとわかっているのか？

どっちなんだ、とナギがはらはらしていると、腕を摑むサージェの力が強まった。サージェも一緒に売るつもりかもしれない、と思い至って背後を振り返ると、彼はナギの背から身を乗り出すようにして、キールの手元をじっと見つめていた。

最初は、自分も売られることを案じているのかと思ったが、サージェの目に不安の色はなかった。その視線はただ一心に、キールの持ち物に、計算機……いや、それが入っていた袋に注がれていた。

「そ、それは……ルシの王紋《おうもん》だな？　ということはおまえ、ルシ王族に縁《ゆかり》の者か！」

サージェの言葉に、キールの石を弾く指がぴたりと止まった。いや、全身の動きが止まっていた。

二呼吸程おいて、キールはゆっくりと計算機を袋に仕舞うと、突然再び剣を抜いた。だがその切っ先が向けられたのは、先ほどとは違ってナギではなくサージェだ。

「おまえ、今、何といった？」

突然の成り行きにサージェが息を呑む。ナギの視界の端で、ヨルカが自分のナイフの柄に手をかけているのが見えた。いざというときは止めようというつもりか。それはつまり、キールは本気でサージェに危害を加えようとしているということなのだろうか。

「だ、だって……その亀甲に丸九つは、ルシの……王族を表す、紋だろう……？」

答えるサージェの声は震えている。その間にも、キールの纏《まと》う空気が冷えきっていく。

先ほどまでのからかうような態度とはまるで違う。

まずい、と思った。これは、触れてしまったのではないだろうか。逆鱗《げきりん》というやつに。

ナギはしがみついてくるサージェの手を握り返した。ふたりで身を寄せ合うように縮こまる。

「なぜ、おまえのような子どもがそれを知っている？　どんなに身なりを整えようと、おまえが貴族の子弟でないこと、裕福な商家の子弟でもないことはわかる。東から来たといったな？　ならば、遊牧の民か……流民《るみん》だろう。それもあまり恵まれていない土地の者」

キールの声音は大きくないが、あまりに淡々としていて……しすぎていて、声だけでこちらの身が引き裂かれそうな恐ろしさがあった。

キールの言葉にサージェが身を強張らせるのが握った掌を通して伝わってきた。図星、なのだろうか。

「大した教養を身につけることもろくに情報を得ることもできない身分の子どもが、なぜ十年も前に沈んだ国の王紋を知っている？　誰にきいた？　……誰に雇われた？　兄か。弟か。まだ生き残りがいたか」

「なん、だと……？」

刃の切っ先を突き付けられたサージェが、ふらりと前に出た。慌ててナギはその体を押しとどめた。

「今……ルシが沈んだ、そういったのか？」

驚きのあまり、サージェの声は掠れている。この反応は、衝撃の大きさは違えど、あのときと同じだ。トルイが沈んだと知ったときと。

「ルシが、沈んだ？　あの美しい絹の、王国が……？　そんな馬鹿な」

「サージェ」

キールを刺激しないように制止するが、最早《もはや》サージェにナギの声はきこえていなかった。

「ルシの船の翼、張られた帆翼布《ほよくふ》は美しく染め抜かれて、どの国よりも綺麗で……ま、まるで、色とりどりの鳥の群れが渡ってきたようだと、ずっと、そう思って、心待ちにして……都の民も、みんな」

「何をいってる……？」

さすがにキールもサージェの様子が変だと気づいたのか、剣を向けたまま眉をひそめた。

「ほ、本当に美しかったんだ。ああ、それに、ルシには姉上が……聖王の最も敬愛する姉が、嫁がれたのに……あの国が、沈んだ……」

「サージェ、しっかりして」

「……何もかも変わってしまっている……私は、知らない、私の知らない……」

ナギの腕にしがみついたまま、サージェはずるずるとくずおれる。

「聖王？　おまえ、一体何をいってるんだ？」

「キール、とりあえず剣を下ろせ。少なくとも、この子どもがおまえの愚かな兄弟の、愚かな復讐《ふくしゅう》のために雇われた暗殺者だということはないだろうよ」

ヨルカの言葉に、キールも不承不承という感じで剣を下ろした。だが、鞘にはまだ戻さない。切っ先を地面に向けたまま、じっとサージェを見下ろしている。

しばらくして、サージェは地面についた手をぎゅっと握り締めた。そして顔を上げ、口を開き……かけてから閉じる。それを何度か繰り返したのち、意を決したように背筋を伸ばしていった。

「私は、聖王の喜生だ。聖王の記憶を受け継いでいる。ルシのことも……聖王が生きていた時代のルシのことは、知っている」

自分は喜生だ。その言葉をナギは何度もきいた。いつもそう語るときのサージェは誇らしげで、いきすぎて不遜に感じることさえあった。しかし今は、まるで彼らの反応を窺うような表情と声だ。

「はあ?」

キールが剣を握ったまま声を上げた。いつの間にかその隣にいるヨルカは、無言で眉を上げている。

「喜生だと? 馬鹿をいえ。喜生とは、瑞兆の最たるもののひとつだぞ。それも、サライの伝説の王の喜生とは。騙《かた》りにもほどがある」

サージェの言葉を嘘と決めつけるキールのあからさまな態度に、ナギは驚いた。喜生とは、この世界で当たり前の現象ではなかったのか。サージェを見ると、この反応を予測していたかのように唇を噛みしめている。

「本当だ。騙りなんかじゃない。私は、本当に聖王の記憶を受け継いだ、喜生だ」

一言一言噛みしめるようにいうサージェの襟首が、急に持ち上げられた。乱暴な扱いに一瞬目を閉じたサージェだったが、すぐに目を開いて自分を掴み上げる相手を真っ直ぐに見つめた。

「私は、トルイのこともルシのことも覚えている！　空を駆ける天黒馬の雄大な美しさも、ルシの帆翼布の鮮やかさも、船体に描かれた王紋も！　嘘じゃない」

キールはしばらくサージェの目を見下ろしていたが、やがて突き放すようにその手を離した。地面に転ぶサージェの体を、ナギは慌てて受け止める。

「トルイとは？」

ヨルカの問いに答えるキールの声は硬かった。

「四十年近く前に落ちたサライの町のひとつだ。確か、聖王の生まれた町だったか」

「サライとルシの間に、姻戚関係があったとは知らなかった」

「百五十年も前の話だ」

そう答えてから、キールは自分の言葉に苦虫を噛み潰したような顔になる。百五十年も前の話を、なぜ目の前の子どもが知っているのか、彼にも説明がつけられないのだろう。

「聖王という人は、百五十年も前の人？」

そっとヨルカの方を向いて尋ねると、首を傾げられてしまった。

「さあ……ずいぶん昔の偉大な王ときいていたが。そんなに前の王だったのか」

「そうだ。サライの東の王柱が崩落したすぐ後に、サライをまとめた王だからな。……それで、おまえが聖王の喜生だとして、こんなところで何をしている？」

問われて、サージェはすっくと立ち上がった。いつも己が喜生だと語る時のように、胸を張り、堂々とした態度に見せていたが、握り締めた拳が震えているのにナギは気づいた。

「無論のこと、都へ行く」

「なんのために」

「換生の儀を受けるために」

きっぱりとサージェがいい切ると、キールもヨルカも押し黙った。

「今の王は、換生を拒絶しているときいた。みんなそれを嘆いている。サライのこれ以上の崩落を恐れている。だが私には、民のために生きた聖王の記憶がある。喜生となったのも、きっと聖王が民の安寧を願うが故だ。ならば、私が代わりとなる」

ナギにはサージェの語る内容がさっぱりわからなかった。何か重要な儀式を、今の王の代わりに彼が受けるといっているようだが、肝心の儀式の内容がわからない。だが、その声の真剣さだけは痛いほどに伝わってきた。

鎖に繋がれ働かされる鉱山から、子どもがたったひとりで逃げ出し、ついでにナギのような怪しいまじりものを助け、ただひたすらに都を目指していたのは、その目的のためなのだ。

キールは射るような目でしばらくサージェと睨み合っていたが、ふと人の悪そうな笑みを浮かべた。

「情報が古い。おまえのいう王は、十月《とつき》前に死んだぞ」

「えっ？」

サージェは虚をつかれたようにぽかんと口を開けたまま固まった。

「先王の……まあ、今や先々王だが、その娘が挙兵して都に攻め上った。シュナ王は追い詰められて自害したという話だ」

「……そ、そんな」

「よほど辺境にいたらしいな、おまえ」

せせら笑われて、サージェはむっと眉を吊り上げた。

「どちらにせよ、同じことだ。誰が王であろうと、私の使命は変わらない。都へ行き、その新たな王に会うだけだ」

「ところがそうもいかない。新たに即位した先々王の娘、ティルハ王は、一月《ひとつき》前にシュナ王の息子イルムゥが起こした反乱によって都を追われて、現在行方不明だ。ちなみに、イルムゥは即位していない。つまり今、都に王はいない」

そんな事態はさすがに予測していないサージェは、まるで殴られたかのような衝撃を受け、青ざめていた。今にも倒れそうな顔色だ。

慰めの言葉でもかけてやりたいが、ナギには状況が呑み込めなかった。王だの反乱だのいわれても、ピンとこないのだ。

「そもそも、王に会ってなんというつもりだったんだ？　自分は聖王の裔生ですと馬鹿正直に申し出るのか？　そうであるという証は？　辺境に住む無学な子どもでも知っているだろうが、王族の裔生を騙れば火あぶりは免れないぞ」

次々に畳みかけるキールの顔はどこか弱い子どもを追い詰めて楽しんでいるようにも見えた。

随分な性格だ、とナギはつい非難がましく睨んでしまう。

「私は、騙りじゃない。本当の、聖王の裔生だ」

「記憶があるから？　それが本当だとしても、証明するのは難しいな。おまえがいくら聖王存命時のトルイの様子を語ったところで、それを裏付けてくれる証人はすべて塵に還っているぞ？　それにさっき俺にいった内容くらいなら、調べれば誰でも知ることができる。そんなんじゃ証にはならない」

「……いいや、私は、聖王とその子孫だけが知る言葉を知っている。王に会うことさえできれば、私が聖王か、少なくとも歴代のいずれかの王の裔生であるという証を示すことができる」

答えるサージェの声は、虚勢ではなかった。今までのように、自分は聖王の裔生だと、自分で自分にいいきかせているような、空疎な自信ではなかった。

間違いなく証明できると、サージェ自身が確信を持っていた。

「符牒《ふちよう》のようなものか？　それは随分と都合のいい話だな」

「なんといわれようと、それが真実だ」

これまでに見たことがないほど、サージェの態度は堂々としていた。そんな少年の姿を、キールはしばらくの間目を眇《すが》めて見つめていたかと思うと、おもむろに懐から先ほどの計算機を取り出した。

再びぱちぱちと石を弾き始める。何度かぱちぱちと無言で弾き、石をすべて元に戻してはまた弾き……真剣そのものの表情でそれを繰り返し、視線をサージェに戻すと計算機を上下に振った。石のぶつかるジャラジャラという軽い音が草原に響く。

「よし、いいだろう」

晴れやかな、期待に胸躍らせるような声でキールはいった。

「おまえが本当に聖王の喜生だとすると、都を追われたティルハ王にはまたとない追い風だ。喜生は瑞兆の最たるもののひとつ……それも、かの偉大なる聖王の喜生が現れたともなれば、ティルハ王は天に認められたという何よりの証となる。そいつを保護して送り届ければ、まあ、相当な額をふんだくれるな」

サージェは何をいわれたのかピンとこなかったようで、「額」と繰り返して小首を傾げていたが、ナギは大いに呆れた。何を計算していたかと思えば、金の話だったのだ。

王に恩を売って礼金をもらおうという算段なのだろう。

「騙りならどうする？　こちらまで仲間だと思われるぞ」

「そのときは、聖王の喜生を語る不届き者を早めに捕らえたという方向に話を持っていって、降りかかる火の粉を払うしかない。まあだが、それだと完全に赤字だ。小僧、おまえが本物だと認められることに賭けるぞ。死んでも認めさせろ」

ヨルカが止めてくれるかと思ったが、乗り気とまではいかずとも彼に止める気はさらさらないらしい。

「認めさせろといっても……王は行方不明なんだろう？」

「当てがないわけじゃない。いいからついて来い。そういえば小僧、おまえ、名は……サージェだったか？」

「あ、ああ。だが……」

さっさと船に向かって歩き出すキールを見て、ナギとサージェは同時に顔を見合わせた。本当に彼について行っていいのか、サージェは不安なのだろう。ナギだって同じだ。視線をヨルカに向けると、彼もキールの後を追うところだった。

「さっきもいったが、悪い奴じゃないんだ」

これまでのやり取りを思い出すと、そう簡単には信じられないのだが。その想いが顔に出ていたのか、ヨルカは笑った。

「少し性格が悪いのは認める。でも、悪人じゃない。……計算高いのは悪いことじゃないだろう？」

計算高いというより金の亡者なのでは？　ナギが眉をひそめていると、背中をとんと押された。振り返ると、ジュードがその鼻面で押している。まるで、早く行けといっているように。そして自分はヨルカと共に先へ行ってしまう。

ナギがサージェを見ると、握った拳を口元に当てて考え込んでいる様子だった。

「……王が行方不明なら、都に行っても意味がないし……それに、このままではいつになったら都に辿り着けるかもわからないし……」

サージェの視線の先には翼のついた船がある。かつて、船に乗ることができれば、都まですぐだといっていた。

「ナギ」

名を呼ばれて振り向くと、顔色を窺うようにサージェがこちらを見上げていた。ナギはうなずいてみせる。

「サージェがいいなら、それでいい」

サージェは力強くうなずき返すと、キールの後を追って駆け出した。

その背を見ていたナギは、またあの歌声がきこえた気がして空を仰いだ。

空には偶然なのか、はたまたナギたちについて来ているのか、一羽の白い鳥が静かに悠然と羽ばたいていた。

3

風が乱れている、とヨルカはいっていた。

船の前方ではキールが中にいる誰かと話しているのがきこえた。船の中の人物も、やはり風が乱れているといっている。

ナギには、いつもに比べてそれほど風が強いようには思えないのだが。

「どこまでなら飛べる？」

「一番近くは、ウルナンだといっています」

「ウルナンは駄目だ。イルシュはどうだ？」

キールの問いかけに、船の中の人物はしばし沈黙し、やがて「ぎりぎり行けるといっています」と答えた。どうやら、中にはもうひとり別の人物がいるらしい。

「まずはイルシュの太守に会おう。俺も多少面識があるし、何よりあそこの太守は先々王と縁が深い。ほら、早く乗れ、小僧。ああ、まじりものは駄目だ」

「なぜだ！　ナギは私の友人だぞ」

「まじりものが正気を失っていないなんて話、誰が信じる。いまは大丈夫でもいつ正気を失うかわからんしな。そんな危なっかしいものを、俺の船に乗せられるか。空の上では逃げ場もないいんだぞ」

サージェはなおも抗議したが、不思議なことに、ナギ自身は腹が立たなかった。まあ、殺すつもりで襲いかかられた後では、この程度の扱いはなんでもない。それよりも、サージェが自分のことを友人といってくれたことの方がよほど驚きだった。

結局、ナギはヨルカと共にジュードに乗ることになった。空飛ぶ船にも興味はあるが、やはり竜の背に乗って飛ぶというのは、それ以上の魅力がある。しかも、本来竜とは自由を重んじる生き物で、人を乗せることなどないらしい。乗ることができるのは、ヨルカのように竜飼いという特別な職に就く者だけだというから、この世界においても希少な経験だ。

キールは「俺にはいまだに鱗一枚触らせないくせに、会ったばかりのまじりものを背に乗せるのか」などと、ジュードに向かって恨み言を連ねたが、当のジュードはわざとらしく欠伸《あくび》をして見せた。

船が飛んで行くのを見送って、ナギはジュードに乗った。

ナギの分の鐙《あぶみ》はないので足がぶらりと宙に浮く。その足には、白い布が何重にも巻かれていた。キールの船から出てきた老女が、強烈な臭いを放つ膏薬《こうやく》を塗り、清潔な布を巻いてくれたのだ。彼女はナギを見て一瞬だけ目を見開いたが、特に何もいわなかった。

鞍《くら》に跨がるヨルカの腰にしっかりと腕を回し、ナギは飛翔に備えた。すぐにぐい、と体が下から持ち上がる感覚がし、ジュードが地を離れたのがわかった。ジュードが翼を大きく羽ばたかせること数度目で、巨体が急上昇した。ジェットコースターに乗った時のように、内臓がひっくり返るような奇妙な感覚があり、それに耐えているうちにもうかなりの高度まで達していた。眼下に草原と林が見える。

一度高度をとると、羽ばたく回数が減った。空の上は風が強く、体が持っていかれそうなほどだ。ナギは必死にヨルカとジュードにしがみつく。

風の高い声がきこえた。耳元を吹き過ぎていく風が何かを叫んでいる。

気分がどんどん高揚していく。

空が近い。

空の青さに、自分が呑み込まれてしまうような錯覚を覚える。

初めてこの世界の空を見上げた時のことを思い出した。その圧倒的な存在感にただ驚き、畏敬の念を抱いたのだった。その気持ちは今も変わらない。

美しすぎて恐ろしい。偉大すぎて恐れ多い。

そんな空に、自分は浮かんでいる。

もともと高いところはそれほど得意ではなかった。しかも、この空だ。神のような存在感を持つこの空の中を飛ぶなんて、ナギだけではなくきっと誰もが恐れ多く思うだろう。いつかと同じように空を舞う鳥にまで畏敬の念が沸いてくる。

だが、竜の背に乗って飛ぶというのは別格なのかもしれない。

竜の背に乗る、というのは竜と一体になるという感覚に近い。そして、竜はこの空に受け入れられた存在だ……不意にそんなふうに思った。だから今、竜と一体となったナギも空に受け入れられ……あらゆるものから解放されたような、圧倒的な自由を感じていた。

ジュードは船の去った方向とは逆へ飛んで行き、ある場所で翼を羽ばたかせながら止まった。そこでヨルカは先ほどキールから預かった紙を広げた。

後ろから覗き込んでみると、その紙には地形が描いてあった。描かれた図と、実際の地形とを比べているようだ。指で図をなぞり、欠落部分を確かめている。

「思ったより被害は少ないようだな」

ヨルカのなぞっている部分は岬のような地形だ。そこでナギは、サージェと見た大地が落ちていく瞬間のことを思い出した。

ヨルカは被害が少ないといったが、ナギが最後に見たときとはまるで風景が違っている。ナギがサージェを抱えながら駆け下りた斜面は、どこにも見当たらなかった。似た風景ばかりで見つけられないわけではない。トルイへ続くと信じ進んだ街道の半分以上が、今やなくなっていた。

少し先の下方を見ると、まるで大地の崩落などなかったかのように、海は穏やかに煌めいていた。この海もまた美しい。だが、空とは違う美しさだ。空の方が荒々しい動の美しさで、海の方が整然とした静の美しさ、とでもいおうか。

海の彼方には別の島がまだ残っている。

「ヨルカ、あの島は、別の国？」

絵図を仕舞いながら、ヨルカはああ、と答えた。

「ネムドだ。だが、あそこにはもう人は住んでいない」

「なぜ？」

「元々小さな国だったが、八年前に病が流行《はや》って住民のほとんどが死んだ。生き残った者も他の島へ逃げ出したらしい。それ以来、住み着く者はいない」

そういうこともあるのか。大地が沈む話ばかりきかされていたから、国というのは沈んで終わるものだと思っていたが、そうでない場合もあるのだ。

「そろそろ行くぞ」

ヨルカがナギに声をかける。その前からジュードはとっくに方向転換を始めていた。ヨルカとジュードはまさに一心同体といった感じだ。特に声で指示するわけではないし、かといって手綱を引く様子もないのに、ジュードはヨルカが思っている方向に進み、止まるのだ。

既に姿の見えなくなった船を追って飛び始めると、ぐんぐんと速度が上がっていった。振り落とされないように必死にしがみついていると、間もなく前方に大きな町が見えてきた。山脈を背に広がる、立派な城壁に囲まれた町だ。

これまで掘っ立て小屋を集めたような粗末な町しか見ていなかったナギは、その大きさに唖然とした。

城壁の外に、船が三隻泊まっているのが見えた。一番小さな白い船には見覚えがある。サージェが乗った船だ。ジュードはそちらへは向かわず、城壁の内部、西の端にある建物のない一画へ向かった。そこは少し開けた草地になっているようだ。ジュードが高度を下げていき、いよいよ地上の建物や草地が近くなると、この開けた場所は空を飛ぶ生き物のための、いわゆる発着場なのだとわかった。サージェがいっていた通り、黒い毛並みの天馬もいた。

サラブレットと同じか少し大きいくらいの黒い馬の背に、同じく黒い羽が生えている。こちらは翠竜とは違い、鳥のような羽毛の生えた翼だ。

ちょうどジュードと入れ替わるように飛び立っていく天黒馬がいた。黒い毛並みは艶々として美しく、羽を羽ばたかせる度に背中の逞《たくま》しい筋肉が動くのが見えた。降り立った草地では、羽を畳んで草をもしゃもしゃと食んでいるものもいる。その姿は何とも愛らしい。

思わず視線を四方八方に巡らし、天馬に夢中になっていたからなかなか気づかなかったのだが、ナギたちもまた驚きの表情で町の人々に見られていた。彼らはまず、ジュードと彼の手綱を握るヨルカに羨望の混じった好奇の目を向けている。その場にいるのはすべて天馬で、それもほとんどが天黒馬だ。竜はいない。珍しいとはきいていたが、人々の反応を見る限り、本当に滅多に見られないものなのかもしれない。

通りの方へ歩き出すヨルカの背を追ってナギが足を踏み出すと、今度は小さな悲鳴が上がった。ナギに向けられる目は恐怖や嫌悪を露わにしたものだ。忌々しそうに舌打ちする者もいる。

町に入るにあたって、下手に姿を隠さないことにした。だから、左袖の先からは鋭い爪と肉球のある手が見えており、両足には包帯が巻かれているものの、一目で人のものではないとわかる鉤爪が剝き出しになっている。

人が必死で退治しようとするのは、基本的に呪具をつけていないまじりものだけらしい。呪具をつけているまじりものは、誰かの所有物であるから、それを退治すると他人の財産を勝手に傷つけることになってしまう。また、呪具をつけている限りは周囲に危害を加える心配もない。

呪具は首につけるものであり、形状は特に決まっていないという。鉄の輪が用いられることもあるが、所有者の好みで装飾品と変わらないものをつけることもあるらしい。だから、適当なものを首につけて大人しくしていれば、人々に襲われることはないだろう。そう、キールから説明され、組紐のようなものを渡されたのだが、ナギはどうしてもつけることができなかった。

何かを首に巻く、と考えただけで息ができなくなり、それでも無理やり装着しようとすると激しい吐き気に襲われるのだ。

自由と己の意思を奪われたあの状態に、決して戻りたくないと、まさしく全身全霊で抵抗しているようだ。

どうしても無理だということはキールにも伝わったらしく、外套《がいとう》を羽織って首元が見えないようにして、ヨルカの傍で大人しくしていろといわれた。これだけで大丈夫なのだろうかと不安だったが、ナギを見ても意外なことに、嫌悪を示しつつも武器に手をかける者はいなかった。

ナギはまるで自分の意思などないかのように装うため、ぼんやりと視線を定めずに、ヨルカと離れないよう気をつけながら黙々と歩いて行く。

町の賑々しさ、美しさは以前訪れた宿場町もどきとは雲泥の差だった。

ちらりと視界の端に見える建物は立派な物が多い。今にも倒れそうな歪《いびつ》な小屋などではなく、白壁の頑丈な建物で、軒先を支える木材は色が塗られたり、細かな装飾がつけられていたりする。

ナギが以前想像していたように、大きな通りには店が立ち並び、呼び込む声が響き渡っている。人通りも多く、町の住民以外に旅装の者も見られ、賑やかだ。さすがに翠竜やまじりものは珍しいようだが、キールと似た服装の人たちもいた。この町には異国からも人が来るのだ。だからこんなにも活気づいているのか、とナギは気づかれないようにちらちらと街の様子を観察した。

行き交う人々を見ながら、初めて自分が着ている服は男物らしいとナギは知った。上衣は男女共通のようだが、下衣は男性ならナギも穿いているゆったりとしたズボンのようなもので、女性なら袴《はかま》か長いスカートのようなものを穿くのが普通のようだ。さらに、髪型にも男女で違いがある。男性のほとんどは長く伸ばした髪を団子のように頭の高い位置で結っているか、サージェのように高い位置でひとつに括って馬の尾のように垂らしているかのどちらかだ。そこに身分や年齢は関係ないようで、単に嗜好《しこう》の問題なのだろう。しかし女性は、年齢によって傾向が違う。幼い少女や若い女性は、長い髪を下ろしたままで、いくつかの細く編んだ髪の束を垂らしている。鮮やかな色の紐と髪を合わせて編んでいるので目を引く。一方で、年嵩《としかさ》の女性は結い上げた髪を覆うように刺繍の入った帽子を被《かぶ》っている。若い女性の中にもこの髪型の者がいるにはいるが、大半は髪を下ろした女性たちより年齢が上のように見えた。

ナギは往来を観察しながらもヨルカの背中を見失わないように歩いて行き、やがて大きな通りを突っ切って路地に入った。そこは大通りと違って薄暗く、建っている建物も古めかしい。

前を歩く通行人に、わっと子どもたちが群がるのが見えた。子どもたちの服装は一様にぼろぼろで、体は何年も洗っていないのか垢で汚れ、髪は鳥の巣のようにぐちゃぐちゃと絡まり合っている。団子のように集まった彼らからは異臭がした。

子どもたちは通行人に何かを差し出しながら手の平を向けている。どうやら何かを売りつけようとしているようだが、商売をしているというより金をせびっているように見えた。ほとんど物乞いのようなものなのだろう。通行人は苛立たし気に彼らを乱暴に振り払いながら先へ進んで行く。他の通行人も同じようにしており、子どもたちは振り払われてもめげずに他の人に向かって行っている。どうやら、この辺りでは日常茶飯事のようだ。

貧民街か何かなのだろうか。そういえば、入り組んだ路地の先にはあの宿場町もどきで見たような粗末な小屋が見える。

賑やかで活気のある町でも……いや、だからこそ、貧しい者は陰に追いやられていくのだ。

子どもたちはヨルカを見たが、隣のジュードに怯えた様子で近寄っては来なかった。それどころか、背後についていたナギを見るや否や、数人が悲鳴を上げた。その悲鳴に気づいて振り向いた者がさらに悲鳴を上げ、蜘蛛《くも》の子を散らすように逃げていった。

先ほどまでジュードがやっと通れるほどの狭い路地を埋め尽くしていた子どもたちは、一瞬でいなくなった。

自分が彼らをあんなに怯えさせたのかと思うと、悲しく申し訳ない気持ちになって、ナギはため息をついた。

「ここは、貧民街みたいなところ？」

周囲に人がいなくなったので、前を行くヨルカにそっと尋ねる。

「ああ。あの子らは、流民だろう」

「流民？」

「国を失って別の国に移ってきた者たちだ。まずまともな仕事に就くことは無理だから、大きな町であああして物乞いをする者が多い。特に子どもはな」

ヨルカの声は特に同情しているふうではなかった。当たり前のことだとでもいうように。

ナギの世界でも、戦禍や他にもいろいろな理由で、難民となって祖国を出なければならなくなった人は大勢いた。辿り着いた先での生活が大変なものであるという話も、よく報道されている。どこの世界も同じなのか、と暗澹《あんたん》とした気持ちになった。

しかもこの世界では、国が突然なくなることがあるのだ。

「沈んだ国の人は、どうするの？　流民になるしかない？」

それなら、どんどん流民は増えていくばかりではないのか。

「そうだ。だから、どこの国も流民だらけだ。大抵流民は嫌われる。ただでさえ少ない土地を奪いに来る悪者、という感じだな。農地や放牧地ではよく土地の者と流民同士で争いが起きる。そうなると一方的に流民側が殺される羽目になる。もちろん避けようとするが、それでも衝突は起きる」

「殺される？　それを、国は黙ってるの？　誰か取り締まる人は？　役人とか」

「別の国から来た流民はその国に住み生きる権利を持たないから、役人が守ってやることは、まずない。さっきの子たちも、役人たちが一斉排除を決めたらつかまって町の外に放り出されるだけだ」

「そんな……」

それはあんまりではないのか。ナギが言葉を失っていると、ヨルカはちらりと振り返った。

「だから、流民は自分で自分の身を守るしかないのさ。いっておくが、俺やキールだって流民だぞ。幸い空を飛ぶ手段を持っているから、通商の権利を得てそれなりの生き方ができているが。それでも、俺たちに決まった家はない。どこかに住むことはできない」

　ヨルカやキールが先ほどの子どもたちと同じ身分だとは思えなかった。ふたりともこの町の人々と変わりないように見える。だが、通りの店先で客を自分の店に呼び込む者、仕事を終えてにこやかに自分の家に帰って行く者とは、決定的に違うのだ。

「そういえば、サージェも流民だと……」

　キールに指摘され、サージェも流民だといた。サージェと出会ったのが鉱山だという話をすると、なるほどというようにヨルカはうなずいた。

「流民がつける仕事は限られている。下者《げもの》か、鉱山なんかの命の危険と隣り合わせの仕事だ」

「下者？」

「使用人の中でも一番下の身分の者だ。誰もが嫌がるような仕事ばかりを押し付けられ、厄介な主人に当たればそれこそ人間の扱いを受けられない。給金もほとんどもらえない。だが、それでも住む場所と食べる物は最低限もらえるから、下者になる流民は多い。下者のほとんどは流民だ。そして流民の子も流民として扱われるから、親が下者なら子も下者になる。下者の所有権は主人にあるから、主人が別のところへ売るというのなら、親も逆らえない。……どの流民も、最期は悲惨だ」

　ヨルカのいわんとすることはナギにもわかった。サージェのような幼い子どもが、自ら鉱山の仕事を選ぶことはまずないだろう。だから可能性としては、サージェは誰かの下者で、主人に売られてあそこで働かされていたということだ。

何となく事情は察していたが、改めてきくと胸糞《むなくそ》が悪くなる。

「異境には、流民はいないのか？」

逆に問われて、ナギは答えに困った。

先ほどまでまさにそのことを考えていた。そのときは似たような状況はどこの世界にもあるものだと思ったが、本当にそうだろうか。少なくとも、ナギの世界では国を追われた人々にも人権はあり、それが尊重されるべきだと考えられていた。必ずしも守られていたとは、胸を張っていえないかもしれないが、それでも人の命は平等に尊く、他者の命を別の誰かが自由にするなどということは、悪とされていたはずだ。ナギはそういう教育を受けてきた。

「いないわけじゃないけど……」

重い口調でそう答えると、どこも同じようなものか、とヨルカは納得してしまった。同じではないと思いながらも何が違うのか、違いをどう説明したものか、ナギにはわからなかった。

ナギが言葉を探しているうちに、いつの間にか路地を抜けて少し開けた通りに出た。しかし、大通りほど人通りはない。正面には漆喰《しっくい》塀に囲まれた大きな二階建ての建物があり、入り口の扉はこれまた大きな観音開きになっている。その上に看板らしきものが掲げてあったが、当然ナギには何と書いてあるのか読めない。ただ、旅装の人々が次々に入って行くところを見ると、なんとなく宿らしいとわかった。

ヨルカは店の正面を素通りし、敷地の奥へと向かった。そこには簡素だががっしりとした作りの木造の小屋がいくつも連なって建っていた。

一番手前の小屋にいた中年の男が来訪者に気づき、表に出てきたが、来たのがヨルカとわかると、ただうなずいて顎を奥の方へしゃくった。ヨルカもただうなずいて奥へ歩き出したので、どうやらふたりは顔見知り、というか、ヨルカがこの店の馴染ということだろうか。

小屋では騎乗用の動物を預かっているようだ。すでに先客がいて、足を踏みならす音やいななきがきこえてくる。ナギがちらりと覗いたところ、何頭かの馬が馬房に入っているのが見えた。羽がないから、普通の馬だろう。別の小屋を覗くと、ひとつひとつの馬房が広くなっていた。こちらは天馬用なのかもしれない。

「一晩の辛抱だ。どうせ明日には発《た》つだろう。そう文句をいうなよ。こんな大きな町の近くに、放すわけにもいかないだろうが」

一番奥の小屋は空で、中は広く仕切りがなかった。ヨルカがそこにジュードを入れようとしているのだが、彼は何度も鼻を鳴らしている。進む足がやけに遅かったのも、わざとということか。

ジュードを何とかなだめて小屋に入れた後、ナギはヨルカについて正面の方へ戻った。

そこへ、ちょうどキールがやって来た。後ろからは仏頂面のサージェがついて来ており、いつの間にかサージェが服を着替えたことにナギは気づいた。色は前と同じような系統だが、派手な金糸はない。同じ色調の刺繍が刺してあって、前のより豪華さはないが上品な印象だ。帯もブーツも一体感があって、しっくりくる。何よりも、サイズがぴったり合っていた。その姿を見て、ナギはかつて彼が馬泥棒と間違われたことや、強盗に遭いそうになったこと、キールに身分を見抜かれたことの理由がわかった気がした。

これまでのサージェの格好は、まるでちぐはぐだったのだ。物は高級だったのかもしれないが、その合わせ方が無茶苦茶で、しかも大きすぎる衣服を無理やり着ていた。盗品を身に着けていると疑われるのは当然だし、物の価値もわからないまま、ただ身に着けていた姿は無知を晒すようなものだったのだろう。

サージェはナギに気づいて一瞬ほっとしたような顔つきになったが、すぐに不機嫌そうな顔つきに戻った。

「サージェ、何かあった？」

「……別に」

「聖王の喜生なぞいるはずがないと、一笑に付されてお冠らしい」

そう説明するキールは相変わらず意地の悪い笑みを浮かべている。

「太守付きの文官に向かって聖王の喜生が現れたらどうするかと問うて、笑われておしまい。寛容な人物で命拾いしたな。本来なら太守の右腕に直接口をきくなぞ、不敬罪と咎められても文句はいえん。おまけに、頭の固い人間だったら、聖王の喜生を騙る気かと警戒されただろうしな」

「だって！　イルシュの太守は王の遠縁だときいた。それなら、聖王の喜生がいるとわかれば、協力してくれるかと」

それでも自分こそその喜生だ、といわなかったあたり、サージェなりに考えた行動だったのだろう。だが、キールは浅はかといわんばかりに鼻で嗤った。

「太守というのは、偉い人？　役人？」

ナギはサージェを見てきいた。

「えっと、サライは九つの地方に分けられていて、各地方を治める太守を都から派遣するんだ。その地方の政や治安の維持を行う」

「八つだ」

キールの指摘に、懸命に説明しようとしていたサージェの顔がさっと曇った。

「……トルイが落ちたから、今は八つか」

地方の行政府ということだろうか。大名のようなものかなとナギは考えた。

ヨルカはサージェの様子を気にも留めていないようで、ちらりと一瞥《いちべつ》しただけだった。そして携帯用の筆入れを取り出し、例の絵図に線を書き込んでからキールに渡した。それを受け取ったキールはさっと確認して「思ったより少ないな」と呟いた。落ちた大地のことだろう。

絵図を持ってキールは踵を返す。ついて行こうとしたサージェは、飯でも食ってろと額をつつかれている。暗に邪魔だといわれたと思ったらしく、サージェはいっそうむっとした顔つきになった。その顔を見てさも愉快そうに笑いながら、キールは再び町の中に消えていった。

「キールは何しに行くの？」

「太守に会いに行く。さっきは行っても会えなかったんだろう？」

ヨルカの問いに、サージェは仏頂面のままうなずいた。

「いきなり会いに行っても、普通ならそう簡単にはいかない。だが、崩落の被害は向こうも一刻も早く知りたいはずだから、その要件を伝えれば会ってもらえる。確認の天黒馬を出したようだが、戻るにはしばらくかかるだろうからな。民の不安を取り除くためには、何より素早い対応が必要だが、それにはまず被害の把握が不可欠だ」

先ほどすれ違いに空へ飛んだ天黒馬のことだろうか。

「太守は、王の行方を知っているということか？」

「少なくとも、キールはそう考えているんだろう。まあ、後のことはあいつに任せておけばいい。あいつがおまえを王の下へ連れて行くといったのだから、何とかするだろうさ」

他人事《ひとごと》のようにいって、ヨルカは懐から革袋を取り出した。中から、陶器の硬貨を数枚取り出してサージェの手に乗せる。

「宿の者にいえば何か食事を出してくれる。通りの店に行ってもいいが、路地には入るな。

この辺りは治安がいいはずだが、それでも気をつけろ。ナギはあまり人前に出るなよ」

　そう忠告して、自分はくるりと背を向けてジュードのいる小屋の方へ向かおうとする。

「え、ヨルカは？」

「俺は人の多いところは好かん」

　一言だけいって、さっさと歩いて行ってしまう。

　残されたナギとサージェは顔を見合わせた。申し合わせたようにふたりの腹が鳴る。

「店に行くといっても、わたしは入れないだろうし」

「そうだな……宿の人にいって、何かもらおう」

「じゃあ、外で待ってる」

　うなずいて宿の正面に向かいかけたサージェは、ふと思い出したように戻ってきた。

「銀翼号《ぎんよくごう》の見師にきいてみたんだが」

「銀翼号？」

「ああ、キールの船だ」

　なるほど、と思った。あの白い船体は空に浮かび太陽の光を受ければ、白銀のように輝いて見えるだろう。

　それなりの大きさの船だからキールひとりで動かせるはずはないし、中に人がいる気配はしていた。しかし、見師がいるとは思わなかった。

「見師がいるの？」

「見師なしで、どうやって船を飛ばせるんだ？」

驚いてきくと、驚いた顔で質問を返された。どうやら船を飛ばすには見師の存在が必要で、それは常識らしい。

もしかして、キールが行き先を決める時に話していた乗組員、彼は船の中の別の人物に確認していたが、その相手が見師だったのだろうか。

「キールの船の見師……リザダというのだが、彼女にまじりものを元に戻せるかきいてみた。だが、無理だといわれた。見師にもいろいろいて、得意とする分野が各々違うということは知っていたんだが、まじりものに関する呪法は、かなり位の高い見師でなければわからないらしい」

そういって、サージェは視線を下げた。その表情は申し訳なさそうに暗く沈んでいる。

「異境のこともきいてみたんだが、こちらはまじりもののこと以上にわからないといわれた。やはり王に仕えるくらいの高位の見師でないと、駄目なのかもしれない」

「いや、そんなの……元々そうだと思って、都を目指していたんだから」

明らかにしょげている様子に、ナギは少し慌てた。むしろナギは、市井にも見師がいるということを知らなかったから、都に辿り着く前に見師に出会う可能性があると想定していなかった。

「でも、都へ行くのは随分先になりそうだ」

「それは、王が都にいないんだから、仕方ない。サージェは、都じゃなくて王に用があるんでしょう？」

「それはそうだが、元々どちらの目的地も都だったから、共に旅してきたんじゃないか。だからその、もしかしたら……ナギは王を探すのではなく、それよりも都に行きたいのかもしれない、と、思って……」

いいながらだんだんとサージェは口ごもっていく。

その様子を見て、自分よりも頼りになりそうなキールという協力者を得ることができたから、もうナギのようなまじりものとは一緒にいたくないのかもしれない、と疑念が脳裏を過った。

一度そう考えると、それが真実に思えてくる。

だって、誰もまじりものなんかと連れ立って旅をしたくないだろう。誰からも嫌われ、憎まれる化け物なんかと。

自分みたいな面白くもなんともない地味な人間と、誰も話したいとは思わない、誰も友だちになりたいなんて思わない。

いつも日向にいる同級生たちを見る度に、そう思っていた。そう思って、苦しかった。自分は誰からも必要とされない。自分には何の価値もないのだと。

この世界に来て、日々が命がけで、あんな卑屈な想いはしばらく忘れていたのに。

ナギは息苦しさを感じながら、自分の中の想いに蓋をして、努めて冷静に算段した。

「わたしのようなまじりものがひとりで都へ行っても、そんな偉い見師に会うことはできないと思う。というか、たぶん都にも入れてもらえない。その前に退治されるのがオチだ。それよりは、サージェが王に会って、信頼を得て、王から見師を紹介してもらう方が、確実だと思う」

淡々というと、サージェはナギを見上げてじっと考えを巡らしている様子だったが、しばらくして表情を緩ませうなずいた。

「……うん、そうだな。じゃあ、ナギも一緒でいいな」

一緒がいい、と一瞬いわれた気がした。言葉ではなく、ほっとしたような、疲れたような、でも幼い笑みを見て。それともそれは、そうであってほしいという願いが見せた幻想だったのだろうか。

キールに向かってナギのことを友だ、といってくれたのを思い出す。ヨルカに問われたとき、たぶん、ナギもそうでありたいと思ったのだ。

主従ではなく、ただの旅の連れでもなく。

だが、ナギには自分にその価値があるのか、わからなかった。

人とうまく関わることができない日陰の人間が。

人々に忌み嫌われるまじりものの自分が。

外見はこんなにも変わっているのに、自分という人間はさほど変わっていないのだな、とそのときナギは気づいた。

4

寝場所としてあてがわれたのは、ジュードと同じ騎乗用の動物が入る小屋だった。まじりものはこういう小屋に寝泊まりするものらしい。そんな扱いを受けても、別にもう何とも思わなかった。むしろ、屋根も壁もあるな、とほっとしたくらいだ。サージェは何かいいかけたが、彼が口を開く前に自分から小屋へ向かった。まじりものが宿内を闊《かっ》歩《ぽ》すれば他の客が嫌がるのは当然だし、ナギが正気を保っているまじりものだと説明するのは面倒だった。

ナギがまじりものでありながら正気でいることを、すんなり受け入れたサージェは世間知らずで、ヨルカは変わり者なだけだ。

ヨルカは人の多いところは嫌いだといったが、人そのものが嫌いなのかもしれないと、彼を見ていてナギは思った。町に入った後、ヨルカが誰かと話しているのをほとんど見ていない。小屋番の男に使いを頼んだくらいで、後はほとんど小屋から出てこない。キールが帰ったときは出てきたが、そのときもキールとのみ話し、宿の人間との交渉はすべてキールに任せっきりなのだ。最初は機嫌が悪いのかと思ったが、小屋を覗いたら、ジュードだけでなく、他の馬房の馬たちの世話まで嬉々《きき》としてやっていた。単純に人と関わりたくないのだろう。

寝るときでさえ、宿には行かずにジュードの傍に来て毛布に包《くる》まったから、さすがに驚いた。ナギを気遣ってのことかと焦りもしたが、ジュードがまるでいつものことだといわんばかりに、ヨルカが寄りかかれるような態勢に変えたから、これが彼らの日常なのだと理解した。

ヨルカは人が嫌いで、竜や馬……獣魔や獣が好きなのだ。たぶん、ナギを助けてくれたのも、ナギがまじりものだったからだ。ただの人間の迷子なら、素通りされていたかもしれない。そう思うと、少し複雑な気持ちになる。

サージェから見師の話をきいたとき、ナギは一瞬何の話をされているのかわからなかった。

都にしか見師はいないと思い込んでいたのもあるが、最近、自分が何のために都へ行こうとしているのか、その目的を忘れるときがある。ただサージェと共に、無事に都へ辿り着かなくては、とだけ思うようになっていた。

ナギの左手の長い爪は、今では器用に紐を結ぶことができる。爪の長さのぶん、左右で微妙に腕の長さが違うから、物を摑む際に距離を測り損ねて周囲の物を壊したりすることもあったが、最近ではそれもなくなった。まるで最初からこうであったかのように、すっかり馴染んでいる。人間であったときの感覚が、もうわからない。両足もそうだ。この足なら、何があってもすぐに動けるという、安心感があった。この足で、どこまでも駆けていける。水晶溜まりすらも越えられた。

もしもサージェから、リザダという見師がまじりものを人に戻すことができると告げられていたら、自分はどうしただろう？　元の世界に今すぐ戻してやれるといわれたら？そのとき、自分は何と答えるのだろう。それがわからないこと自体、問題なのではないか。

これが、人としての正気を失うということなのだろうか……？

考え込みながら、いつの間にか寝ていたらしい。

寝返りを打とうとしたのに、左腕が重くて動けない。

寝ぼけ眼《まなこ》で左側を見ると、なぜか左腕にしがみつくようにして、サージェが丸くなって静かに寝息を立てていた。

ぎょっとして辺りを見回すが、まだ外は暗い。朝になったわけではないようだ。

「おまえが傍にいないと、落ち着かんのだとさ」

向かい側から声がして、驚きに肩が跳ねた。すぐに闇に慣れた目がヨルカの姿をとらえる。

「随分と懐かれたもんだ」

「懐かれたというか……まあ、いろいろあって」

一言二言では説明しきれないことが、随分とあった。サージェが岩牢の鍵を開けに来てくれた夜のことが、なんだか遠い昔のようだ。

「おまえは異境から来た渡来者だが、そいつは違うんだろう？」

ナギのこれまでの旅路を……どうやってこの世界に迷い込み、サージェに出会い、ここまで来たのか、それを尋ねられているのだとわかった。ナギが長い話になることを前置きすると、ヨルカはただ「ああ」と相槌を打ち、ジュードは琥珀の瞳を開いてこちらを見た。まるで話をききたがっているように。

「……向こうの世界で、湖に落ちた。クラスメイトと」

ナギは少し考え、そう切り出した。あれがすべての始まりだった。

深い湖でもなかったはずなのに、どんどん沈んでいき、焼けるような痛みを感じ——そういえば、あの痛みは水晶溜まりに触れたときに似ているような気がした——、気がつくとクラスメイト……学友と共にこちらの世界に来ていて、ナギは瓦礫の下に埋もれていたことを語った。そこから助け出してくれたのは知らない男たちで、彼らの話す言語を知らないのになぜか何をいわれているのかは理解できたこと。一緒に来た学友は歓迎されたのに、ナギはまじりものだと分かった途端に捕らえられて、次に気づいたときは鉱山で呪具と鎖に繋がれていたことを続けて語った。

そこからしばらくの記憶は曖昧だ。あの鉱山の日々が、どのくらいの期間なのか、ナギにはわからない。数日だったということはないと思うが、数週間だったのか、はたまた数か月だったのか。その間に何があったのか、自分が何をしたのかは、詳しく語らなかった。ただ、ある日労働者の——あれは今思えば下者たちだったのだろう——反乱が起こって、そのときにサージェが呪具を外してくれ、牢からも出してくれ、共に逃げたのだと説明した。

「わたしは渡来者だと、サージェが教えてくれた。それから、都の見師ならまじりものの体を元に戻す方法や、元の世界に戻る方法を知っているかもしれないということも。サージェも都に行かなくてはいけないというから、一緒に旅することになって……ヨルカ？」

あまりに長いこと黙っているから寝てしまっているのかと思ったが、そうではないらしい。ヨルカは何らかの記憶を探るように考え込んでいた。

「東の果て……捨て地の鉱山？　確か廃坑になったと、キールがいっていた気がするが……まあ、いい。おまえは異境にいたときは、まじりものじゃなかったのか」

「違う。というか、わたしの世界には、まじりものはいない。そもそも獣魔がいないし」

「獣魔がいない？　竜がいないのか？　天馬も？」

うなずくと、とんでもないというふうにヨルカは長いため息をついた。獣魔好きな彼らしい反応だ。

ふとナギは、どうしてこの世界に来るときに自分の体だけがこんなふうに変貌してしまったのだろうと改めて疑問に感じた。自分の目で確かめたわけではないが、あの男たちに保護されたありさは元の人間の姿のままだったはずだ。ナギだけがまじりものになったのだ。

「まじりものって、見師が作る、んだったっけ……？」

「そういう場合が多いだろうが、元々は自然に生まれるものだった」

「自然？」

「チが砕けたときに……チはわかるか？　生き物の体が塵でできているのは、異境でも同じじゃか？」

ナギは首を横に振った。

「いいえ。違うけど、でも、サージェが説明してくれたから、なんとなく仕組みはわかる」

「生き物は塵が集まって体を作り、この世に存在する。その塵を集め、体を形作る、いってみれば膠《にかわ》のようなものか、それがチだ。体は心臓を貫けば死ぬ。チが砕ければ、存在そのものが消える」

「……一瞬で、砂のように体が崩れて消えた人を、見た」

「ああ。チが砕けたんだ。チは目に見えないし、体のどこに、どういう形をして存在している、といえるものじゃない。だから、意図的に砕くことはできないが、砕けることはある。重い病や大怪我、何らかの衝撃……まあ運が悪ければというところか。チが砕ければ存在は消える。だが、己の存在が消えかかったときに、崖っぷちに手をかけるようにぎりぎりまで抗《あらが》う者がいる。そうして、自分の存在を保つために、他の生き物とまじりあって生き延びる。それがまじりものだ」

「……消えかけて、だから獣魔でもなんでもいいから、取り込んでしまう、ということ？」

「そうだ。おまえはそうやってまじりものになったんだと思う」

なぜ自分が、という思いは消えない。でも同時に、この体は、この世界の何かの命が、何が何でも生き延びたいと願った、その成れの果てなのだと思って、どこか悲しいような、切ないような……尊いような、奇妙な心持ちになった。

「見師はどうやってまじりものを作るの？」

「俺も詳しくは知らないが、見師は呪法を使って人と獣魔を換生するらしい」

「呪法……と、換生？」

呪法というのはサージェが一度口にしていた気がする。

「呪法というのは……いやその前に、天掟はわかるか？　天の定めた掟」

ナギは再び首を横に振る。すると、困ったような小さなため息が返って来た。

「なんといったらいいかな……生き物は生まれて成長し、老いて死ぬ。植物も種から芽吹き実をつけ、やがて枯れる。雨は空から落ち、湖を作る。大地はやがて崩れ星の海へ落ちる。天掟とは、そういう当たり前のことだ。人の意志や技術では変えられない、当たり前のこと。それらはすべて天が定めたことで、人がどうこうできるものじゃないからだ。わかるか？」

死んだ者は生き返らない。過ぎた時間は戻らない。そういうごく当たり前の常識というか、人間の力ではどうしようもない自然の法則のことだろうか、とナギは思った。それを天が定めたもの、とこの世界では考えるらしい。

ナギはぎこちなくうなずいた。完全に理解しているかは自信がないが、大きく間違えてもいないだろう。

「だから、本来なら船は空を飛ばない。一部の竜や天馬が飛べるのは、彼らが天に近い生き物だからだ」

「天に、近い？」

「ああ、だから……くそ、難しいな。天の加護を受けている、といったらいいか。人間や普通の獣よりも、獣魔が賢く強く、時に空を飛ぶといった特別な力を生まれながらに持っているのは、そのためだ」

ナギにはよくわからない説明だったが、一応うなずいた。ひとまず、神話に出てくる、神獣のようなものだとでも考えておくことにした。

「人が船を飛ばせるのは、見師の呪法を使うからだ。呪法とは、天掟の隙間を縫うというか、天掟を少し誤魔化して人の意志によって物事を動かす技だ。見師は風を摑まえて、天の掟を少し捻《ね》じ曲げ、一時的に船のような巨大で重い物体を空に浮かせる……この場合の風とは、普通に吹いている風のことではなく、この世に満ちる……天の力のようなもののことをいう。竜や天馬が飛ぶのはその力を自在に操れるからだ。人は彼らほど自在に操れない」

「天、というのは、空のこと？」

　上を指さしながらナギがきくと、ヨルカは少し考え込んだ。

「……似ているが、まったく同じではないな。少なくとも、天といわれて星の海を思い浮かべはしない。大地もだ。大体誰でも青い空を想像するから、空といっても間違いではない。だが、空が力を持つわけじゃない。天には力がある。人の知識では到底測りえない、人には理解しきれない、圧倒的な力、存在感、大いなる意思……なんといったらいいかな」

「いや、わかる……ような気がする」

　ナギは初めてこの世界の空を見上げた時のことを思い出した。空に呑み込まれそうだと思った。恐ろしいほどに美しく、ただただ畏敬の念を覚えた。

「じゃあ、天は神様のようなものなのかな」

「カミサマってのはなんだ？」

　逆に問われて、ナギは黙った。サージェに魂の話をしたときと同じだ。この世界には神の概念がないのだ。

　だが、改めて神とは何かときかれると、ナギにはうまく説明できない。人の知識では理解しきれない、なんだかすごい圧倒的な力……それに名前を付け、人間の形や他の生き物の形に見立てたもの……そこまで考え、違うな、と思った。日本には山そのものを神として祀《まつ》る神社もある。必ずしも、神とは人間の形をしているわけではない。

　ということは、この世界の天と似たようなものではないのか。

ナギはなんでもない、と首を振った。

「見師は、呪法を使って船を飛ばす。まじりものも呪法を使って生み出すということ？」

「そうだ。もっとも、見師の主な仕事は天へ祈りを捧げること……天と人との仲介役だ。まじりものを生み出すことも、ほとんどの国では外法《げほう》とみなされる。外法というのは呪法の中でも蔑まれている技で……つまり、あまりいいことだとは思われていない」

「まじりものが嫌われているから？」

「それもあるが、人を獣魔とまぜるなんて、気味が悪いと思われているから、だろうな。それでも、労働力として、あるいは兵士として使い勝手がいいから、作っている国は多い。見師は換生によってまじりものを生み出す。換生というのは、あるものを形作っている塵を、別の形へ換える技のことだ。人を形作っていた塵と、獣を形作っていた塵をまぜてまじりものという新たな別の形に換える。そうしてまじりものを作る」

そうきいて、ナギは強い不快感を覚えた。

生きたいという願いの果てに辿り着いた形ではなく、人が自分たちの利のために作るのは、うまくいえないが、とにかく間違っている、と強く思った。

「喜生は、見師が生み出したものじゃない？」

サージェは、喜生とはすでに亡くなった人の塵が再び同じように集まって同じ姿かたちの人間が生まれることだといった。換生に似ているような気がする。しかし、ヨルカは小さく笑い、幼子に説いてきかせるような声でいった。

「それは無理だ。見師は万能じゃない。喜生は天が生み出すもの。瑞兆の中でも最たるもののひとつだからな」

どうやら、ナギの質問は見当違いのものだったらしい。

瑞兆、という言葉はキールも使っていた。サージェが聖王の喜生だと打ち明けたときに。

「喜生は、いて当たり前のものなのかと思ってた」

ナギがいうと、ヨルカは少し考えた後、慎重に言い直した。

「この世に存在する、という意味では当たり前だ。だが、ありふれた存在じゃない」

そういうと、ヨルカは少し身を乗り出して懐から革袋を取り出した。その中から出てきたのは、陶器の硬貨と、同じくらいの大きさのきらきらと光る透明な青くて丸いガラスのような物だ。陶器の硬貨を見たときもおはじきに似ていると思ったが、こちらはより似ている。これも硬貨の一種なのだろうか。明かり取りの窓から入る月の光に照らされて、まるで星の海のように輝いている。

ヨルカは青い硬貨の方を並べていった。

「実際の塵は目に見えないものなんだが……これを塵とすると、塵が集まって人の形を作る」

硬貨を並べてできた形は、歪ながら棒人間のように見えた。ヨルカはその隣に陶器の硬貨で同じ形をふたつ作った。

「人が死ぬと塵に還り、そして再び塵は集まって別の人間となる」

棒人間たちを崩し、再び三体の棒人間を作る。今度は三体とも青い硬貨と陶器の硬貨、どちらもが交ざりあって出来ていた。人が死んで塵に還り、また集まって別の人間になる、ともう一度繰り返しながら、ヨルカは同じように三体の棒人間をバラバラにしてもう一度三体新たに作り直した。そうして二度、三度と同じことを繰り返す。そうするうちに、もう一度青い硬貨だけでできた棒人間が現れた。

「喜生は、ある人間が死んで塵に還った後、そいつを形作っていた塵が、まったく同じ集まり方、重なり方をすることで、以前生きていた人間と同じ姿かたちの人間になる、という現象だ。それが起こるとしたら、とてつもなく低い確率になる」

ナギは地面の上に並べられた硬貨をじっと見つめる。

硬貨は一体につき十六枚使われている。三体分で四十八枚。だが、実際の塵とはその程度の数ではないだろう。

おそらく塵とは、ナギの世界でいう原子のようなものに当たるのではないか。人ひとりを構成する塵の数は、何億、何十億、あるいは何百億、という数だろう。それがすべて同じ配列で再び構成される。そうなる確率は、天文学的、という表現でも足りないかもしれない。

「滅多に起こらないから、希少な瑞兆とされるんだが……。誰でも、喜生という現象があることは知っている。でも、まず起こらない」

当たり前だがありふれてはいない、ということだ。

ナギは理解したことを示すために深くうなずいた。

「瑞兆というのは、何？」

なんとなくよいこと、おめでたいことを示すのではないかと想像してはいるが、詳しくはわからなかった言葉だ。

「瑞兆とは、天が表す言祝《ことほ》ぎだ。人の力では生み出せない、滅多に起こらない現象や貴重な生き物のことをいう」

「言祝ぎ」

「天が、今の世は祝福されていると意思を示すということだ。……まあ、そう考えられている、といううか。明日、自分の今立っている大地が落ちるかもしれない。みんな常にそういう恐怖を抱えて生きている。だから、明日も大丈夫だ、自分たちは死なないという証が欲しいんだ、誰でもな。瑞兆とはその証だな。天が言祝いでいるから、今自分が生きているこの世に悪いことは起こらない、と考える」

「……本当に？」

珍しい現象が起きたから、今いる大地が落ちないだろうと信じるのは、随分勝手な話ではないだろうか。思わず疑うような声音になったナギに、ヨルカは苦笑した。彼もわかっているのだ。

「そうであってほしいんだ」

つまり、願いだ。

この世界では、理不尽に、不条理に大地が、ある日突然落ちる。巻き込まれて死ぬかもしれないし、逃げられたとしても家や財産を失う。そうなれば、流民になるしかない。そして流民の末路は……。

思えば、なんと残酷なことだろうか。

ナギのいた世界も幸福に満ち溢れた世界だとはいいがたかったが、それでもまだましだった。

「実際、瑞兆が起きた後は世の中が落ち着く傾向にある。それがより希少な瑞兆であればあるほどな。だから、みんな瑞兆を待っている。為政者なぞは特にな。自分の治世に瑞兆が起これば、それは天に認められたということだから」

「喜生は、希少だっていってたけど」

「ああ。だから尊いものだとされる。ただ、中には喜生を騙る人間もいるんだ。例えば、虹矢《こうし》という瑞兆がある。瑞兆の中ではよく起こる方で、数十年に一回は見られるかな。俺も見たことがある。空から虹のような様々な色の光が雨のように降って来るんだ。虹矢は広い範囲で見られるから、一度に多くの人が見ることになる。それだと、嘘がつけないだろう？　ひとりの人間が見たといい張っても、周りの人間が見ていないのならそれは嘘だ。だから、虹矢は起これば疑いようがない。だが喜生は、本人が大昔に生きていた誰それであるといい張れば、周りの人間には確かめようがないんだ」

「サージェは聖王の記憶があるといっていたけど、それでも？」

記憶があれば証明になるのではないのか、とナギは簡単に考えていたのだが、ヨルカは硬貨を袋に仕舞いながら、難しい表情をしていた。

「それも、確かめようがないということだ。当時を知る人間が生き残っていれば、裏付けが取れるかもしれない。そういう例もあるが、そんなのはまずあることじゃない。いくらその子どもが、聖王の記憶があるといったって、その記憶が正しいと誰が証明できる？　そいつの妄想でないと、どう証明する？　聖王が生きていたとき、どのような暮らしぶりだったか、何を考えていたか、もう誰も知る者はいない」

「でも、記録に残っていることもあるんじゃ？　何か大きな事件とか……例えば、戦争とか、飢饉《ききん》とか」

「そういう記録にあることは、誰でも調べようと思えば調べられる。つまり、喜生を騙ることは難しくないということだ」

「でも、喜生だって嘘をついたら、火あぶりだって、キールが……」

「捕まればな。だが、普通は捕まえない。取るに足らない大昔の誰それの喜生だと騙っても、大抵は見逃される。むしろ、みんな瑞兆が現れたと喜んで捧げものをするくらいだ。だから、喜生の騙りは流民に多い」

ナギは小さく息を呑んだ。サージェも流民だ。だから、キールはまず騙りを疑ったのか？

「喜生だと名乗り出る者を、みんな本物だと信じているわけじゃない。そうであったらいいというだけだ。あえて、証明しようとはしない。嘘だと見破りたくない、といった方がいいか。役人も面倒だから、わざわざ捕まえに出向いたりはしない」

瑞兆が現れてほしいと願う人々と、それを騙る者。ある意味、需要と供給が成り立っているのだ。それを役人もわかっているから、放置する。

それほどまで切実に、明日も生きられる保証を欲する人々の心を思うと、切なくなった。

「だが、王族の喜生を騙る……それも聖王ほどの大物となれば、放っておくわけにはいかないだろう。捕まれば火刑だ」

それをきいてナギは一瞬目眩《めまい》を覚えた。ヨルカの口調は、キールのようにどこかからかうものではなく、真剣だった。

ナギの故郷では亡くなった者を火葬するのだときいて、サージェはあれほど怯えていたのに。

「じゃあ、サージェは……」

「それは本人もわかっているはずだ。わかっていてなお、王に会いたいというのだから、よほど自信があるんだろう。本物だという自信か、騙しきる自信か知らないが」

サージェが人を騙すなど信じられなかった。そんな器用な子どもであるものか。なら、やはり本物だという自信があるのだ。

「さっきもいったが、王は瑞兆を歓迎する。特に今、サライは混乱しているし、ティルハ王にとってはそいつが本物なら、二重の意味でこれ以上ない喜びだろう。本物と認められた喜生なぞ、ここ百年……いや、二百年であるかないかだ」

二重の意味とは何なのかよくわからなかったが、とにかく認められやすい状況ということらしい。しかし、本物の喜生というのがそれほど珍しいものだとは思わなかった。

……それならば、キールが疑うのも当然だ。

「喜生の他に、珍しい瑞兆はない？　喜生が一番？」

「いや……そうだな、他にもいろいろあるが、一番は鯨喜《げいき》だ」

「鯨喜」

「ああ。星の海から現れ空を飛ぶ巨大な魚、といわれている。何せ、数百年に一度あるかないかの、最も希少な瑞兆だからな。まあ、おとぎ話のようなものだ」

空を飛ぶ魚といわれて、トビウオが頭に浮かんだ。しかし、巨大というならトビウオ程度の大きさではないのだろう。いや、巨大なトビウオなのか？

だが、それは伝説のような存在らしい。喜生も同じようなものなのかもしれないが、鯨喜よりは現実的だということか。

王様に会ったら、サージェはどうなるのだろうとナギは思った。瑞兆だと歓迎され、保護されるのだろうか。流民という生きるには厳しすぎる身分から逃れて、王宮で何不自由なく暮らせるようになるのだろうか。

「……そういえば、換生の儀、って何？」

それを受けるために王に会う、といっていたはずだ。換生は何かを別のものに変えることだとわかったが、その儀式とは何なのだろう。

何気なく尋ねたのだが、ヨルカは急に押し黙ってしまった。きこえなかったのだろうか、ともう一度口を開きかけたところで、低い声が返って来た。

「そいつからきいていないのか」

「え……サージェから？　何も、きいてないけど」

なんとなく嫌な予感がした。胸の内で徐々に不安が膨らみ始める。

ナギはさらなる説明を待ったが、ヨルカはそうか、と呟いた後、どこか硬い声で答えた。

「なら、それは本人にきくべきだ」

なぜ、と問いたかったが、ヨルカの纏う空気はそれ以上の質問を受け付けないと語っていた。ジュードがふん、と鼻を鳴らし、ゆっくりと目を閉じる。もう話は終わりだ、というように。

ヨルカが黙ったので、ナギももうそれ以上話しかけることはできなかった。

換生の儀とは何なのだろう。

闇の中でナギがひとり考えていると、しばらくしてヨルカが再び静かに口を開いた。

「異境の言葉とこちらの言葉は違う、といったな。それなのに、最初からききとることができた、と」

「……ああ、うん。話していることは、なんとなくだけどわかって……喋るのも最初は難しかったけど、慣れたら結構早いうちにできるようになった。でも、文字はまったく読めない」

ヨルカはそうか、といって一瞬黙ったが、すぐに続けた。

「俺は専門家じゃないから、本当のところはわからないが……おまえのその腕は、おそらく黒狼《こくろう》のものだ。黒い毛並みの大型の狼。そして、足は緋竜《ひりゅう》だと思う」

黒狼も緋竜も、おそらく獣魔の名前なのだろう。足は元々恐竜に似ていると思っていたから、ジュードのような竜の一種のものだといわれても納得できる。ジュードがやけにナギに好意的なのも、仲間だと思っているからかもしれない。

「黒狼は人語を理解するらしい。黒狼を退治する算段をしていた猟師たちの話をきいた当の黒狼が、猟師たちの仕掛けた罠《わな》を逆に利用した、なんて逸話もあるほどだ」

ナギの世界でも、狼といえば賢い動物だと考えられている。特に狼王ロボの話は、有名だ。

「緋竜も……まあそもそも竜種はすべて、獣魔の中でも飛び切り頭がいいんだ。竜は人の心を読むとまでいわれているしな。緋竜は空を飛ぶことはできないが、そのぶん大地を速く駆けることができ、それから竜種の中でも一、二を争うほど頑丈で長命だ。だから、なのかもしれない」

「だから、って？」

「黒狼と混じったから、その能力を受け継いで、最初からこちらの言葉がわかったのかもしれない。緋竜と混じったから、ひどい境遇に置かれながらも生き延び、水晶溜まりを越えて負った傷が、半日で回復するほどの強い体を得ることができたのかもしれない」

ヨルカの言葉に、あ、と思ってナギは思わず自分の足を触った。まだひりひりするが、あの激痛はすでにない。もうずいぶん前からだ。

ナギはヨルカの言葉を頭の中で反芻《はんすう》した。言葉を理解することはできるのに、すぐに喋ることができなかったのはなぜだろう、文字を読むことができないのはなぜだろうと思っていたが、ヨルカの説明は自然だ。この左腕の基になった黒狼がそうだったから。

「まじった生き物の能力を受け継ぐのがままあることなのかは、見師にでもきいてみないとわからないが、俺はそうなんじゃないかと思う」

ナギはうなずいた。自分もそうだと思った。ヨルカの説明は頭にすんなり入ってきて、胸の内ですとんと落ちた。

「おまえは運が良かった。彼らに助けられたな」

そういうとヨルカは満足したように、再びジュードの背に寄りかかり、もうそれきり口を開くことはなかった。

運が良かった。

助けられた。

少し前だったら、そんな馬鹿なことがあるかと反発していただろう。こんな世界に来たことも、そのせいでまじりものなんて化け物になったことも、不運でしかない。この腕も足も気持ちが悪い。そう思っていた。

だが……。

こちらの言葉を最初から理解できたのは黒狼のおかげだ。言葉がわからなければ、想像もつかないほどの混乱状態に陥っていたはずで、サージェとも一緒に旅することなんてできなかったかもしれない。

鉱山でろくな食事も与えられず、血が噴き出すまで鞭打たれても死ななかったのは、水晶溜まりを越えることさえできたのは、緋竜のおかげだ。

ああ、自分は彼らに生かされてきた。

この世界に迷い込んだのは不運だったかもしれないが、そこで生き延びられたのは、まじりものになったからなのかもしれない。

死にたくないと、消えたくないと、必死に抗い、まじりものになってでも生きたいと願ったのは、この黒狼だったのだろうか。緋竜だったのだろうか。それとも、ナギ自身だったのだろうか。

5

気がつくと目の前に見覚えのある扉があった。黒くて中央には縦長の四角い磨《す》りガラスがはまっている。懐かしいなと思いながら取っ手を引き、それが自宅の扉であることをぼんやりと思い出した。

ただいま、と声をかけながら入って行くと、リビングで黒服の男たちに囲まれた両親が険しい表情を浮かべていた。部屋の隅では妹の満が泣いている。

ただ事ではない雰囲気だ。何が起きたのだろうと思っていると、父親が悲しそうな目でナギを見て、声を絞り出すようにいった。

「おまえ、人を殺したのか」

ナギは言葉を失った。何を馬鹿な、と思う。ごく普通の、地味で真面目な女子高生が、なぜ人を殺すのだ。殺したい相手もいないし、そんなこと恐ろしくて考えることもできない。

「この方たちが、おまえは何人も人を殺した殺人鬼だと……」

「おまえを捕まえに来たのよ。刑務所に入れられるの。死刑になるかもしれない」

ナギは笑い飛ばそうとしたのに、母の悲痛な声にできなくなった。口からは乾いた声しか出ない。

「向こうの世界で、人を殺したんでしょう」

その言葉に全身が凍り付いた。

だって、それは仕方なかったんだよ。わたしを捕まえて、自由を奪って、意思すら奪って、奴隷のように働かせてたんだ。逃げても逃げても、追ってくるから、殺さないと逃げられないから！

わっと満が泣きだす。

「人殺しの妹だって、みんながいうのよ。わたしを責めるの。なんでお姉ちゃん、人を殺したりするの。人殺しなんて、犯罪だよ」

違う、違う違う違う！

だってあれは別世界、現実とはまったく違う世界のことで、あっちのことはこっちには関係ないはずで……！

わたしは！

男たちがナギの周りを取り囲み、徐々にその距離を狭めていく。

「あなたは人を殺しました」

「だから、法律によって裁かれます」

「逮捕します、抵抗すると殺します」

その声には、なぜかきき覚えがあるような気がする。

ああ、あのときナギをまじりものだと責め、襲い、鉱山へ売った連中だ。

なんでこの人たちがいるの。なんで今更責めるの。

わたしだって人を殺したくなんかなかった！

「……ギ、ナギ、ナギ！」

強く揺さぶられて、ナギははっと目を覚ました。心配そうなサージェの青い瞳がこちらを見下ろしている。

「大丈夫か？　随分、うなされていたぞ」

体を起こして辺りを見回すと、そこは小屋の中だった。正面にいたはずのジュードとヨルカは既にいない。

夢だ。夢を見ていたのだ。そう気づいて、ナギは長いため息をついた。

嫌な夢だった。

せっかく元の世界に戻れたのに、人殺しだと責められて、家族に化け物を見るような目で見られて、逮捕されるなんて……馬鹿馬鹿しい。そんなことあるはずがない。こちらの世界での罪を、向こうで裁かれるなんてあり得ないのだ。

頭の中で、「本当に？」と聞こえた気がした。自分の声だ。

人を殺した。その罪は、法律に関係なく、属する世界に関係なく、死ぬまで付いて回るのではないのか。

ふとした瞬間に、人間の肉を切り裂き、骨を砕く感触が蘇る。ナギが、この爪で、自分の意志で犯した罪だ。たとえ自分の命が危険に晒されていたからだとしても。

この罪からは、逃がれられない。

「ナギ、大丈夫か？」

もう一度そうきかれて、ナギは笑顔を作った。自分でもぎこちない笑みであることはわかっていた。

「ちょっと、悪い夢を見ただけだよ」

サージェはじっとナギの顔を窺うように見ていたが、やがて立ち上がった。

「キールが、もう出発するといっている」

そういわれて小屋を出ようとするサージェについて行くと、中庭には既に身支度を整えたキールとヨルカ、そして鞍を乗せたジュードがいた。

「遅い。従者のくせに寝坊とはいいご身分だ」

今は、従者じゃありません、といい返す気力もない。ナギはとりあえず謝罪の言葉を口にした。しかし、キールはナギの答えなど最初からどうでもよかったのか、ろくにききもせず、さっさと踵を返す。

「出発するぞ」

そういうや否や、すたすたと歩き出してしまった。船へ向かうつもりなのだろう。

「出発って、どこに行くんだ？」

大股で歩き出すキールを、サージェは子犬のように小走りについて行く。キールは振り向きもせずに答えた。

「バラキアだ」

バラキア。初めてきく地名だ。

小声で呟くと、唐突に予感がした。何かが大きく変わる、という予感だ。今までとはまるで違う旅路になるという予感……いや、むしろ確信に近いかもしれない。

これまではただ、都に行けばなんとかなる、サージェは聖王の喜生だから状況は好転すると、漠然とした希望に縋《すが》っていただけだった。しかし今や、行方不明の王を探し、サージェが喜生であることを認めてもらうという具体的な目的ができた。

王がどういう人なのかもナギは知らないし、サージェが認められる確率がどれくらいなのかもわからない。新たな不安が胸に渦巻き始めている。だが、確実に自分たちは前に進んだ、という実感があった。あるいは、これから踏み出す一歩がすべてを変える、という確信が。

ジュードがぎゅうん、と低い声で鳴いた。はっと顔を上げて振り向くと、琥珀の瞳がこちらをじっと見ていた。

ヨルカと違って、ジュードが何をいいたいのかナギにははっきりとはわからない。だがなんとなく、気合を入れろ、といわれた気がした。だからナギは決意を込めて、ゆっくりと深くうなずいてみせた。

第二部
王と王柱

第一章

1

「ちょっと待ちな、あんた自分の指をちょん切ろうってのかい」

サージェがおぼつかない手つきでナイフを芋の皮に当てた瞬間、つっけんどんな声がかかった。ちらりと隣を見ると、険しい顔の老女が鋭い目でサージェの手つきを見張っている。注意されるのは何度目だろうか。台所仕事は基本的に女性の仕事とされていたから、下者として様々な仕事をこなしてきたサージェも、野菜の皮むきなどほとんど初めてだ。

「ああもう、何回いったらわかるんだろうね、この子は。本当に不器用な子だね」

銀翼号の乗組員である老女ウズマの悪態をききながらサージェは己の無力さに俯《うつむ》く。その目の前に、ウズマはよく見ろといいたげにナイフを持った手を突き出した。もちろん、刃は壁側を向けて、だ。

「よく見とくんだよ。持ち手はこう。親指はここ」

「こ、こうか？」

「馬鹿だね、だからそれじゃあ自分の左手の指を切るだろうっていってんだ」

なんとか見よう見まねでやってみると、何度目かでウズマが明るい声になった。「そうだよ、その調子だ」と。褒められたとわかって、サージェは思わず笑みをこぼし、慎重な手つきで作業を進めていった。

サージェにとって、空を飛ぶという経験もこの旅が初めてだ。昨日初めて乗ったときは、非常に興奮しながらも、常に落ちるのではないかという不安が付きまとっていた。さらに、地面を歩いているときとは違う微妙な揺れのせいか、だんだん吐き気を催してきて困った。

今日は二度目とはいえ、一度目より長い旅路だし、まだ慣れるほど乗っているわけでもない。サージェはまた船に乗れるという喜び半分、不安半分といった感じだったのだが、すぐにこのウズマに捕まりあれこれ仕事を申し付けられたので、落ちるのではないかと不安に思う暇もなかった。

銀翼号に乗ってみて、サージェは驚いた。この船を動かしている乗組員は、体が不自由な者ばかりなのだ。手足が自由に動かせない者もいれば、唯一の見師リザダのように耳のきこえない者もいる。どう考えても船を操るには不便なはずだが、彼らは揺れる船内で互いに助け合ったり、ところどころに設置された手すりや椅子を使ったりして、器用に行き来し、仕事をこなしている。

サージェの目線の先に気づいたのだろう、ウズマが彼らのことを話してくれた。

銀翼号の乗組員たちは元々、生きる価値のない者、と見做されていたのだと。ルシでは、そういう者たちと一部の罪人たちがある離宮に集められて暮らしていたのだそうだ。……やがて来る、換生の儀のために。

ちなみに、ウズマも罪人のひとりであるときき、思わずぎょっとしてしまった。彼女は確かに物言いはきついが、悪人であるとは到底思えなかったからだ。おずおずとそういうと、ウズマは楽しそうに「ひひ」と奇怪な笑い声を上げた。

「罪なんてものは、いくらでも拵《こしら》えられるものさ。病だってね」

どうやら、彼女は無実の罪を着せられたらしい。そしてキールも、ありもしない病をでっちあげられ、彼女らと共に幼少期を過ごしたのだときいて、仰天した。

キールは元々ルシの世継ぎだった。ある日、暴れ馬に襲われやむなく殺したところ、それが父王の愛馬であった。王がことのほか大事にしていた馬……それも本来なら大人しく聡明《そうめい》な馬を殺したキールの方が、いつの間にか乱心したということになっていたのだそうだ。彼は生来残忍で、狂気に取り憑《つ》かれた王子だったと断じられた。

大人しいはずの馬に薬を盛り、それをキールにけしかけたのは彼の兄弟らしい。王位を狙ってのことだとウズマはいう。

「正妃の子はひとりだったからね。ついでに、有力貴族の娘である正妃を、王も疎ましく思っていた。その子である、キールのことも」

つまり、キールは異母兄弟と、実の父にはめられたのだ。そんなことをされてあのキールが黙っているとは到底思えなかったが、幼いころのキールは従順で、すべてを受け入れてしまったのだという。

自分には生きる価値がなく、国のためにすべてを捧げるべきなのだと。

それをきいてサージェの胸にずしりと妙な重みがのしかかったような気がした。キールと自分の境遇は少し似ている。……でも、少なくとも自分は家族にとって誇りだった。

そのままいけば、キールもウズマもリザダたちも換生の儀を受けることになっただろう。しかし、換生の儀が行われる前に、ルシが沈む日がやって来た。そのどさくさに紛れ、キールたちは一致団結して離宮を抜け出し、残っていた船を奪ってルシを逃げ出したのだ。

すべてを受け入れていたはずの少年に、どこからそんな気力が湧いてきたのだろう。

そう問うと、ウズマは意味ありげに笑った。

「自由さ」

自由、とサージェは思わず呟いた。

「あたしは自分の持ちうる限りの知識をあの子に授けた。ルシは元よりそれ以外の国々の知識……歴史、文化、伝承、習慣、ありとあらゆる知識を。知れば知るほど、外の世界への憧れが強まっていったんだろう。加えて、あの子には元々竜と竜飼いへの……空への憧れがあった。それらがやがて自由への渇望という力となったのさ」

自由、とサージェはもう一度呟いた。

世界を見ること。何かを願うこと。そんな自由を、得たいと思ったのか。

ふと視線を感じて顔を上げると、ウズマが笑みを消し、真顔のままじっとサージェを見ていた。その強い双眸《そうぼう》に、なぜか居心地が悪くなる。何かを彼女に問われているような気がした。そして、その答えを考えてはいけないような。

『聖王のようになりなさい。あなたはいつか必ず、聖王の喜生として人々に崇《あが》められる日が来るのだから』

ふと脳裏に姉の声が蘇り、強く響いた。


ティルハ王は幼少期を母の故郷であるバラキアで過ごした。父王亡きあと、叔父であるシュナがその後継となり、都から追いやられたせいだ。半ばこの地に幽閉されていたわけだが、ティルハが成長した後、シュナ王が都へ呼び戻そうとしたときには、バラキア太守は彼女を引き渡さなかった。暗殺の企図を疑い、咎められるのを覚悟で守ったのだ。バラキアの太守も民もティルハがシュナ王を討つために兵を挙げたとき、全力で支援している。

だから、再び都を追われたティルハが身を隠すならバラキアだろう、と一部の者の間では噂されていたらしい。イルシュの太守は独自の情報網を用いて、それが噂にとどまらないことを突きとめていたようだ。

バラキアに着いたサージェは、キールにいわれて乗組員たちと共に太守館にいくつもの積み荷を届けた。そのまま太守に会いに行ったキールの帰りを館の外で待つ。

普通、一介の商人が太守に目通りを願い出ても会えるものではない。どうやらキールはイルシュ太守と既知の仲であり、今度の積み荷はイルシュ太守からバラキア太守への贈り物であるらしく、それですぐに会えたようだ。ルシの王族だから会えるのかと最初は思っていたが、そうきくとキールはせせら笑って答えた。

「廃嫡された、そもそも既に沈んだ国の王族に、何の価値があると思うんだ？」

きつい物言いに少し怯《ひる》むが、もう前ほど怖いと思うことも、腹が立つこともなかった。キールのこの捻くれた性格は、幼少期の過酷な経験故だろう。そして、常に金のことばかり考えているのは、結局のところ仲間たちのためだ。

船の維持には金がかかる。しかし、心身に問題を抱えた彼らが生きていくには、どうしても船が必要なのだ。

ただでさえ流民が仕事にありつけるなんてよほどの幸運に恵まれないと無理だ。銀翼号の乗組員たちは自分たちで船を持ち、それで各地を商って回れるから自力で生計を立てることができるのだ。

自分の力で。仲間たちと力を合わせて。そうやって生きていく。

サージェには彼らの生き方が眩しい。

太守館から出てくるキールの姿を見て、サージェは小走りに駆け寄った。キールは足を止めずにそのまま進んでいく。

「おまえ、山登りは得意か？」

必死でついて行くサージェに向かって、唐突にキールがきいた。

「山登り？」

どういう意味だろうかと首を傾げていると、振り返ったキールは人の悪い笑みを浮かべていた。

2

バラキア地方は周囲を山に囲まれた肥沃な土地であり、サライ唯一の穀倉地帯だ。水には恵まれているが、山間《やまあい》にある町や村には平地が少ないため、山の斜面を切り崩して、階段状に田畑を作っている。太陽の当たる具合によって、高い畑から低い畑へ独特の陰影を描き、美しい景観を生み出す。

高い山々はいずれも畑に利用されているが、唯一、一切手を加えられていない山がある。リャサンだ。太守館のある町、バラキアの背後に位置するリャサンは、霊峰として祀られているらしい。

段々畑の途中にある少し開けた場所からは、町の様子がよく見えた。夕日を浴びた町は茜色《あかねいろ》に染まっている。畑の作物は光を反射して金色に輝いて見え、煌めきに満ちた光景が見渡す限り広がっている。

ナギは美しく神秘的な景色を無言で見回した。

イルシュと同じくらい活気のある町だが、雰囲気はまるで違う。やはり、周囲に広がる緑の深い山々とそこに作られた階段状の畑、そしてごうごうと流れる大きな川のせいだろうか。そういえば、空気も違う。イルシュの空気は乾いていたが、バラキアの空気は湿度がありどこか懐かしい。日本の空気も湿っているからだろうか。そこで暮らしていたときには、特に意識しなかったのだが。

行き交う人々の話し声と物売りの声が飛び交い、そこにてんでバラバラに鳴る様々な楽器の音が混じって混沌《こんとん》としている。

大通りの途中、城壁と大きな館のちょうど真ん中あたりには広場があった。中央に小さな塔があり、そのてっぺんから地面に向かって、縄が四方向に張られている。四本の縄には色とりどりの布がつけられており、空の青さに映えて美しい。広場には楽器を手に集まった者たちがいる。何をしているのかと不思議に思っていると、同じように町を見下ろしていたヨルカが祭りの準備だと教えてくれた。春季と秋季に雨乞いの儀式が行われるのだという。

バラキアの風景や空気感に、既視感を覚えてナギは驚いていたが、それだけではなかった。腹ごしらえにと通りの屋台でヨルカが買った食べ物には見覚えがあったのだ。

小さな細長い物体と、肉が混ざったもの。

（……お米だ！）

一口、口に入れたときは衝撃だった。

白米とは少し違うが、それでも米であることは間違いない。米と肉を炒《いた》めて炊いた料理は、まるでピラフだ。やはりあの独特な薬のような調味料が使われているが、もはやそれも馴染み深い。

ヨルカにきいた話では、こちらの世界では塩が貴重品らしい。塩は塩湖からとるものらしいが、塩湖自体が珍しく、サライにはひとつしかないという。だから塩は高級品で、身分の高い者しか口にできないのだ。その代わり、調理の際にはテランという薬草を加えて味を調えるのだという。これまで食べた料理すべて、味が薄いと感じたのは塩が入っていなかったせいであり、それを補うこの独特な風味は、テランによるものだったのだ。

空腹を満たしながらぼんやりと町の様子を眺めていたナギは、辺りに響き始めた音を耳にして思わず腰を浮かせた。

またあの歌がきこえる、と最初は思った。

大地に響く律動と風の囁き。

しかし、そうではなかった。眼下の広場で、奏者たちが一斉に楽器を奏で始めたのだ。鼓動のようにとん、とん、と響く音は太鼓と低い弦の音だろうか。弾かれる弦の音、こすれる弦の音、いくつもの楽器の音色が合わさったとき、まるであの歌のようだった。

何より、風のように響きわたるこの不思議な音は何だろう。

ナギが食い入るように広場を見下ろしていることに気づいたのか、ヨルカが「見師の呪唱だ」と広場を指さしていった。

「呪唱？」

「見師が呪法を用いる際に奏でる特殊な響きのことだ。天に捧げる祈りというか、天に働きかける方法というか」

「あの音、口から出している？」

「ああ、そうだが？」

何を当たり前のことを、といわんばかりのヨルカにナギは驚きを隠せなかった。

風が唸るような響きには、天を舞うかのような高い音と、地を這うかのような低い音がある。それらが、交互に入り交じり、時に高い方が強くなり、反転し、まるで波打つように音がうねっていく。とても人の声には思えない。しかも、その音を出しているのはひとりしかいないのだ。つまり、ひとりの人間の口から、まるでふたり以上の人間が発しているかのような二重の音がきこえるのだ。

すごいな、とナギは感嘆した。

純粋に、どうやってあんな音を出しているのか不思議でならない。そして、彼らの奏でる楽の音と呪唱の響きが、まるであの歌に似ているのも気になる。

「一説には、天がこの世に向けて奏でる呪唱のことを天の囁きと呼び、見師の呪唱はそれを模倣したものだという。天は常にこの世の者たちに囁き、呼び掛けている、と。その中で、具体性や実体を伴ったものが、瑞兆だ。見師は呪唱を通して天に祈り、天もまたこの世の者たちに何か働きかけている。……そして、人はそれをきくことができない。できるのは獣魔のみ。獣魔もまた、天に向けて鳴くことがある」

ヨルカの説明をききながらふと振り返ると、ジュードが心地よさそうに目を細めていた。その様子は、広場からきこえてくる音色に身を委ね、心を落ち着けているように見える。明らかに周囲の人間とは反応が違う。

(もしかして、ジュードにもきこえている……?)

まるでこの世界そのものが歌っているかのような、あの歌が。

「獣魔……竜もってこと？　ジュードも？」

「ああ」

当然というようにヨルカはうなずいた。

人にはきこえない。しかし、獣魔にはきこえる。だから、まじりものにもきこえるのだろうか。

そのとき、カツカツという何かを叩く音が近づいてきた。段々畑に上がるための階段を、杖《つえ》をついた男性と子どもが上って来る。サージェだ。その後ろにはキールもいる。

杖の男性が、杖でナギたちの方を指すと、サージェはうなずいて残りの階段を駆け上がり始めた。逆に杖の男性は階段を下りていく。

「どうしてこんなところにいるんだ。町なかで待っていればいいのに」

息の上がったサージェはまるで恨み言をいうようにそう呟いた。

段数のかなりある階段だから、ここまで来るのが大変だったのだろう。ナギとヨルカが待機場所としてこの場所を選んだのは、人込みを避けるためだ。まじりものとして好奇の目を集めるのは気持ちのいいものではないし、ヨルカも人嫌いだから。

「キールと一緒に、積み荷を太守館まで運んできたんだ」

「積み荷？　何を？」

「何なのかは知らない」

サージェがそういい終えたとき、ちょうどキールが辿り着いた。彼はしばらく肩で息をして悪態をついた。

「……くそ。この程度でこの様じゃ、山登りなんて先が思いやられるな」

「山登り？」

キールはそう尋ねたヨルカを見て、次にサージェに視線を移してから、少年が自分と同じように肩で息をしているのを見てにやりと笑った。

「明日の朝一番に、リヤサンに行くぞ。バラキア太守の話では、どうも王はそこにいるらしい」

リヤサン……霊峰という話だが、都を追われた王がどうして山にいるのか。そこに隠れているのだろうか？　それとも何か用が？

「あそこは聖王とその血に連なる者しか入れない聖域じゃなかったか？」

ヨルカの問いに、キールはサージェを見た。

「なら、問題ないよな。おまえは聖王の喜生、つまり聖王その人であるも同じだ」

戸惑いの表情を浮かべるサージェに、行くぞと声をかけてキールは今来た道を下りていく。ヨルカもすぐに立ち上がって後を追ったので、ナギも慌てて立ち上がった。どうもキールはこうと決めたら即座に行動しないと気が済まない性分らしい。

立ち止まったままのサージェが「リャサン」と呟いて首を傾げている。

「サージェ」

ナギが声をかけると、サージェははっとしたようにうなずき、すぐに駆け出した。

3

霊峰リャサン。

その昔、聖王がこの地で瑞兆の白翼《びゃくよう》に出会ったのだという。それ以来、サライの王は毎年この山に供物を捧げ大切に祀っており、人が立ち入ってみだりに獣を狩ったり、樹木を傷つけたりすることが決してないよう、王とその供たち以外入ることを禁じているのだという。さらに、今でも霊峰の空には天黒馬に乗った聖王の姿が現れるというまことしやかな噂話《うわさばなし》まであるのだそうだ。

聖王という人物が今の世でも慕われている証だろうと思いながらナギがサージェを見

ると、本人はぴんと来ていない様子だった。念のため瑞兆に会ったのは本当なのかと尋ねると、サージェは口ごもった。

「その、すべての記憶があるわけではないし……」

どうやらサージェには心当たりのない話のようだ。サージェに受け継がれていない聖王の記憶なのか、後世の人々の創作なのかはわからない。

山道の途中には小さいが立派なお堂のようなものがあった。おそらく、ここに供物を捧げているのだろう。

そこからが問題だった。

お堂までは細いながらもはっきりと判別できる道があったが、お堂を過ぎてからは獣道しかなくなったのだ。そもそも登ることが想定されていないのだから、仕方のないことなのだろうが。

段々畑から見下ろしたときはそれほど高い山に見えなかったから楽観視していたが、実際に登り始めてみるとかなりきつい道のりだと思い知らされた。

道がない上に恐ろしく急勾配なのだ。

サージェは早々にへばってしまい、キールも黙って口を真一文字に結んでいる。ヨルカでさえ前方を見てはため息をつく始末だ。一番ナギに余裕があるということが、我ながら不思議だった。

この世界へ来る前は、山登りといえば他の誰より先にナギが音を上げて、周囲の足を引っ張っていたというのに。

ジュードは空を飛びながら時々木々の合間を縫って舞い降りてきて、一行が追いつくのを悠然と待っている。霊峰上空を騎乗して飛ぶことは禁じられているので、ヨルカも歩きだ。

少し緩やかな勾配に辿り着いたところで、何度目かの小休止をとることになった。ほとんど崩れるように腰を下ろしたサージェの隣で、ナギは立ったまま辺りを見回した。

この山に生えている木々は、草原に点在する林とは違う印象を受ける。あちらは細く針のように天に向かって伸びていたが、こちらは葉を大きく広げて生い茂っている。こちらの世界に来る直前に上っていた山と似ている。といっても、ナギに植物の専門知識はないから、あくまで印象の話だ。そもそもあちらの山はリャサンほど急勾配ではなかったし、人の手が入っていて道も整備されていた。

「アトイの実がなっていた」

声をかけられて振り返ると、握りこぶしほどの赤い球体を抱えたヨルカが立っていて、その球体を放って寄越された。手で受け取ってしげしげと眺めてみる。なんだか見覚えのある実だ。

ナギはサージェにも渡し、甘い香りのする実を口に持っていった。なんだかんだいって、この実が喉の渇きを潤してくれることは、これまでの旅で身をもって知っている。

サージェもしばしじっと見つめていたが、恐る恐るといった様子で少し齧った。

咀嚼する度に、果実の香りが口の中に広がり、ほのかな酸味が渇いた喉に染み渡っていく。それだけではない。

「……甘い！」

思わずナギは叫んだ。サージェも隣で驚いたような顔をしていたが、すぐに「だからアトイの実は甘くて美味いといっただろう」と、打って変わって勝ち誇った顔になった。

「どうして……だって、前に食べたときは、もっと酸っぱくて、渋くて……」

食べられないわけではなかったが……まあ、そういう味だった。しかし今食べた実には、疲労を和らげてくれるような爽やかな甘みがあった。一口食べると、もっと食べたいという欲が出てくる。純粋に、美味しいからだ。

齧りかけの実を不思議そうに見ていると、ヨルカの笑い声がきこえてきた。

「大方、外れを引いたな」

「外れ？」

「アトイの実には、甘さの強いものと、酸味と渋みの強いものとがある。厄介なことに、甘い実の種を植えても、甘い実のなる木に育つとは限らない。都の方では、甘い実がなる木の枝を接《つ》いで、甘い実がなる木を増やしているときくが」

「収穫まで手間がかかるから、都の上級品ともなれば目の玉が飛び出るくらいに高い」

苦々しげにいいながら齧るキールの顔も、実の甘さで少しほころんでいる。自分たちで栽培できればかなりの儲けになるのになあ、とため息をついているところを見ると、頭の中で計算機の石を弾いているのだろう。

「こいつのなっていた木は、上の方の実の大半が鳥につつかれていたから、甘いのだろうと思った」

「な、なるほど」

サージェは神妙な顔で実を齧り続けていた。時折、何かを思い出そうとしているかのように小首を傾げる。

もしかしたら、と思いついてナギははっとした。甘いアトイの実を食べた記憶は、聖王のものだったのだろうか。だって、流民であるサージェ自身が、高価な果実を食べられたとは思えない。

以前、サージェは聖王の記憶を夢として見るのだといった。その記憶は気持ちのいいものばかりではあるまい。それでも、甘いアトイの実を食べたという記憶……夢は、おそらく過酷な幼少期を過ごしたサージェにとって、幸福な夢だったのだろう。もしかしたら、数少ない幸福な夢のひとつ、だったのかもしれない。

徐々に嬉しそうな顔になって実を頬張る少年を見ながら、ナギはきこえないように小さく息を吐いた。

アトイの実を食べ終えた一行は、再び歩き出した。

登っても登っても、獣の気配はすれど人の気配はない。

一応獣道らしき道を辿ってはいるのだが、もしかしたらティルハ王は別の道を行ったのだろうか。あるいはとっくに登って用を済ませ、下山したかもしれない。

しかし、地面を調べたヨルカは、ついた足跡がそう古くないといった。少なくともここ一日の間についたものだと。

ならば急いで後を追わねばならない。全員それは暗黙のうちにわかっているのだが、一行の進む速度はなかなか上がらなかった。登れば登るほど勾配はきつくなり、疲れは溜まるばかりだ。

特にサージェは歩幅が狭く体力も一番ないから、すぐに遅れてしまう。いっそ自分が背負って行こうかと、かつてのナギなら思いつきもしないであろうことを考えながら振り返ると、サージェは顔を曇らせて黙々と歩を進めていた。

先ほどから、顔色を窺う度にその表情が暗く、厳しくなっているように感じるのはナギの気のせいだろうか。

あれだけ会いたがっていた王が近くにいる、もうすぐ会える、と思って緊張しているのだろうか。……それとも、喜生だという証を示せると自信満々だったが、やはり不安なのか。騙りだと断じられれば、火あぶりの刑になるのだから。もしその可能性が高いのなら、このまま王には会わない方がいいのではないか。サージェを火あぶりになんかさせるわけにはいかない。ナギはそう思い始めたが、それをいい出せる雰囲気ではなかった。たとえいい出したとしても、サージェは決して首を縦に振らない。そんな予感があった。

やがて水音が響いてきて、前方に川辺が見えてきた。そこで一行は、再び小休止することになった。

悪態と盛大なため息をつくキール、水を汲《く》みに行くヨルカから、離れたところで腰を下ろしているサージェにナギは近づき、少し距離を置いて座った。

「もうすぐ、ティルハ王に会える」

「……うん」

「サージェは、王に会ってどうするつもり？」

「喜生だと認めてもらう」

「それは知ってる。認めてもらって……サージェはどうするの？」

小さく息を呑む気配が伝わってきた。見ると、サージェの顔は強張っていて心なしか青い。

サージェはあえぐように口を開き、何度か声を出そうと試みてから、やっと答えた。

「換生の儀を受けるんだ」

換生の儀。

それはどういうものかと尋ねたとき、ヨルカは本人にきくべきだといった。あのときのヨルカの硬い声が蘇って、ナギの不安を掻《か》き立てた。

「換生の儀って、どういうもの？」

「……換生とは」

「それは知ってる。見師が、あるものを形作っている塵を、別の形のものに変える呪法のことでしょう。それでまじりものを作ったりするって。換生の儀って、何のために、何を、何に換えるの？」

ヨルカの説明を完全に理解できている自信はなかったが、今ここでサージェに一から説明してもらうつもりはなかった。そんな時間が惜しく感じられる。早く、換生の儀が何なのか、王に会ったらサージェがどうなるのかが知りたいのだ。嫌な予感がするから。

「大地の安寧のために、民の暮らしのために、王を、柱に換える」

嚙みしめるように、サージェは言葉を区切って一言一言はっきりと発した。

ナギはサージェが何をいっているかわからなくて、眉をひそめた。

「……私は、王柱になるんだ」

王を柱に換える。王柱になる。

「……それ、どういう意味？」

本当にわからなくて首を傾げてそう問い返すと、サージェは俯いた。

「前に話したろう。星の海と、王柱に支えられた大地の話を。四つの大陸の始まりの話を」

出会ってすぐの頃の話だった。あの頃は、今自分が立っている大地が、星の海の遥か上空に浮かんでいるなんて思いもよらず、触れるものを溶かす美しくも恐ろしい海の存在なんて知らなかった。身をもって知った今とは違って。

あの神話めいた話をきいた日が、随分昔のように感じられる。

「四つの大陸を支える柱が壊れ始めて、偉大な王たちが柱となった。だから、大地を支える柱のことを、王柱と呼ぶ」

確かに、そんな話をきいた。でもあれは、おとぎ話、神話だ。

「王たちは、見師の換生によって、その身を柱へと変えて天から下りてきた柱を補強した。そうして、民たちを守ったのだ。それは今も続いている。王柱が壊れ始めると、王がその身を捧げて王柱を保持するんだ」

ナギの頭の中で、サージェの言葉が空疎に繰り返される。

王が柱になる。その身を捧げて保持する。

すべてのものを溶かす海の話も、柱が大地を支えるという話も、最初はまるで信じられなかった。何かの隠喩ではないのかと思っていた。ナギがそれまでに持っていた常識からは、かけ離れていたからだ。

でも、すべて本当だった。文字通りだった。この世界は、そういう世界だ。

「サージェが、王柱になる……？」

サージェは何もいわずにうなずいた。その顔は青ざめて、よく見ると小さく震えていた。

そのとき、まるで噛みしめるように一言一言語っていたのは、そうしなければ声まで震えてしまうからだということに気づいた。

『今の王は、換生を拒絶しているときいた』

厳密には、今の王ではなく前の王だ。ティルハ王に討たれたという王。

がつんと頭を殴られたような衝撃が走った。

それは拒絶もするだろう。王柱に換生されるということは、すなわち死ぬということではないか。王柱になるとは、つまり、生贄《いけにえ》ではないのか。

「大地を支える柱になる？　サージェが？　そんなの、意味がわからない」

「……私は、聖王の喜生だから。聖王もかつて王柱となった。聖王は立派な人物だったから、その後何十年も大地の崩落は起きなかった。徳の高い王は、強い王柱になるんだ。そういわれている。私も、そのように、ならねば……私という喜生が生まれたのは、きっと、聖王がサライを救いたいと願った、想いの結果だ」

サージェの声は、もう隠すことができないほど震えていた。

怖いのだ。

そんなの、当たり前だ。

そう思った瞬間、ナギの中で、何かが弾けた。

「何それ……そんなの、意味がわからない。喜生だから？　聖王が願っているから？　そんなの理由にならない！　そもそも、人が柱になる？　そうして人々のために死ぬ？」

「……死ぬんじゃない。王柱となって、人々のために大地を支えるんだ」

「おんなじことだ！　そういうのはね、わたしのいた世界では、生贄っていうんだ！」

思わず立ち上がったナギから、サージェは視線を逸らすようにさらに俯いた。

彼を責めてもしょうがないことはわかる。だが、何か、何に対するものかはわからない強烈な怒りが、ナギの中で渦巻いていて、どうしようもなかった。

「喜生だから、なんだっていうの？　聖王と同じ姿かたちをしているからって、どうして同じ死に方をしなきゃいけないの？」

「そうでなければ、私に何の価値がある？　私の生きる意味がどこにあるというんだ？」

流民の子である自分に？　言外に、そういわれているかのようだった。

ナギを見上げるサージェの目は、まるで絶望の深淵《しんえん》と対峙《たいじ》しているかのように暗かった。そこには一切、生きる希望や活力といった光はなかった。

聖王の喜生でなければ、きっと流民が王柱になるなどあり得ないことなのだろう。多くの流民は、物乞いか、下者としてその命をすり減らしていくことしかできない。それが、どれほど絶望に満ちた人生であるのか、ナギにはわからない。

でも、王柱になればその命に意味がある。人々のために何かを為せる、感謝もされるかもしれない。自分が生きたことに、意味があったと思えるのだ。

ナギは、かつてサージェに向かって、喜生の価値がわからないから君の価値もわからないといったことを、激しく後悔した。あんなことをいうべきじゃなかった。あの言葉が、この少年に本物の刃で胸を貫かれる以上の痛みを与えてしまったことをようやく理解した。

サージェのいいたいことは、わからないわけではない。

ナギもずっと、自分の存在する価値を、意味を考え続けていたからだ。

周囲に馴染めなくて、誰かの役に立てる人間にはなれそうになくて、世の中のためには何も為せないような気がして、いっそ自分はこの世のものではない化け物か宇宙人か何かではないかと疑っていた。そんな自分が生きていていいのだろうかと、自問し続けていた。

みんなに認められたかった。生きていていい人間だと。あなたが生きていて良かったと、思われたかった。その時、ナギはようやく自分にも生きる意味が、自分の命にも価値があると納得できただろう。

サージェと同じだった。……いや同じなんていったら、罰が当たる。置かれていた状況の厳しさは、まるで違うのだ。

結局のところ、ナギの生活は守られていた。両親がいて、衣食住には困らなくて、もちろん将来どうなるかはわからなかったけれど、明日の生活が危ぶまれるサージェとは違っていた。

ナギは自分を恥じた。しかし、それと同時に、どうしてもサージェの進む道を容認することはできなかった。

生きるのには意味がなければいけないのか？　命には価値がなければいけないのか？　生き延びる、ただそれだけのことがこの世界では難しくて、だからこそナギは、それだけで尊いような気がし始めている。

サージェの目は絶望を呑んだように暗かったけれど、ただひとつの目的だけを見つめていた。ずっとそうだったのだ。出会ったときから。きっと、鉱山で倒れたサージェを引っ張りあげたときから、彼の中ではいつか都へ行って王の代わりに王柱になる、それしか生きる目標がなかった。

そのために、まじりものであるナギを助けて鉱山を抜け出し、盗賊に襲われながらも旅をしてきたのだ。王柱になるという強烈な意志を支えに。

その旅路に、切なる想いに、意味がないと、価値がないと、誰がいえる？

怒りと、悲しみと、切なさと、いろんな感情がごちゃごちゃになって、ナギは踵を返した。サージェを見ていられない。ずんずん歩き出すと、涙が滲んできた。それを必死でこらえる。自分に泣く資格があるように思えなかったからだ。

しばらく感情の赴くままに歩いていると、背後から名前を呼ばれた。ようやく我に返って立ち止まり、振り向くとヨルカが追ってきていた。

彼の姿にも、微かな怒りが湧く。

「知ってたんだ……ヨルカも、キールも、サージェが何のために王に会おうとしているのか、知ってたんだ」

思わず責めるような口調になってしまったが、ヨルカは気分を害した様子も悪びれた様子もなく、ナギの言葉で事情を察したようだった。

「本人からきいたわけじゃない。ただ、聖王の喜生が王に会いに行くといえば、そういうことだろうと思っただけだ」

この世界では、当たり前のことなのだ。

人が柱になることが。

ナギはその場にうずくまった。荒れ狂う感情を何とかしたくて、落ち葉に覆われた柔らかな土を殴りつける。

「こんなのおかしい。人が柱になる？　みんなの暮らしのために、犠牲になる？　間違ってる！　王柱が大地を支えてるのは知ってる。大地が崩落するなら、王柱だって壊れるのかもしれない。でも、それなら、他にも直す方法はあるでしょう!?」

土を踏む音が微かにし、静かにヨルカが近づいてくるのがわかった。

「……この世界が、いつから始まったか知っているか？」

静かな声でヨルカはそう問いかけた。感情的になっているナギを責める口調ではない。

「天から柱が下りてきた話……四人の王が王柱になった話が、いつかってこと？　知らない」

「あれはまあ、おとぎ話のようなものだから、本当にこの世界がそうやって始まったのかはわからない」

ヨルカは苦笑しながらそういった。

「ただ、王柱になった四人の王は、本当にいたのではないかと思う。それがいつのことかはわからないが、最も古い記録にその王たちの話が記されていたのだと、キールがいっていた。あいつは歴史や伝承に詳しいんだ」

「最も古い記録？」

「ああ。今の人間が知る限り、最も古い記録。それが五千年以上前のものだとか」

想像以上に大きな数字を出されて、ナギは言葉を失った。

確かに、ナギの世界でもそれと同等か、それ以上に古い記録は残っているけれど。この世界が、五千年以上前から、大地と王柱の崩落という恐怖と戦いながら、存在しているのだということが、信じられなかった。

「わかっているだけで、五千年だ。何百、何千という国があって、それぞれが何度も王柱を保持するために換生の儀を行ってきた。何千回、何万回……きっと数えきれないくらいに行ってきただろう……誰も、人以外を換生する方法を考えつかなかったと思うか？」

「それは……」

ナギには答えられなかった。好き好んで人を犠牲にしようとは思わないだろう。でも、それを続けているのだ。それはつまり……。

「いろいろな方法が試されたんだろう。でも、残ったのは人を王柱にし続けた国だけだ。……王柱というがな、今では王以外を換生する国も結構あるんだ。そういう国でも、王ではない別の人間を換生する。徳のある王が王柱になれば大地の崩落が長く抑えられるという話の真偽のほどは怪しいが、人以外のものを換生するより人を換生した方が強い王柱になる、というのは確かなんだろう」

だから、この世界では今でも誰かを犠牲にして、みんな生きている。

そうしなければ、大地を支える柱が壊れて、みんな、すべてを溶かす海の中。

「でも、だからって、なんでサージェが……」

聖王の喜生だから、王柱にならなければならない。そうしなければ生きている意味がないとサージェはいう。そうして、自分が生きる意味を求めながら、その実、王柱になることに怯えているのだ。それがナギには腹立たしく、悲しい。

間違っている。とにかく、こんなのは間違っているのだ。

「聖王の喜生が王柱になると知れば、民は喜ぶだろう。それだけ、聖王はサライでいまだに慕われている」

「……サージェは、聖王じゃない」

「そうだな。そもそも、ティルハ王が定めに従い自分が王柱になるといえば、サージェがなる必要はない」

ヨルカの言葉は気休めにもならなかった。

誰だって、死ぬのは嫌だ。自分が犠牲になるのは嫌だ。現に、前の王は王柱になるのを拒絶したというではないか。

「どうして、王が王柱にならないといけないの。そうじゃない国もあるのに、どうしてサライでは王がなると決まっているの」

目の前に影が落ちたかと思うと、ナギの正面にヨルカが屈んで膝をついていた。ナギを真っ直ぐに見る目は怖いくらいに真剣だった。

「ルシでは」

穏やかな声で語り出す。

「心や身体《からだ》に不具合のある者が、王柱になると定められていた。目や耳や、手や足が不自由な者、心を病んだ者、生まれつき知恵が足りない者……他の者と同じように普通の生活が送れないと見做された者は、天に選ばれた者といわれ、王柱になっていた。天に選ばれたといえばきこえはいいが、つまりは生きる価値がないと見做された者たち、ということだ」

何それ、とナギの口から掠れた声が漏れ出た。

大きな衝撃を受けると同時に、胸の内にルシという今はもうない国への不快感が広がっていく。心や身体に障害があるというだけで、生贄にしてもいいというのか。

「……そんなの、間違ってる。人の命は、平等なんだ。普通じゃないから、みんなと違っているから命に価値がないとか、そんなのは、間違ってる」

命は地球より重いとか、人はみんな平等だとか、そんなのは綺麗ごとだとナギは思っていた。現実社会では、障害のある人たちが平等に扱われないこともあると、知っている。

意図的に嫌がらせをする大人もいるし、意図的じゃなくても社会は生きづらい人たちを切り捨てるような仕組みになっている。それは生活の中の、ちょっとした段差なんかに表れていた。子どもが簡単に乗り越えられるほどのわずかな段差でも、目や足が少し不自由なだけで途端に大きな障害となる。

誰もが生きやすい世の中にしようと大人たちはいうし、学校でもそうなるよう努力すべきだと教えられる。けれど、なかなか進まないのが現実だ。誰もが自分が生きるのに必死で、周りのことまで考えられる人は少なくて、弱い人たちは見過ごされていた。見て見ぬふりをされていた。

それでも、障害を理由に差別することが悪だ、ということは社会の共通認識だった。同時に、障害がある者、まともに働けない者に生きる価値はないというような心ないことをいう人がいても、そういう人に対してきちんと怒る社会だった……怒る社会が正しいと考えられていた。

そういう社会で、ナギは育ってきたのだ。

「そうか……異境は、そういう世界なんだな。でも、ここは違う。五体満足な人間でも、明日も生きていられるか保証はない。誰も他人のことになんか構っていられない。体が不自由でなくても、明日流民になるかもしれない。流民の大半だって、まともな人間とは扱ってもらえない。この世界は、優しくはないんだ」

そういうヨルカの声は優しかった。

「いつも誰かを犠牲にしている。自分が犠牲にされる側にならないよう、必死なんだ」

ではは、ナギのいた世界はそうでなかっただろうか。結局のところ、誰かが犠牲になっていたのは同じではないか。

「価値のない人間を犠牲にするのは、当然のことだろう」

突然きこえてきた冷たい声に驚いて顔を上げると、離れたところにキールが立っていた。追ってきた、というより探しに来たのだろう。

「まともな人間と同じように生きていけないから、価値がない人間だとルシでは判断していた、ただそれだけのことだ。天に選ばれたなんて、おためごかしもいいところだ」

嘲笑うようないい方に、ナギは怒りと……恐怖を覚えた。

人と違うからといって差別してはいけない。幼いころからそう教わってきた。それが正しい社会だった。だが、それでも身近に差別はあった。体や知能に障害があるから、見た目が違うから、みんなと言動がずれてるから……。ちょっとしたことで、大人も子どもも簡単に誰かを排除しようとする。簡単に人を蔑み嘲る。それがナギは怖かった。たぶん、いつ自分にその矛先が向いてもおかしくないと思っていたからだ。ナギはみんなと何かが少しずれていて、いつもみんなの輪の中に入れなかった。それは自分ではどうしようもできない齟齬《そご》で、みんなと同じようになれない自分はいつか社会全体から締め出されてしまうのではないかと、いつも怯えていた。だからナギは、差別や迫害というものが嫌いだ。怖いからだ。

ナギの世界にも犠牲になる者はいた。ナギはそちらの側になりたくないと願い、これまではたまたまならなくてすんでいただけだ。

「まともって何？　普通に生きられないって、何？　みんなと同じように生きられなくても、価値がないなんて、他人に判断される筋合いはない」

自分で自分にそういいきかせながら、ナギは生きてきた。そんなナギの反論に、なぜかキールはまったくその通り、と小さく笑った。

「他人に判断されてたまるか。誰に価値があって、誰に価値がないのか、それを判断するのは俺自身だ。耳がきこえない？　足が不自由？　だから価値がないというやつらこそ、俺にとっては価値がない。価値がない人間を犠牲にするのは、当然だ。だから、俺は俺たちにとって価値がない連中を、海に落として逃げ延びた」

不穏な言葉に、ナギはぎょっとした。

「誰かを犠牲にしなければ、この世界は成り立たない。だから、俺は俺にとって価値のない者を犠牲にして、生き延びる。他のやつらもそうだ。それだけの話だ」

迷いなくそういい切ると、呆気に取られているナギに向かってキールは舌打ちした。

「早く先に進むぞ。こうしてる間に、ティルハ王が下山したらどうする気だ」

そういって、来た道を戻って行く。

ナギがキールの言葉を頭の中で反芻していると、ヨルカが立ち上がりながらいった。

「銀翼号の乗組員はみな、かつてルシで王柱になるべく幽閉されていた者たちだ。キールを含めて」

「え……キールも？」

サージェたちを案内していた男の人は杖をついていた。足が不自由なのだろう。だが、キールは見た限りどこも体が悪そうに見えない。

「あいつは元々ルシの世継ぎだったんだが、実の父と異母兄弟にその座から引きずりおろされた。生まれながらに、心を病んだ人間だということにされて」

キールもまた、矛先を向けられた者だったのだ。ナギは唖然とした。

「……その兄弟たちを、海に落としたの？」

「いや。ルシの王柱が崩壊するとき、逃げ延びるための船を……最後に残っていた一隻を、仲間と協力して奪ったんだ。その船に乗ろうとしていたのがどんな者たちだったのかは知らん。あいつを陥れた王族たちではなかっただろう。でも、あいつにとっては、血縁や重臣たちと同じく、自分たちを切り捨てた側の者たちだ。残酷だと思うか？」

そうきかれて、ナギは答えに詰まった。

そうしなければ、キールも彼の仲間も助からなかったのだ。キールのいった通り、彼は自分にとって価値のある人間……大事な者たちのために、そうでない者たちを犠牲にした。

それは、残酷なのだろうか？

むしろ……むしろ、初めてナギはキールに親近感と、信頼を覚えた。キールはナギを信用しないかもしれない。いざとなったら簡単に排除しようとするかもしれない。だがそれは、ナギが普通の人間と違うからではなく、ナギがキールにとって大事な人間の枠に入っていないというだけだ。彼の人を分ける基準ははっきりしていて、揺らがない。

ナギは、首を横に振った。ヨルカはただうなずいただけだったが、その顔は微かに笑みを浮かべているようにも見えた。その顔を見て、ヨルカはどんな時でもキールの味方をするのだろうな、と思った。

ヨルカは銀翼号には乗っていないし、体が不自由であるとも思えない。キールとはどういう経緯で知り合ったのだろうと、ふと気になった。

「ヨルカは、ルシの人？」

サージェと顔を合わせるのは気まずいし、どう接していいかはわからないが、ここに留まっている場合でもないから、とりあえず歩き出す。

「いや、俺の生まれた国はコランだ。もう二十年近く前に沈んだ。キールと会ったのは、コランが沈んで他の国々を転々としているときだ。昔はもっと素直で可愛げがあったんだが、いろいろあったせいであの通り、ちょっと気難しい人間になってな」

素直で可愛いキール……どう頑張っても思い描けそうにない。

「コランは、王が王柱になる国だった？」

「違うな。民から選ばれた者が王となって政を行っていたが、王柱はくじで選ばれていた」

「……くじ？　くじ引き？」

くじ引きとは、箱の中に入った紙を引いたり、先端に色を付けた棒を引いたりする、あのくじ引きのことなのだろうか？　命がかかっているのに、あまりに簡単すぎるというか、単純すぎるというか……それでいいのだろうか。ナギの困惑を他所に、ヨルカは平然とした様子で説明を続けた。

「コランの民は、生まれたときに番号が割り当てられる。そして、換生の儀が必要なときには、王が選ばれた民の立ち合いの元、箱の中から無作為に番号が書かれた紙を引くんだ。もちろん、その中には王の番号も入っている」

それは……それは、ある意味公平なのだろうか？　王が必ず犠牲になるより、心身に障害を抱えるものを犠牲にするより？

ナギにはもう、わからない。

ヨルカはちょっと躊躇う様子を見せてから続けた。

「……ただ、竜飼いだけは別だ」

「別？　くじが免除されてるってこと？」

「うん、まあ……免除というか、そもそも番号を割り当てられていないというか……そういう意味では、俺たちは元々コランの民ですらなかったのかもな」

昔を思い出しているのか、最後の方は独白のようにきこえた。

「コランは小さい国で、食料も他国からの輸入に頼っていたから、国と国とを行き来できる竜飼いは重要だったんだ。竜は誰にでも扱えるわけではない。竜飼いの一族だけが、代々竜と共に生き、卵を孵《かえ》し、仔《こ》を育てることができる。だから、番号を持たず、王柱に選ばれることはなかった。そのせいで、他の民たちとはいろいろあったけどな」

いろいろの詳細をヨルカは語らなかったが、なんとなく察しはつく。

自分たちはいつ王柱に選ばれるかわからない恐怖と共に生きているのに、竜飼いだけは最初からその恐怖の外側にいる。だが、竜飼いがいなければ日々の生活が成り立たない。コランの人々は、抱えるジレンマを竜飼いを差別することで解消しようとしていたのかもしれない。

「……俺は、自分を人間だとは思わない。竜の一部だと思っている。ジュードの半身だ」

ヨルカは振り返らずに歩きながらいった。

「昔から、人とうまく関われない。竜飼いだから、というのもあるんだろうが、竜飼いの中でも一番人づきあいが下手だった。たぶんきっと人間より竜に近い生き物なんだ」

そう思うようにしているのだ。ヨルカはまるで自分自身にいいきかせているようで、ナギもかつて同じようなことを考えていたと改めて思い出した。

「だから、人の世にはあまり関わらないと決めている。どこかの国で争いが起きようと、王が王柱になることを拒もうと、その結果国が沈もうと、俺は干渉しない。いつかジュードが飛んで行ける範囲の国がすべて沈んだとしても、俺が口を出す問題じゃない。ジュードと共に飛び、最期は共に星の海に落ちるだけだ」

口調は静かだが、そこにはナギが想像もできないほどの覚悟が込められているように感じた。

そこでヨルカは振り返り、微笑みながらうなずいた。

「今回のことは……キールが手を貸すと決めたし、竜とまじったおまえがいるから、特別だ」

その言葉に安堵を覚えた。誰かを頼ることができるというのは、本当にありがたいことなのだ。この世界に来て、ナギは身に染みて思い知らされた。

少し歩くと、木々の間からキールの傍にぼんやりと立つサージェの姿が見えた。その小さな体は疲れ切っており、顔色は悪く、今にも倒れそうだった。

だが、きっと彼は倒れないだろう。王に会い、王柱になって自分の生きる意味を得るまでは。

かつてナギは、自分もありさのように力も地位もある大人に助けられたかったと、夢想した。

この世界に来てすぐ、ヨルカに出会えていたら、とナギは思う。きっとまじりものだからと襲われることも、呪具をはめられて自由や意思を奪われることもなかった。ヨルカなら、きっと元の体、元の世界に戻れるようにと見師を探してくれただろう。今頃ナギはもう元の世界に戻っていて、別世界に迷い込んだことも、まじりものになったこともすべて悪い夢だと片づけて受験勉強に打ち込んでいたかもしれない。

でも、ナギが最初に出会ったのは、ナギを助けたのは、この少年だったのだ。

4

不意にヨルカが立ち止まった。一番後ろからふらふらとついて来るサージェが気になって仕方がなかったナギは、気づくのが遅れた。

「キール！」

ヨルカの鋭い声が飛んだかと思うと、キールの体が後方に倒れ込んだ。彼の正面には、突如として何者かが現れており、こちらに向けられた刃がぎらりと光っていた。

ヨルカがキールの首根っこを引きずって背後に押しやり、自分のナイフを腰から抜いたのと、凜とした声が響くのは同時だった。

「ここは霊峰リャサン。聖王とその血に連なる者しか立ち入ることを許されない聖域だ。それを知ってのことか」

抜き身の剣を持った何者かの姿を、ナギはじっと見つめた。もし襲いかかってくるようなら、ナギも戦わないわけにはいかない。緊張によって爪が研ぎ澄まされるのを感じた。だが、思ったより頭は冷静だった。怒りや憎悪に支配され、ただ殺し尽くしたいという欲は今のところ湧いてこない。

剣を持つ人物は男物の服を着ていたが、髪は若い女性の髪型だ。鮮やかな青い紐を編みこんだ髪は艶《あで》やかで美しい。顔立ちも整っているように見えた。歳は二十代前半といったところだろうか。女性らしく見えないのは男装をしているからというだけでなく、化粧っ気がまったくないせいもあるだろう。

「その方らは何者だ！」

一喝、という表現がぴったりの鋭く重い声だった。ナギはその覇気に思わず身を竦めてしまう。しかしキールはやれやれとため息をつきながらヨルカの背後で立ち上がった。

「女だてらに武辺者とはきいていたが、いきなり剣を突き付けられるとはな」

恨みがましそうにぶつぶつと呟くキールに向かって、剣を持つ女性は柳眉を逆立てた。彼の態度を不遜だととらえたのかもしれない。今にも斬りかかってきそうな気迫だ。

それを見たサージェが口を開きながらナギを追い越そうとしたので、慌てて押しとどめる。

「サージェ、動かないで」

女性の方を見つめたまま小声でいったつもりだったが、素早く視線を周囲に走らせていた女性の目がナギで止まり、一気に見開かれた。

「……今喋ったのは、そのまじりものか？」

さっきまでの殺気立った様子とは打って変わって、呆気にとられている。ナギはこんな状況にもかかわらず苦笑を漏らしそうになった。忘れてしまいがちだが、まじりものが何か一言いっただけで、普通はこうした反応をされるのだった。

そのとき、半身の危険を察知したのか、空からジュードが急降下してきたかと思うと、ヨルカの隣に降り立ち牙を剝いた。それを見た女性は、ますます目を丸くする。

「翠竜だと？　なんと……美しい」

すっかり毒気を抜かれた様子の女性に向かってキールはいった。

「ティルハ王、イルシュ太守のズゲン殿から、兵を挙げるための武具を預かってきた。バラキアの太守館に運んである」

「ズゲン殿の使い？　……いや、そうであっても、リャサンに立ち入ることは許されない」

「ついでに、あなたのために瑞兆を連れて来た。聖王の喜生だ」

そういったかと思うと、キールはナギの隣で固まっていたサージェの首根っこを、猫でも捕まえるかのように摑み前へ突き出した。

「……は？」

ティルハは目を点にしている。話についていけないようだ。それはナギも似たようなものので、目の前の女性がかのティルハ王だと知って驚いていた。

女王だというから、勝手に優雅な衣装に身を包んだたおやかな女性を思い描いていたのだ。目の前の女性は美人ではあるかもしれないが、質素な男装姿だ。イルシュの大通りで見た裕福な商家の主人の方が、よほど豪華な格好をしていた。

「ティルハ王、キールの言葉は本当です。私は聖王の喜生です」

体は小さく震えていたが、サージェの声もまた凛としていた。

「あなたの代わりに王柱になるべく、やって来ました」

ティルハが眉をひそめた瞬間、彼女の背後から足音と声がきこえた。

「ティルハ様！　ご無事ですか」

ティルハと同じく簡素な衣服に剣と弓を背負った中年の男性と、ティルハと似た顔立ちの杖をついた青年がやって来るのが見えた。青年が杖をついているのは足が悪いからではなく、疲労で足元がふらついているからのようだ。

中年の男性はナギたち一行を見て……主にナギとジュードを見て、息を呑んで固まった。

「まったくもう、ひとりで行かないでくださいよ、姉上……ぎゃー！」

疲れたように息を吐いて顔を上げた青年が盛大な悲鳴を上げたのも、ナギとジュードを見たからだ。

「な、なんでこんなところに、翠竜が、まじりものが！　じゅ、呪具、呪具はしているか！　姉上、危険です、下がってください！」

慌てふためく青年を見て、ティルハは静かに剣を収めた。

「落ち着け、シャラ。どうやらこのまじりものは……普通ではないらしい」

そうだろう、とティルハに目を向けられ、ナギは戸惑った。何か答えなくてはと思うのだが、考えてみればこれまで身分の高い人物に挨拶をしたことなどない。

「ええと……はい。わたしは、人を襲ったりしません……襲われない限りは」

見たか、とティルハは弟らしき青年シャラに目を輝かせながらいう。一方シャラは、顔を真っ青にしている。事態が呑み込めないらしい。姉弟でかなり性格が違うようだ。

「そして、こちらは聖王の喜生であられるそうだ」

続けてティルハは、どこか含みのある声で、サージェの方に手のひらを向けた。

それをきいたシャラも中年の男性——おそらく護衛なのだろう——も顔色を変えた。

「聖王の喜生を騙るだと？　無礼にも程がある！」

いきり立つふたりだったが、そんなふたりに向け、ティルハは小さく笑って付け足した。

「わたしの代わりに王柱になってくださるそうだ」

「な、なんですって？」

素っ頓狂な声を上げるシャラを見て、ナギはまるで見えない重しを肩に乗せられたような気分になった。

サージェが騙りであるはずがないのだ。ただの騙りなら、自分の益を求めるだろう。サージェは逆だ。自分の命を差し出そうとしている。差し出すことで、生きる意味を得たいというのは、ある意味益を求めることなのかもしれないが。

「私は騙りではありません。本当に、聖王の喜生です。その証を示すこともできます」

ティルハは暫しサージェを見つめ、それから証とは何かときくことはせずにキールとヨルカの方を見た。

「その方らは、何者なのだ。なぜ、聖王の喜生をここへ連れて来ることになった？」

キールは自分とヨルカの身分を説明し、サージェを保護した経緯を語った。キールの話をきいて、シャラは納得したようにうなずいた。

「銀翼号……あの小型の商船か」

「知っているのか、シャラ？」

「都にも出入りを許された商船です、姉上。ズゲン殿が、信が置けて、細かい仕事も頼めるから助かると仰《おつしや》っていました。船長は確か……」

いいかけて、シャラは口を噤《つぐ》んだ。船長であるキールが、沈んだ国の王族、その生き残りだと彼は知っているのかもしれない。

「ズゲン殿が信を置いているなら間違いないだろうが……さて、聖王の喜生だと、どう証立てするつもりなのだろう？」

ティルハが見定めるような目でやっとサージェに視線を戻したとき、再び新たな足音がした。音のした方を見ると、手を上げて青ざめている男性がひとり、その後ろから弓に矢をつがえた男性がふたり、それから女性がひとりこちらに近づいてきているところだった。

抵抗しない意を示すように手を上げているのは老年に差し掛かっていると見える男性で、彼はティルハを見て恐縮していった。

「申し訳ありません、ティルハ様。シャラ様たちが後を追われた後、その、人に出くわしまして……」

どうやらティルハの家臣はもうひとりいたようだ。

つがえられた矢の一本は老年の家臣に、もう一本はティルハに向けられている。それを見て、ティルハの近くにいた家臣が庇うように彼女の前に立った。ナギたちの間にも緊張が走る。キールがサージェの首根っこをまた掴んで後ろに下がらせたのを見て、ナギはほっとした。

新たに現れた一行の中心人物もまた、女性のようだ。歳はティルハより上だろう。髪は結い上げられ、それを覆うように帽子を被っている。

じっとこちらを見つめる女性に、ティルハが声をかけた。

「わたしは、ティルハという。あなたがたは、ヒカミの里の者だろうか？」

ティルハの名と、ヒカミというおそらく地名か何かに、相手の女性が微かに眉を上げた。

「あなたは己が王だと仰るのですね……我々が何者か知っているということは、少なくとも王族であることは間違いないのでしょう」

女性は低い声で淡々といった。敵意があるのかないのか、つがえた矢を放つつもりなのかただの脅しなのか、その口調からは感情が読み取れない。

ティルハは王らしく臆することなく、しかし命令するような口調でもなく、あくまで丁重に言葉を続けた。

「長殿《おさどの》に会わせていただきたい。案内を頼めるだろうか」

しばらくの間、女性はじっとティルハを見つめ、それから順繰りに他の面々を見てから、静かにうなずいた。

「わかりました。わたしはヒカミの里のシルダと申します。ティルハ王を名乗る方、里へ案内しましょう。ただし、武器は預からせていただきます」

そういうと、弓を構えていた男性のひとりが順番に武器を回収し始め、ヨルカやティルハの護衛は渋々といった感じで渡した。もう誰も武器を持っていないことを確認してから、女性は先に立って歩き出した。

慣れているのか、女性はかなりの急勾配を衣の裾をさばきながらさっさと登って行く。ここでもサージェがやや遅れをとっていたが、それ以上に遅れているのは杖に全身を預けて喘《あえ》いでいるシャラである。

「だから、おまえはバラキアで待っていろといったのに」

心配そうに、そして呆れたようにティルハが振り返って声をかけると、シャラは肩で息をしながら断固として首を振った。

「姉上ひとりに任せるわけにはいきません。どんな約束を勝手に取り付けて来るかわかったものじゃない。懇願されたら、なんでも首を縦に振ってしまわれるのだから。お人好《ひとよ》しにも程度というものがあるんですよ、姉上。絶対、絶対に、私もついて行きます」

「わかったわかった。おまえの頑固さは、よく承知しているよ」

どうやら、先に入山したティルハたちに追いつけたのは、シャラのおかげのようだ。細い手足と青白い顔は、いかにも体力がなさそうだ。そのせいか、顔立ちはよく似ているのに、姉とは随分と違った印象を受ける。

シルダは軽々と山を登って行き、遅れているシャラを辛抱強く待ってから、また先へと進んだ。そうしてしばらく進み続けると、だしぬけに視界が開けた。

目の前には、小ぢんまりとした段々畑と、その間に網の目のように流れる用水路、そして点々と建つ藁《わら》葺《ぶ》きの家屋という光景が広がっている。まさに隠れ里といった感じだ。

「なぜ、聖域に人が住んでいる？」

誰にきくともなしに、キールが呟く声がきこえた。

ここは王族しか入れない聖なる場所だといっていたのに、人が住んでいるのは確かにおかしい。だが、ティルハは人が住んでいることを承知している様子だった。というよりも、彼らに会いに、リャサンを登っていたようだ。

サージェもまたしげしげと不思議そうに里を見回していた。聖王の知るところではないのか、知っていてもその記憶をサージェは持っていないのだろう。

シルダは一軒の家に一行を連れて行き、そこの住人と思われる名を呼びながら扉を開けた。が、すぐに閉めた。一瞬だけ見えた屋内は、まさに足の踏み場がないほどに散らかっていた。

「あちらへどうぞ。わたしの家です」

シルダは用水路を挟んで反対側の家を指さしながら、やや早口でいった。

「ここが長殿の家ではないのか？」

「ここは人の入る場所ではありませんでした。みなさんをご案内して、待っていただいて」

シルダは弓を背負った男性のひとりにそういうと、自分はもう一度扉を開けて屋内に入り、やはりすぐに閉めた。相変わらず淡々としているが、どことなく険のある声が中から漏れきこえてきた。

「何ですか、その格好は。髭《ひげ》を剃《そ》って、髪を梳《す》いて。まともな服を着なさい」

答える声はくぐもっていてよくきこえなかったが、どうやら渋っているようだ。しかしシルダが「王と名乗る者が来ました」と付け加えると、途端に家の中が騒がしくなった。

ナギたちが中の様子を窺い知れたのはそこまでだった。苦笑というか困ったような表情の男性に、用水路を渡ってシルダの家へ行くよう促されたのだ。

シルダの家に入ってみると、中はそれほど広くなく、ティルハたち四人とナギたち四人、計八人が入ると圧迫感がある。この世界にも上座というものは存在するらしく、板敷きの床の一番奥にティルハが座り、彼女の右手側にシャラ、左手側に護衛のふたりが座った。サージェは見るからに戸惑い、おどおどとしていたが、キールに促されて——

というか押し出されて——シャラの隣に座った。キールはその隣だ。ナギは扉の脇、入り口の土間に立っていることにした。シルダはナギのことを特に気にしていない様子だったが、まじりものに家に上がられるのは嫌かもしれないと思ったのだ。出て行けといわれれば、外で待つつもりだった。ヨルカもナギとは反対側の扉の脇に立つ。本当は家に入るのも嫌そうな顔をしていたから、彼の日頃の言動を考えれば、ナギを気遣ってというより単純に王やヒカミの者たちに関わりたくないのだろう。

程なくしてシルダが戻ってきた。彼女が一行に待たせたことを詫《わ》び、丁寧に頭を下げていると、慌ただしくもうひとりの人物が入り口から飛び込んできた。両腕に木箱をひとつと何枚もの木の板を抱えたその人物の息は荒く、慌てて髭を剃ったせいか、顎に小さな切り傷があって血が滲んでいる。髪はぼさぼさで、男性のようだが結っていない。身に着けた衣服の紐も一部はこんがらがり、一部は解《ほど》けている。男性のその様に、シルダは顔をしかめた。

「ああ、すみません。本当に王が来るとは思わなかったものだから」

男性はにこにこと微笑みながら、上座に座ったティルハを見た。ティルハは男性の様子にしばし唖然としていたが、すぐにそんな表情は引っ込め、彼女も笑顔を作り口を開いた。

「わたしはティルハと申します。あなたがヒカミの里の長殿だろうか？」

「いいえ。違います」

男性がなぜかはきはきとした口調で、悪びれた様子もなくきっぱり否定したので、ティルハが鼻白む。

「正式な長は兄なのですが、数年前に出て行ってしまって、それから長は不在なのです。私が継ぐべきみたいなんですが、みんな頼りにならないと嫌がってしまって。もうシルダがなればいいと思うんだけどなあ」

「わたしは、元々ヒカミの者じゃない。こういう事態になったとき、ヒカミの者が代表者でなければ意味がないでしょう。それより、早く名乗りなさい」

しかめっ面のシルダに注意され、男性はああ、とようやく気づいた様子で苦笑した。彼の態度は礼儀にかなったものではないが、その様子は何だか愛嬌《あいきょう》があって憎めないとナギは思った。それは他の面々も同じだったようだ。

「これは申し訳ない。私はヒカミの一族のウルギと申します」

特別整った顔立ちではないが、明るい声でにこりと笑われると、ついこちらまで笑みを返してしまう。ウルギと名乗った男には不思議な魅力があった。

「ウルギ殿、この度はあなたがたヒカミの一族にお尋ねしたい儀があって参ったのだ」

ティルハがそう切り出すと、ウルギはその前に、と遮ってティルハの護衛たちの隣に座る。そして、体をティルハやシャラの方へ向け、抱えていた木の板——どうやら木簡の束のようだ——を床に置き、その中から一枚を取り出した。薄い木の板に何かが書かれているのがナギの位置から見えた。

「この里の存在を知る者は、王族しかいません。ですから、あなたがたの中に王族がいらっしゃることはまず間違いないでしょう。ですが、あなたが本当にティルハ王であるかは、我々にはまだわかりません。試すようで申し訳ないですが、念のため確認させていただきます」

相変わらず明るい声だが、ウルギの言葉には今までにはない真剣さがあった。シャラがむっとしたように眉を上げたが、ティルハに目で制され、開きかけた口を閉ざした。

「これを、あなたはなんとお読みになりますか？」

そういって、ウルギは一枚の木簡をティルハが見えるように掲げた。木簡は大きく、そこに書かれている図も大きかったので、ナギからも内容が見えた。そして、それを見たナギは目を瞠《みは》り、息を呑んだ。

ところどころ掠れているし、出るべきでない棒が出ていたり、跳ねるべきでないところが跳ねられたりしていて全体的に歪だが、木簡に書かれているのは図ではなくナギのよく知る文字だった。

「……〝シュレン〟」

「〝シュレン〟だ」

「〝ひばり〟……！」

小声でサージェが、明朗な声でティルハが答えるのと同時に、思わずナギも答えていた。

ティルハははっとしたようにサージェを振り向き、サージェは顔を上げてじっとティルハの目を見つめている。そして、ウルギはぽかんと口を開けてナギを見ていた。

「あなた……」

口を開くべきではなかった、と後悔してももう遅い。またまじりものが言葉を喋ったと驚かれているのだろう。話の流れを遮ってしまった。

「あなたは、なぜその読み方を知っているのですか？」

しかし、ウルギが驚いているのは、土間に立っているのが人語を喋るまじりものだからではなかった。ナギの喋った内容に、彼は心底驚いていたのだ。思わず立ち上がってしまうほどに。

ティルハもサージェも、他の面々も、ウルギのただならぬ様子に気づき、ナギに注目していた。ナギは居心地の悪さを感じながらも、ウルギの方を見て答えた。

「なぜといわれても、それはわたしの世界の文字だから」

木簡には、確かに「雲雀《ひばり》」と記されていたのだ。

こちらの世界に来て一度も漢字を見たことがなかったから、ナギの方こそ驚いているというのに。

すると、ウルギは、うは、とでもいうような奇妙な笑い声を漏らした。

「あなたの、世界……？　すごい、すごいな！　面白い！　つまりあなたは、渡来者なんだ！　渡来者で、まじりもの！」

ずっと欲しかった玩具をようやく手に入れた子どものようにウルギは喜び、飛び跳ねた。そこをシルダに鋭く注意され、ささっと再び座り直す。歳はそれほど離れていないように見えるが、その様子はまるで母と子だ。

「ちょっとあなた、後で話しましょうね。逃げないでくださいね」

興奮した様子でナギにそう釘《くぎ》を刺してから、ウルギはティルハに視線を戻した。

「はい、確かに。これをシュレンと読む……聖王と我々一族の間で決められた符牒です。これを知る者は王とその世継ぎのみのはず。つまり、あなたがティルハ王であることは間違いないでしょう。騙りでも影武者などでもなく……が、その少年は？　ティルハ様はまだ世継ぎはおられないのでは？」

ウルギにそういわれたティルハは、もう一度サージェに視線を戻し、うなずいた。

「サージェ殿、あなたはどうやら本当に聖王の喜生であられるらしい」

そういわれて、サージェの頬にさっと赤みがさした。

歓喜、安堵……そういった感情がその顔に溢れていた。これまでの苦労がやっと報われたのだ。だが、聖王の喜生であると証明されたサージェが、このあとどのような道を辿るのか既に知ってしまったナギは、彼のように喜ぶことはできなかった。

「聖王の喜生ですって？　なんとまあ……この符牒を知っているということは、聖王の記憶を持っているということでしょうか？」

ウルギの問いにサージェは緊張した面持ちになり、慎重に答える。

「そうです。私は聖王の記憶を持っている……ただ、すべて覚えているわけでは、ないのです。トルイで過ごした若い時分のことはよく覚えているのですが、歳をとってからのことは飛び飛びでしか知りません。だから、この符牒のことは知っているが、リャサンがどういう意味を持つ場所なのか、ヒカミの一族がどういう者たちなのかは、知らないのです」

それをきいて、ティルハはじっと考え込み、シャラは隣に座る少年に疑いの眼差しを向けた。しかし、ウルギはふんふんと興味深そうにうなずいている。

「符牒について、どこまで覚えていますか？」

「……王族廟《びょう》の中、聖王碑の台座の裏にその字を記したはずです。聖王が王柱となった後、残された者が聖王の命令を守ったのなら、今もそこに文字は残り、その読みを代々世継ぎに伝えているはず」

サージェの言葉に、ティルハはゆっくりとうなずいた。

「歴代の王たちの碑が建てられた奥部屋には、王以外入ることはできない。つまり、碑の裏を見ることができるのも、王だけだ。サージェ殿のいっていることは正しい。それにその目……星の海と同じ色の目は、まさしく唯一残された聖王の絵姿そのもの」

相変わらず信じられない様子のシャラだが、眉をひそめながらも口を出さなかったのは、碑の裏を見たことがあるのは王であるティルハだけで、彼は見たことがないからだろう。

「そこまで覚えているのに、どうして我々のことは覚えていないのかなあ」

ウルギは不審というより純粋に不思議そうにそう呟いたが、また笑みを浮かべてティルハの方に向き直った。

「ま、とりあえず、それは置いておきましょう。それでティルハ様、我々に何の御用です？」

ウルギの明るい声にティルハは一瞬戸惑いを見せた。彼の真意を探るようにしばらく見つめてから、ゆっくりと話し出す。

「わたしが王位を継いだ経緯はご存じだろうか。王であった父上が亡くなって、その跡を叔父上が継ぎ……」

「こんなところに籠もっているから世情に疎いと思われるかもしれませんが、一応時々は里を出て情報を仕入れていますから、大体のことは存じていますよ。シュナ王が王となり、換生の儀を拒み、民の不満を集めたためにあなたが立ち上がって彼を討ったこと。新たな王となったあなたが、シュナ王の嫡子の反乱により今は都を追われていること」

「そこまで知っているなら話は早い。……世間では叔父上はわたしから王位を奪ったとか、幼いわたしを殺そうとしていたとか、ひどいものにもなれば兄であるわたしの父を殺したのも叔父上であるとまでいわれているが、あれは真ではない。父上が急死した後を叔父上が継いだのは、わたしが幼かった故。父はわたしが成長するまでの間、叔父上に王位を預けたのだ。その後はきちんと返して下さるおつもりだった」

「しかし、返さなかったのは事実です。……私はあまり、叔父上が好きになれなかった」

不満そうにシャラが口を挟むと、ティルハは困ったように微笑んで弟をちらりと見た。

「おまえのその感情は、似た者同士故と思うんだがな……確かに、わたしが成人しても叔父上は王位を譲らなかった。わたしに都へ近づくことを禁じたかと思えば、急に戻れと命じ……おそらく、叔父上はわたしを天支塔《てんしとう》へ近づけたくなかったのだ」

「確か、シュナ王は天支塔を封鎖し、それに不満を唱えた学士を捕らえて処刑まで行い、さらに怯える民に天支塔や王柱の話をすることさえ禁じたとか」

ウルギの言葉に、ティルハは苦々しい顔つきでうなずいた。

「天支塔に登らなければ、換生の儀は行えない。おそらく叔父上は、ご自分が換生の儀を受けるのを拒むと同時に、わたしにも受けさせないようにしたのだ。都に戻れといったのは、手元に置いて監視しておきたかったからではないかと思う」

ティルハはそこまで話してから、大きく深呼吸した。そして、躊躇うように続ける。

「叔父上は聡明で公正な方だった。あのような暴挙に出るような方ではなかったし、王位に野心を抱くような方でもなかった。叔父上が変わられたのは、三年前だ。そのころに、得体の知れない人間が訪ねてきたと、イスファルが教えてくれた」

「イスファル……シュナ王の娘、でしたか」

「そうだ。わたしやシャラの従妹《いとこ》だ。わたしが都に入り、叔父上が自害された後、兄のイルムゥは都を抜け出したのだが、妹のイスファルは投降した。投降といっても、そもそもあの子は叔父上の暴挙を何とか止めようとしてくれていたのだし、わたしもあの子を敵だとは思っていなかった。だから形ばかりの謹慎を命じたが、それだって本意ではない。謹慎中のイスファルに会いに行ったとき、イスファルはある時から叔父上の様子がまるで変わってしまったのだと教えてくれたのだ。王宮に見知らぬ男……貴人ではなく、見師と思《おぼ》しき男が訪ねてきて、以来、叔父上はなぜかその男を傍に置き始めたのだと。叔父上は用心深い方だった。そんな得体の知れない、怪しい人物を簡単に召し抱えたりしない。ならば、その男は何らかの方法で叔父上を信頼させたのだ。例えば、ある異国の文字を見せて、尋ねるのだ。これを何と読むか、と」

話し終えたティルハに真っ直ぐ見つめられて、ウルギは苦笑した。その隣で、シルダが眉間の皺を深くしている。

「なるほど。つまりティルハ様は、我々がシュナ王を誑《たぶら》かしたのではと、疑っておられるのですね」

「……すまない。ウルギ殿に会ってみて、気持ちのよい人物だとは思った。だが……」

「いいんですよ。ご推察の通り、シュナ王に余計なことを吹き込んだのは、ヒカミの者、私の兄でしょうからね」

あっさりと、そしてあっけらかんといい放つウルギに、ティルハは呆気にとられた顔をし、シャラと護衛のふたりもまたしばらく唖然としていたが、慌てて怒りの表情を浮かべて腰を上げた。だがそこで、シルダがあっという間に土間に下りたかと思うと、ティルハの正面に回って額を土の床に押し付けた。

「申し訳ありません。夫の不始末、伏してお詫び申し上げます」

シルダの声は相変わらず淡々としていたが、どれほど真剣なのかは体全体から伝わってきた。人が実際に跪《ひざまず》いて許しを請う姿を見たのは初めてで、ナギは衝撃を受けた。

「あなたが謝る必要はありませんよ。あなたは元はネムドの人間でヒカミの者でもないですし。かといって、私が謝るのも嫌なんですけど。私が悪いことをしたわけでもないのに」

「ウルギ！」

「……いや、どちらも詫びる必要はない。シルダ殿、どうか座ってくれ。わたしは詫びが欲しいのではない。何が起きているか、ウルギ殿の兄上が何を考えているのか、それを知りたいのだ」

ティルハの言葉に、シルダは一瞬躊躇いを見せたものの、ゆっくりと立ち上がり、再び静かに床に上がって座った。

「ティルハ様は、ヒカミの一族についてどこまでご存じなのです？」

「どこまで、とは……その、リャサンに住まう見師の一族、いつか我らサライの者を救う希望、といい伝えられているが」

ティルハの答えをきいたウルギは困ったように苦笑した。

「どうやら、最初から説明した方がよさそうですね。なぜ我々が、サライのこの地に住むことになったか」

　ウルギはいいながら、傍に置いていた木簡をガサゴソと探っていくつか拾い上げた。

「元々、我々一族はサライの者ではないし、ヒカミという名でもありませんでした。元の名は捨て去ったのでわかりません。そもそも我々の故郷はこの大陸ではなく、西の大陸にあるクイヌトという国です」

「西の大陸？　赤の大陸か？」

　驚いたようなキールの言葉に、ウルギも一瞬目を見開き、それから嬉しそうに笑った。

「おや、どうやら史書に通じる方がおられるようだ。そうです。今はもう誰も呼ばなくなりましたが、我々のいた大陸は赤の大陸と呼ばれる場所。そこからサライのある竜の大陸に来たのです」

　ウルギは木簡の一枚をみんなに見えるように掲げた。そこにはまた漢字が書いてある。

「杙弩《くいぬと》土、と読みます。あ、ついでに」

　ウルギが何かを探すように見回すと、シルダが部屋の隅にあった筆をさっと渡した。それを受け取って、ウルギは木簡の空いている箇所に何か書きこむ。

「これは潤義《うるぎ》。私の名は正式にはこう書きます。こっちは天流義《てむるぎ》。兄の名です。赤の大陸ではこちらほど渡来者が珍しいものではないんです。だから古くから、様々な文化を異境の者たちから取り入れてきたといいます。この字もそのひとつです」

潤義の書く文字は、ナギの使っていた漢字とよく似てはいるが、細部は微妙に違っていた。おそらく経年によって少しずつ変化して伝えられているのだろう。

「我々は元々杙弩土の王に仕え、決して壊れぬ王柱、人を換生せずに王柱を保持する術を追い求めていた見師の一族です。しかし、その方法が少し特殊だったため、王に外法と断じられ国を追われました」

「……そうか、罪人となったから、元の名を捨てたのか」

「そうだと思います。故郷を追われた祖先は各地を放浪し、船で異国にも渡りました。しかし流民が異国で居住を認めてもらうのは困難ですから、放浪生活は長く続いたようです。その旅の途中、氷上《ひかみ》という名の渡来者に出会ったのです」

潤義はティルハにうなずきながら話を続け、再び木簡に「氷上」と書いた。渡来者ときいてナギは食い入るようにその文字を見た。珍しい苗字だが、確かに日本人の名だ。

「氷上は船が壊れて立ち往生していた祖先を助け、船を直してくれたそうです。祖先と氷上は共に旅をすることになり、いつの間にか氷上が一族を率いるようになって、やがてサライのここ、リャサン近辺までやって来た。そこで聖王に出会ったのです。氷上は聖王と交渉し、天掟の下、チの盟約を結びました」

チの盟約ときいて、一同が息を呑む気配がした。特にティルハとシャラは顔色を変えている。ヨルカも驚いているところを見ると、ナギにはわからなかったが、どうやら王族に限らず、この世界の人にとってかなり重要な契約事のようだ。

「我々はリャサンに籠もって研究を続け、いつか完成した暁には聖王の子孫にその技を提供する。その代わり、聖王とその子孫は、我々一族がリャサンに住まうことを許し、その存在を周囲からは隠すことに努める。そして年に一回、食料と反物、紙と染料、その年生まれた雌雄の天黒馬を一頭ずつ我々に提供する。これが盟約の内容です」

「では、あのリャサンに捧げる供物は……」

「ああ、その意味もご存じなかったのですね」

「……リャサンは聖王が白翼に会われた地。その白翼に捧げるためのものだと教わってきた」

戸惑っている様子のティルハに、潤義は小さく笑った。

「たぶん、本当は白翼に会っていないんだと思いますよ。我々の祖先に出会った話を、白翼だということにして、聖域だからと人の出入りを禁じたんです。チの盟約を守るために」

盟約……潤義たちの一族がリャサンに住んでいることを隠すために、ということか。

「なぜ存在を隠すんです？」

なんなら、聖王が正式に雇えばよかったのだ。国のためになることを研究してもらうのに。口を開くつもりはなかったが、気がつくとナギはそう尋ねていた。しかし、潤義は驚きも怒りもせず、ちらりとナギの方を向いていった。

「そういうわけにはいかなかったんです。当時……聖王が国をまとめられたころは、政情が不安定でとても流民を受け入れられるような状況ではなかった。そんなことをすれば、サライの民の心に聖王への不満が生まれかねない。それに、我々の研究はかなり特殊なものなので、人々の理解を得ることは難しいのです」

潤義は再びティルハに向き直った。

「そして我々は氷上から名をとって氷上の一族と名乗るようになり、この地で生活を始めました。いつか、決して壊れぬ王柱、人を換生せずに王柱を保持できる術を完成させ、聖王の子孫に提供するまで、研究をやめることもこの地を離れることもできません」

確か聖王は百五十年ほど前の人だときいたことがあった。こちらの世界とナギの世界とで時間の流れ方が同じなのかはわからないが、もしそうだとすれば氷上という渡来者は大体幕末から明治にかけて存在していた日本人ということになる。

(明治……!)

具体的な年号にナギの腕に鳥肌が立つ。この世界と自分のいた世界が繋がっているのだという確信が、興奮と得体の知れない恐怖をもたらしナギの全身を駆け巡った。

「……つまり、あなた方は研究を完成させた、ということだろうか。だから、潤義殿の兄上は、我が叔父上にその成果を提供しに来た、と」

ティルハの問いに、潤義は歯切れ悪く曖昧に答えた。

「完成といいますか。理論上は可能であるのだけれども、その方法を実行するのはほぼ不可能に近かったというか、そもそも実行すべきか否かもめたといいますか」

「そもそも、特殊な研究とはどういうものなのだろう？　杙弩土の王が罪と断じたのは不当な扱いではないのか？」

この問いにも潤義は首を捻りながら微笑み、即答を避けた。そして傍に置いていた木箱を手に取る。

「氷上一族が人間を王柱へ換生する代わりに使っているのが、これです」

いいながら、潤義は木箱を封じていた紐を解き、その蓋を開けて中のものを慎重な手つきで取り出した。

「ぎゃっ！」

潤義が手に持つ物を見た瞬間、ナギは悲鳴を上げてのけぞった。背中がどすんと壁にぶつかって壁に掛けてあった農作業用の道具がいくつか地面に落ちたが、気にしていられなかった。

しかしそんな反応を示したのはナギだけで、他の者は、子どものサージェでさえも平然として潤義の持つ物を見ている。いや、平然と、ではなかった。その場にいた全員、不思議そうに見ているのだ……人間の頭蓋骨を。

「ああ、やっぱりあなたは渡来者なんだなあ。これが何だかわかるんですね」

しみじみと、そして嬉しそうに潤義はナギを見ていった。

「潤義殿、それは一体……？　危険なものなのか？」

「いえいえ。これはですね、ティルハ様。氷上の遺《のこ》してくれた遺物。人間の頭の骨です」

潤義の言葉に、一同が呆気にとられる様子が、ナギの位置からはよく見て取れた。みんな、言葉の意味がよくわからないというように、ぽかんとしている。ティルハはしげしげと頭蓋骨を眺め、右手で拳骨《げんこつ》を作って自分の頭をコツコツと叩いた。

「骨？　頭にも骨があるとは知っているが……そんな形なのか？　そのふたつの穴は……そうか、目があった場所か？　……肉や皮がないと、こんな……なんとも、奇妙だ」

そんな初めて見る物に戸惑っているティルハの様子を見て、ナギはようやく思い出した。この世界では人は死ぬとそう時間を経ずに塵に還る。つまり、肉が腐り最後に骨が残るナギの世界の常識が、この世界では通用しない。手足の骨折などで骨の存在を知っているのかもしれないが、骨がどんな形をしているか、しかと見た者は少ないのだ。だって、生きている者から骨を取り出すのは不可能だから。

潤義は頭蓋骨を箱に戻し、蓋を開けたまま自分の前に置いた。

「不思議でしょう？　この世界の者は死ねばその肉も皮も骨もすべて塵へと還り、何も残らない。しかし渡来者は、異境から来た者の体は、骨だけ残るのです。おそらく、その違いに祖先は目を付けたのでしょう。我々の研究とは、渡来者の遺骨を換生して王柱とすることです」

ティルハはしばらくじっと箱の中の頭蓋骨を見ていたが、やがてその視線を潤義に戻し、小さく息を吐いた。

「わたしに断罪する権限はない、と思う。ただ、かつての杙弩士王がそれを罪とした気持ちも、わからなくはない」

「そう感じるご自身を責める必要はありませんよ。この方法は二重の意味で嫌悪されたのだと思います。王柱の聖性を汚すことへの嫌悪、そして異境の者とはいえ死者の遺物を勝手に利用することへの嫌悪。だが、聖王はそれを受け入れられた」

潤義にいわれて気づいたのか、ティルハは衝撃に顔を引きつらせて黙り込んだ。

誰よりも徳高き伝説の王が、誰もが嫌悪するであろう方法を受け入れたとは、にわかに信じがたい、あるいは信じたくないのかもしれない。

「この方法は確かに効果があります。渡来者の骨を換生した物質は、おそらく星の海に晒されても持ちこたえられる。水晶溜まりで試行した結果から計算したところ、使う骨の数、換生を行う見師の力量により強度は変わってくるはずですが、理論上はこの世界の人間を換生するよりはるかに強く壊れにくい王柱にできます。永遠に壊れないかは、さすがに確かめられませんが」

「……だから、あなたの兄上は……」

「ただし、ひとつ問題があります」

重い口を開きかけたティルハを、話し始めた時と同じはっきりした声で潤義は遮った。

「こちらの大陸は潮の流れの関係で渡来者が流れ着きにくいのです」

めた。

「潮？」

星の海にも潮流があるのかと驚いてナギが呟くと、潤義はちらりとナギを見て肩を竦めた。

「我々一族が潮の流れと呼んでいるだけで、異境の海のそれとは意味が違うと思います。この場合の潮の流れとは、異境とこちらの世界とを繋ぐ……どういったらいいかな、穴というか、隙間というか、道というか、そういうものの出現率をいいます。……とにかく、赤の大陸と違って竜の大陸は渡来者が少なく、故に材料となる骨が集まらない。百年以上かけて集めても、一本の王柱を保持するために必要と試算した数の半分にも達していません」

潤義の言葉に、ティルハはどこかほっとしたような顔になった。

「とはいえ、どうやら長い周期をかけて潮の流れが変化していることはわかっています。ここ数年は異境との境が曖昧になっている。さらに我々は、水晶を使ってその流れを人為的に変える方法も研究してきました。そうして多くの渡来者をこちらに呼び寄せ、王柱にする……そもそも、亡くなり、骨になるまで必ずしも待たなくてよいのです。これまでの換生の儀と同じように、生きたままの渡来者を換生しても構わない」

潤義の声は明るさが変わらないために、いっそう冷酷に響いた。ティルハの顔が青くなり、それから義憤によってか徐々に紅潮し始めた。

「潤義殿、それは……！」

「そこが兄ともめたところです。人為的に渡来者を呼び寄せ、生きたまま換生する。それが一番効率がいいのはわかっています。たぶん、里を出た兄は渡来者を呼び寄せ集めているのでしょう。ある程度、成功の目算が立ったから、シュナ王に会ったのだと思います。しかしねえ……私はどうもそのやり方が気に食わなくって。だって、この研究はもっと追究できる。もっと理想の完成形があるはずなのに、どうして兄さんはああも急ぐのか」

まるで幼い子どもが拗《す》ねているような声で潤義は首を捻っている。

「もう、盟約から解放されたいのです、ティルハ様」

兄に対する不平を並べる潤義を遮るように、凜とした声が響いた。シルダが軽く頭を下げてティルハの方を向いている。

「氷上一族がこのリャサンに住まうことを聖王がお許しくださったことは、祖先にとって無上の喜びだったはずです。聖王へのご恩を、氷上の者は忘れたことなどありません。ですが……長いのです。この里では限られた者しか、天黒馬に乗り外へ出ることは許されません。里の者以外とは交われず、この山の景色以外見ることなく死んでゆく者がほとんどです。時折、わたしのように、沈んだ国の者が拾われて住み着く場合もありますが、それ以外、まったくといっていいほど外の世界との交流はありません。まるで、檻《おり》に入れられているかのように。夫は、天流義は、見師としての野心もありましょうし、誰もなし得なかった一族の悲願を、己が成就させてみせると意気込んでもおりました。しかし、このような行動に出た理由のひとつには、盟約を果たし、里の者たちを解放したいという想いがあったのです。……ここにいつまでも籠もって、呪法の研究だけしていれば幸せなどと思えるのは、潤義、あなただけなのですよ」

途中で口を開きかけた潤義を、シルダは目で制した。

「つまりそなたは、天流義殿の提案をわたしに受け入れよ、といいたいのか？」

眉を吊り上げ顔を強張らせたティルハを見つめながら、シルダは微かに首を横に振った。

「わたしには、何もお願いする権利はございません。ただ、天流義はそういう人間だと、王にお知りおきいただきたかった……いえ、出すぎたことを申しました」

シルダは深く頭を下げた。

場には沈黙が満ちた。誰も何もいわない。誰かが何かをいうのを待っているのかもしれない。だが、誰が何をいうのを？

気がつくともう日が沈み始めていたらしく、闇が忍び寄る室内を、シルダが静かに明かりをつけて回った。

重苦しい空気を破ったのは、シャラの慌てた声だった。

「姉上？　どうされたのですか、お体の具合が悪いのですか？」

その声にはっとティルハの方を見ると、彼女は俯き、口元を手で押さえていた。その顔は真っ青だ。王の尋常でない様子に、護衛のふたりも色めき立つ。

ティルハは手を上げて弟を制し、なんでもないというふうに首を振ったが、顔の青さは変わっていない。

「すまない。少し疲れたのかもしれない。潤義殿、申し訳ないが、しばらく休ませてもらってもいいだろうか」

「ええ、それは、もちろん」

潤義は虚をつかれたように目を瞬かせながら、人でいっぱいの狭い小屋を見回す。どこで休んでもらおうかと悩んでいるのだろう。そこへ助け舟を出すようにシルダがいった。

「もう日も暮れました。今日はみなさまお休みになってはいかがでしょうか。粗末なものではございますが、夕食をご用意しました。召し上がっている間に、休む場所を準備いたします」

シルダの申し出に、ティルハは青い顔でうなずき、案内されるままに立ち上がった。顔色は悪いが足取りはしっかりしている。本人のいう通り、急な病などではなく疲労のせいなのだろう。シャラと護衛のふたりもティルハに続き、それからキール、サージェが立ち上がった。扉をくぐる際、ナギはサージェと目があったが、どちらからともなく逸らしてしまった。

ヨルカが出るのを待ってナギも続こうとすると、がしりと思いもかけず強い力で左腕を摑まれた。ナギは爪で相手を傷つけないよう反射的に振り払いたくなるのをかろうじて我慢した。

「逃がしませんよう。話をしましょうといいましたよね？」

好奇心に満ちた目で、不敵に笑う潤義がナギの腕にしがみついていた。

5

ナギは手燭《てしょく》を持つ潤義について彼の小屋へ入った。扉を開けて中に招き入れられた途端、シルダがここは人の入る場所ではない、といった意味がわかった。

床一面に、木簡、紙の束、衣服、筆記具、食器、その他何に使うのかわからない様々な物が散乱していて、到底ここに人が住んでいるとは思えない。嵐が通り過ぎたかのような荒れ具合だ。

こんなところでどうやって寝ているのだろうと疑問に思っていると、潤義は腕を伸ばしてぐいっと物を奥に押しやり、人がふたり座れる場所を作った。おそらくこの要領で、毎夜寝場所を作っているのだろう。

潤義と対峙したナギは、腰を下ろすや否や質問攻めにあった。

異境とはどんなところか。王柱がないとは本当か。海がすべてを溶かさないのは本当か、人が海に入ることができるのは本当か。海に住む生き物とはどんなものか。飛ばない船とはどんなものか。腐敗とはどんな現象なのか。死者をどのように弔うのか……さらに、生活の細々とした習慣やナギが生きてきたこれまでの十八年を、そんなことまで知りたいのかと驚くほど突っ込んできかれた。

ひとつ答えれば倍以上になって質問が返ってくる。気圧《けお》されながらもナギは必死で潤義の質問にひとつひとつ丁寧に答えていった。そうしてどれくらい話し込んでいただろうか。気がつくと、闇に沈んだ家の外から楽の音がきこえてきた。バラキアの広場で演奏されていたのとよく似た、様々な楽器の音色が合わさったものだ。あの呪唱もきこえている。

途中でシルダが食事を運んできてくれた。ナギは礼を述べて食べ始めたが、潤義は椀を傍らに置いたまま手を付けずに質問を続け、ナギの答えを次々に木簡、あるいは紙に書いていく。おそらく紙は貴重なのだろう。細かい字で埋め尽くされた木簡が、怒濤《どとう》の勢いで増えていく。

明かりの下で一心不乱に文字を書きつけていく潤義の姿は、まさに学者という感じだ。彼はこの山に籠もって研究だけしていれば幸せらしい。一族の他の者たちには、そして彼の兄には、到底理解できない感覚なのだろう。潤義は面白いし人当たりもいいのに、なぜ長になれないのか、少しわかった気がした。

潤義は話し始めてだいぶ経ってから、唐突にナギの名をきいた。普通はまず最初にきくものだと思うが、潤義にとってはナギの名より異境のことに関心があったのだろう。すっかりきくのを忘れていたという感じだった。ナギが名乗ると、今度はその名はどういう字で表すのか、他にどんな字の名があるのか、と質問の幅が広がっていく。無限に。

潤義の質問に答えながら、ナギも合間を見て質問した。おかげで、いくつか疑問が解けた。

まずは、水晶だ。

ナギが最初に働かされた鉱山は水晶を掘るためのものだったらしい。しかし水晶といっても、ナギの世界の水晶とはまるで違うものだ。実物を見せてもらったところ、透き通ってはいるが、全体的に薄い青、ところどころ薄い緑に見える石で、最大の特徴は星のように煌めいていることだった。

この水晶には呪法に関わる不思議な力が宿っており、見師の間では天の力に対して星の力と呼び習わすらしい。そして、大きな水晶になればなるほど力も強く高価になる。大して役に立たない小さなもの、水晶片は最も高額な通貨として用いられているという。それをきいてナギは、前にヨルカが見せてくれたおはじきのような硬貨は、水晶片だったのだと思い至った。

そして、最も驚いたことがある。

ナギはてっきり、氷上という名の渡来者は潤義の祖先たちの誰かと結婚して、生まれた子孫が今の氷上一族に繋がっているのだと思っていた。

「それは無理ですよ。異境の人間とこちらの人間が交わっても、子はできないのです」

潤義の答えに、ナギは首を傾げた。体のつくりが違うとか、そもそも子どもができる過程が違うとか、そういうことだろうか、と思ったが、そうではないという。

「なぜかはわかりません。子の出来方は同じですし、一族に伝わる腑分《ふわ》けした記録を見る限り、体のつくりが違うわけでもありません。でも、子はできないのです。異境の人間が死んでも、塵に還らない、ということと関係しているのかもしれません」

腑分けときいて、ナギは一瞬ぞっとした。つまり、解剖した者がいるということか。きっと研究のため、学問のためだから仕方ないのだろうが……。

「あなたみたいに、異境から来てまじりものになった人は見たことがありませんよ。そんな話、きいたこともない。もちろん、理論上はあり得る話ですが、瑞兆に勝るとも劣らない希少な存在でしょうね。その腕や足の結合部分、どうなってるのかなあ。腑はどうなっているのかなあ」

好奇心に満ち満ちた目で全身を見つめられ、再びナギはぞっとした。まさか、ナギを解剖したいなどというつもりではないだろうか。ナギのそんな恐れを察したのか、潤義は笑った。

「いやだなあ、今すぐ腑分けさせてくれなんていいませんよ」

「今すぐ？」

そう指摘すると、潤義の笑みが苦笑に変わった。図星を指されたといわんばかりに。

「……それはまあ、死んだ後に遺体を提供してくれるなら嬉しいですけど」

悪びれもせずにそんなことをいうので、怒る気にもなれず、ただ呆れるしかない。

「でも、あなたは異境に帰ることを望んでいるのでしょう？」

当たり前のようにそうきかれて、ナギは思わず黙り込んだ。

シルダの小屋を出た直後のことだ。

キールについて他の小屋へ行こうとしていたサージェがこちらに駆け寄ってきて、潤義にいったのだ。

「あなたは水晶を使って潮の流れを変え、異境との道を繋げられるといった。では、この者の体を人間に戻し、異境へ帰すこともできるのか？」

どうしてそんなことをいうのだといいたかった。自分はこれから王柱なんていう生贄になろうとしているくせに、そんな時に、何を他人の心配なんかしてるんだ、と。だが、いい出せる雰囲気ではなかった。

潤義は体を元に戻せるかはわからないが、少なくとも異境へ帰すことはできるといった。それをきいて、サージェは心なしかほっとした様子で再び小走りにキールの元へ戻って行った。

「……そもそもそのつもりで、高位の見師を探すために、都に向かっていたので」

今でも帰りたいと思う。人間の体に戻って、元の世界に帰って、すべて悪い夢だったと思えたら、どんなにかいいだろう。

しかしナギの中では、この世界で経験した出来事、出会った人々、彼らの抱える想いが、すべて夢で片づけられるほど軽いものでは、もはやなくなっている。

「正直、まじりものの体を元に戻せるかは、自信がありません。異境に獣魔がいないのなら、それらの一部を持ち込めないのではないか。境を越えた時点で獣魔の部位だけが認識されなくなるのではないか。そうなった場合、欠けた部分はどうなるのか？　元のように補われるのか？　そもそもこちらに来た時点であなたがどう存在しているのか……」

「ええと、よくわからないんですけど。つまり、異境に帰ると、左腕や両足がなくなるかも、ということ？」

「まったくない、という状態も考えにくいでしょうから、何らかの不具合が出るのではないかと思います。麻痺するとか、骨や神経の一部が働かないとか」

左腕に両足もか、とナギはしり込みした。さすがに、それは怖い。

だが、世の中には手足がなくても生きている人はいるし、元の世界に戻れるだけ幸運なのかもしれない。

本当に、戻りたいと思っているのなら。

ナギはゆらゆらと揺れる蠟燭の炎を見つめた。まるで炎の揺らぎが、ナギの心の揺らぎそのものを表しているように思えた。

「あ、ナギさん、ナギさん、さっきのあれ、もう一回話してください。海に人間の仲間の生き物が住んでるって、どういう意味です？　ホニュウルイ？　どんな生き物なんですか？」

夜も更けてきたというのに、潤義の好奇心は一向に満たされる気配がない。

山登りで疲れていたナギは、さすがに降参の意を示した。

ナギが引き止める潤義に勘弁してくださいと懇願して小屋を出た瞬間、傍の茂みに動く気配を感じて思わず身構えた。

「……すまない、驚かせるつもりはなかった」

意外なことに、闇から返ってきた声はティルハのものだった。こちらに歩み寄る姿が月明かりに露わになる。彼女の周りを見るが、シャラも護衛もおらず、ひとりらしい。

「潤義殿に話があったのだが、おまえと話していたから、待っていた。それで、話がきこえてしまって……」

どうやら盗みぎきしたことを恥じているようだ。

「別に、きかれて困ることもありませんし……それより、まじりものなんかと話して、怖くないんですか？　護衛の人に怒られませんか？」

後で自分が叱責されるのは嫌だなと思ってきくと、ティルハは快活に笑った。

「おまえはまじりものといっても、人と変わらないだろう？」

眩しい笑顔で、当たり前のようにそういわれて、不意にナギは泣きそうになってしまった。潤義もナギの姿を気にしていない様子だったが、彼はまた特殊だ。事情も察していた。ティルハはそうではないのに。

王なのに、そんな簡単に他人を信じて大丈夫なのだろうかと、こちらが心配になるくらいティルハは朗らかだ。笑顔のまま、ティルハはシルダの家へと向かう道を指さした。

歩こうといっているのだ。明かりはなかったが、月の光があるから歩くのに支障はない。

特に、ナギのまじりものの目なら。

「ナギ、というんだな。異境から来たのだろう？」

「はい」

「異境にいたときは、まじりものではなかったんだな。何をしていた？　先ほどの話では、学士だといっていたが」

潤義には異境での学生生活についても説明した。ティルハは随分長いこと盗みぎきしていたようだ。

ナギは、同じ年頃の者たちと机を並べて学んでいたことを語った。現国に古文、数学、英語、化学、歴史……思いつく限り、これまで自分が学んだものを。ただ、それはどういうものか、と突っ込んできかれてもナギにはほとんど説明できず、だんだん自分が情けなくなってしまったが。

普通以上に努力して勉強してきたはずだが、本当には知識を理解していなかったのだと思い知らされた。異境には空飛ぶ船の代わりに飛行機というものがあると口にしたところ、どういう仕組みで飛ぶのかときかれた。だが、ナギにはどうしても説明できなかった。エンジンが、とか、揚力が、とかうろ覚えの知識で説明しようとしても、そもそも自分が理解していないから、とても他者が理解できるように話せない。

ティルハが最も興味を示したのは、潤義と同じく海と王柱だった。

海に生き物がいる、という話がどうしても納得できないらしい。

「だって溶けるだろう」とまずいわれるのだ。だから異境の海は星の海とは違っていて、塩水だからしょっぱいけれども生き物に害はないのだ——もちろん海中で人間が生きることはできないけれど——というと、今度は「塩水⁉」と驚かれた。

「塩……獲り放題ではないか！」

嬉しい悲鳴とともに、ティルハは飛び上がった。まるで子どものような反応に、ナギは思わず微笑んでしまう。

「異境とは、本当に夢のような場所なのだな」

ティルハはしみじみといった。

異境には王柱がない。というより、そもそも星の海がないから大地は溶けることも、崩落することもない。大地を支える必要がないから、誰かを王柱に換生する必要もない。

ティルハ様は換生の儀を受けるのですか、とききたかった。彼女の意志を確かめたかった。だがそれは、あまりに出すぎたことに思えて、ナギは口にできなかった。

「……サライでは、だいたい六十年に一度は、必ず換生の儀が行われてきた」

ナギの想いを知ってか知らずか、ティルハはそう切り出した。

そういえば、換生の儀を行うときいてはいたが、いつ行うのか、行うことをどうやって決めるのかまでは知らなかった。

「六十年ごとっていう、決まりなんですか？」

定期的に行うものなのか、と意外なような、納得できるような、どちらともいえない奇妙な気持ちになった。

しかし、ティルハは首を小さく傾げた。

「正確には、そうじゃない。本来は、王宮仕えの見師が王柱の異変を認めた場合に行う。サライではもう随分、そのようなことはないがな。聖王の徳のおかげ、といわれている」

徳の高い王が王柱になれば大地の崩落が抑えられる、という話をヨルカが眉唾物のように語っていたのを思い出し、ナギはどう答えていいかわからなくなった。ティルハが、自信満々にいっているようにはきこえなかったのも、困惑する一因だった。

「だからサライでは、鐘が鳴ると換生の儀を行うのだ」

「鐘？」

「ああ、都から北西へ進んだ先、大地の端ぎりぎりのところに、天支塔と呼ばれる塔がある。換生の儀を行う儀礼所なのだが、その頂上に鐘つき堂があるのだ。誰でもその鐘を鳴らすことができ、その鐘が鳴れば王は王柱となる」

ティルハの言葉をもう一度頭の中で反芻してみたが、ナギには理解できなかった。

「……その説明だと、王に王柱になれと誰でも要求できる、というふうにきこえるんですけど」

「その通りだ」

あっさりとした肯定の言葉に、余計に混乱した。

「サライでは、このままだと王柱が壊れるのでは、と不安になれば、王に換生の儀を受けてほしいといつでも誰でも告げることができる。鐘を鳴らすという行為で。天支塔にはわずかな警備兵がいるだけで、彼らも侵入を阻むためにいるわけではないんだ」

「……そんなことしたら、好き勝手に鳴らされるじゃないですか！　それこそ、悪戯《いたずら》で鳴らす人だって」

とんでもない話だとナギは思った。しかし、ティルハは微かに笑みを浮かべ慌てふためくナギをじっと見ていた。

「いいや、そんなことをする者はいない。鳴らす方にも覚悟がいるんだ。鐘つき堂までは誰に阻まれることもなく辿りつけるが、誰が鳴らしたかは必ず誰かが見ている。その者は自分たちの王に犠牲を強いるのだという覚悟で鳴らす。他の者は、誰かが覚悟を持って鳴らしてくれたのだと考える。……王は、民の不安が極限まで達したのだ、と悟る」

不安？　そんなことで、という言葉が喉まで迫り上がってきたが、ナギは口に出すのをこらえた。

「見師の予測が外れることもある。明日、王柱が壊れないとも限らない。王柱が壊れなくても、どこかの大地は落ちるかもしれない。王が換生の儀を受ければ、それが防げるかもしれない。もちろん、防げないかもしれない。誰だって不安で、でも明日はまだ大丈夫だと自分たちにいいきかせる。それでも、恐怖と理性の均衡が崩れたとき、誰かが鐘を鳴らしに行くのだ。それが不思議なことに、大体六十年に一度くらいになる。恐怖に耐えられる時間が、それくらいなのかもしれない」

そんな曖昧なやり方なのか、と驚きと同時に怒りも湧いた。

ルシともコランとも違う。誰かを無理やり犠牲にすると決めるやり方ではない。だが、このサライのやり方を、ナギはどうとらえていいかわからなかった。

「天支塔を開放しておくのは、いつでも鐘を鳴らしてよいという王の意志だ。民への信頼だな。そして民は、いつかその鐘を鳴らせば王が助けてくれるという信頼の元で暮らしている。悪戯心で鐘を鳴らす者など、いないんだよ」

こんな命がけの、何の保証もないぎりぎりの信頼が、どうして成り立つのだろうか。

しかしこの国は、もうずっとこのやり方で続いてきたのだろう。

「換生の儀が前回行われたのは、今からだと、五十二年前だ。次に鐘が鳴れば、父上が換生の儀を受けるはずだった。まだご存命だと誰もが思っていた。まさか、あの頑健な父上が、流行り病であっけなく逝かれるとは思わなかったのだ……だが、わたしとて、生まれた時から次の王と定められた身。父上の次はわたし。いつ何時王柱に異変があるかわからぬのだから、父上が換生された直後に異変が起き、わたしが王柱となることもありうる。幼い時から、常に覚悟してきた。故に、叔父上が王位につかれても、いずれわたしに王位を返してくださるのだろうと信じていたのだ。叔父上は名を改めてもいなかったしな」

「名を改める？」

「ああ。サライの王は、代々鳥の名を戴く。旗や硬貨に鳥の意匠が施されているのを見たことがあるか？　父の名キハは、刃のような形の翼を持つ大型の鳥で、武勇の象徴とされる。わたしの名ティルハは、鋭い嘴を持つ黒い鳥で、慈悲と生命の象徴とされる。嫡子は鳥の名を付けられるが、嫡子でない者は祖父母やそのきょうだいから名を受け継ぐことが多い。叔父上の名〝シュナ〟は、元々祖母の弟の名だ。王位を継ぐのなら、鳥の名に改めなければならない」

名が、誰が後継者かを示すわけだ。

ティルハの叔父は王とはなったが名を改めなかった。それは、正式な王ではないと示すためだったのだ。本当に王になりたければ、それこそティルハを暗殺して勝手に名を改めればよかったのではないだろうか。

王位の継承を争う、というのはナギの世界の歴史上でもよくあったことだ。多くは権力を得るための争いで、権力欲に乏しいナギには史実の人物たちの気持ちがよくわからない。しかし、そんなもののために人が殺し合うことがあると理解はしている。

だが、この世界で、サライで王になるということは、生贄になるということだ。誰が自ら生贄になりたいと思うだろう？　いや、もちろんそれはナギの感覚での話だが。

少なくとも、ティルハが「自分は王柱になる人間なのだ」と誇っているようには見受けられない。ただ粛々とその事実を受け入れているだけで、喜んでいるようにも見えない。

「……王が、人間が、犠牲にならずに王柱を保つ方法を、探ろうとは思わないんですか」

気がつくと、ナギはそうきいていた。月明かりを受けたティルハがこちらを振り返る。その顔には予想外の質問を向けられた驚きと、質問を面白がるような表情が浮かんでいた。

「ナギは知らないのか。王柱を保つには」

「知ってます。王か、王じゃなくても人間をずっと換生してきたんですよね。そうした国だけが沈まずに残ってきた。でも、どうしても、本当に、他に方法はないんですか。誰かが他の誰かのために命を懸けなきゃ続かない世界なんて、おかしい。納得がいかない」

それはナギの本心だったが、この世界の人々にとっては子どもの駄々のようなものにしか響かないだろうと、もうわかっている。数千年。数千年もの間、何万、何億、換生の儀は行われて、そうして人々は生きている。

それを知っていても、いわずにはいられなかった。同時に、それは安全な世界でのうのうと生きていたかつての自分に向けた言葉でもあった。

ナギの世界でも、常に誰かが犠牲になっていた。ナギは、犠牲を強いていた側だ。意識はしていなくとも。戦争で命を落とす人々、いわれのない暴力に晒される人々、持って生まれた障害ゆえに日々困難を抱えている人々。そんな人たちがいると知っていて、でも、見て見ぬ振りができた。テレビで報道されていても電源を切ってしまえば、自分と関係のない世界だと思い込めた。

誰かが傷つかなければならない世界は、間違っている。それを見過ごしてきた自分の生き方は、卑怯《ひきょう》だった。

ティルハはしばらくナギの言葉を思案するように黙っていた。

「潤義殿の話をきいていただろう。あの骨はおまえの同胞だ。同胞の骨を利用されることに、怒りはないか？　嫌悪感はないか？」

今度はナギが黙り込む番だった。

確かに、あれは衝撃だった。異境の人間の遺骨を集めて王柱にする、という潤義の言葉に、吐き気も覚えた。

「……まったくないとはいえません。けど、もう死んだ人たちです。どちらか選べといわれたら、今生きている人たちを選ぶと思います」

「そうか」

ティルハは小さく呟いた。今生きている人か、と。

「……ナギは、いずれ異境に帰るのだな」

「そう、ですね。そのつもりです……けど」

「異境には家族も、友も待っているのだろう？」

ナギは思わず微かに苦笑した。確かに家族はいるが、友と呼べる者はいない。寂しいことに。

「渡来者たちにも帰る場所がある。待つ人がいる。さぞ、故郷に帰りたかろうな」

遠くを見るように、ティルハは闇の彼方に目を向けていった。渡来者たち……おそらく、天流義によって呼び寄せられた者たちのことをいっているのだろう。ナギもそのひとり。そしてありさも。

天流義は渡来者たちを集めているといったが、ナギを鉱山に売った者たちも、彼の仲間だったのだろうか。ありさは、王柱になるべくどこかに捕らわれているのだろうか。彼女と別れた日のことを、遠い昔のように感じる。まるで夢であったかのようにも。

随分ゆっくり歩いていたはずだが、いつの間にかシルダの家の前まで来ていた。潤義とシルダの家の距離はそんなに遠くない。

ティルハは話せてよかった、と微笑んでシルダの家へと入って行った。

閉じた扉を見て、ティルハはそもそも潤義に話があるといっていなかったかと思い出したが、既に本人は家の中だ。

仕方なくナギは足の赴くままに歩き出した。少し歩くと、焚火《たきび》を囲んで楽器を手にした人々がいた。あの音色を奏でている者たちだ。

奏者の輪の外に、ジュードが丸くなっているのが見えた。ジュードがいるということは、ヨルカもいるだろう。そちらへ近づくと、ナギの気配を感じたのかジュードが琥珀の目を開けた。その腹部には、予想通りヨルカが寄りかかっており、ジュードと同時に目を開けてナギを見たが、何もいわなかった。

ジュードは眠っているのではない。音色に耳を傾けている。

見師の奏でる音色は天への祈り。天の囁きを模倣したものだ。

ナギはジュードの頭の近くに腰を下ろし、じっと耳を傾けた。鼓動のようなゆっくりとした太鼓の音に、低く地を這うように響く弦の音に。風の音のような呪唱に。

大地が律動を刻む。

風が歌う。

ふと、ジュードの呼吸音がまるで囁いているようにきこえた。世界が奏でる音の一部のように。

竜が天に向かって鳴く、とはこのことなのかもしれないと思った。自分も天の一部であるかのように、天の囁きに耳を傾け、呼吸を合わせ、吐息を奏でる。

ああ、自分も同じだ。ナギもまた、天の囁きをきいている。それに合わせて小さく鼻歌を歌う。

そうしていると、まるで自分が世界の一部になったような、そしてジュードと繋がっているような気分になってきた。ジュードと……この世に生きるすべての竜たちと。竜は人の心を読む、という話だったが、もしかしたら読んでいるのではなく繋がっているのかもしれない。心を許したものと、その心を繋げる。同胞たちとも。

今なら、ナギにもジュードの気持ちがわかるような気がした。

彼もまた、ヨルカを半身と思い、彼と共に最期まで生きると決めている。

「……サージェは、聖王が望んだから、自分という喜生が生まれたんだって思っている。死んだ後も、聖王は民のことを想っているからって」

死んだ人の想いは、どこに行くのだろう。聖王のように、誰かに宿ってまた戻ってくるのだろうか。死者の魂は……いや、そういえば、この世界には魂という概念がなかったのだった。

「ヨルカも、自分が死んだら、またこの世に戻ってきたいと思う？」

微かに笑う気配がした。

「人生なんて一度生き抜けば十分だ。そうだろう？」

この世界に生きる者たちは、誰もが覚悟を持っている。

「……うん、そうだ」

たった一度生き抜くために、誰もが必死に、ただひたすらに生きている。ひたむきな想いを奪う権利など誰にもない。どんなに崇高な志があろうとも。

ナギは楽の音とジュードの鳴き声に合わせ、夜空に向かって小さく鼻歌を歌い続けた。

天は囁く。その囁きが、具体的な言葉ではなく漠然とした想いとして自分の中に流れ、沁みていくような気がした。体に、心に。ナギと共に在る、黒狼の腕と緋竜の足に。

天は囁く。

命よ、ただ在れ、ひたすらに在れ、と。

それは言祝ぎではなく、鼓舞でもなく。……いってみれば、ただ純粋に、あるがままに命を全うせよという、命令だった。冷厳でありながらどこか慈悲も感じさせる、人知を超えた存在が発する、たったひとつの。だから、ただひたすらにこの世に在ることが、すべての生きとし生けるものの使命のように思えた。

6

朝日が昇る中、里は動き出した。人々は農具を手に、小さな段々畑に散っていく。朝日を受けて、実った作物が金色に輝いていた。金色の農地をひっそりと歩いて行く人々の姿は、なんだか幻想的で、この世のものではないようで、それを見たナギはなぜか奇妙な懐かしさと美しさに胸を打たれ、泣きそうになった。

彼らはこのリャサンで、ただただ懸命に生きているのだ。そのひたむきさは、たとえ住む世界が違えど、ナギのいた世界の者たちと、それほど変わらないのかもしれなかった。

氷上一族の男性に呼ばれてシルダの家に行くと、そこには昨日の続きのような光景が広がっていた。散歩のあとはゆっくり休めたのか、ティルハの顔色はよく、どこか晴れやかに見えた。

「昨日はすまなかった、潤義殿」

ティルハは中座したことを詫びるが、当の潤義は寝ぼけ眼で、いえいえと首を振る。徹夜明けなのかもしれない。昨日以上にだらしないその服装に、横に座るシルダは眉間の皺を深くしている。

「改めて、あなた方に話があるのだ」

あなた方、といわれ、シルダがはっとしたようにティルハを見た。

「今、都は反乱の徒に奪われている。旗頭となっているのは我が従兄《いとこ》、イルムゥだが、おそらくその背後にいるのは天流義殿だろう。天流義殿と数人の見師が、まじりものを操って王宮を襲ったのだ。恥ずかしい話だが、我々は満足に抵抗することもできずに逃げた。……彼らは、まじりものの一部を市中に解き放っている」

「それは、都の民を人質にしている、ということか？」

キールの問いに、ティルハは苦々しくうなずいた。シャラや護衛たちも同じ表情だ。

「なるほど。先王の嫡子は臆病で胆力のない無能者ときく。おまけに、ここ数年は病に伏せってろくに表にも出てこられなかったとか。それでよく都を制圧できるほどの兵が用意できたものだと疑問に思っていたが、まじりものを使ったのか」

いくら反旗を翻したとはいえ、イルムゥは王族のひとりである。あまりの物言いに、ティルハ以外の面々はキールを睨んだが当の本人はどこ吹く風だ。

「しかし、どこでまじりものを調達したんだ？　サライでは作っていないだろう」

「わたしもそれを不思議に思っていた。集められた見師のことも。最初は、氷上の他の見師が天流義殿に協力しているのだと思っていたが、そうではないのだろう、潤義殿？」

目線を向けられた潤義は、相変わらず悪びれもしない顔でうなずいた。

「ええ。兄の意見に賛同する者もいないわけではないですが、さすがに王をそそのかすようなやり方までは……この里から、兄について行った者はひとりもいません。おそらく、兄が連れている見師とまじりものはロシエンの者でしょう。五年前に里を飛び出した兄が、ロシエンに向かったと風の噂できききました」

ロシエンという地名はナギもきいたことがあった。どこできいたのだったかと思い出そうとしていると、ティルハが考え込みながらその名を呟いた。

「普通の国なら他国の政に干渉するような真似《まね》はするまいが、ロシエンは見師の国……特殊だからな」

「もちろん、ロシエンが国を挙げて支援しているわけではないと思いますよ。たぶん、一部の見師がごく内密に協力しているのでしょう。前々から、氷上の一族の研究に興味を持つ者はいましたから」

それをきいてティルハはうなずいた。

「ならばその見師たちを討ったとしても、ロシエンが口を挟んでくる可能性はないな。そもそも文句をいわれる筋合いもないが」

ティルハの声は、だんだんと重みを増していく。低く朗々とした声が、腹に直接響いてくる。背筋はすっと伸び、その体は昨日よりずっと大きく見えた。その身から発せられる迫力も、まったく違った。これが王の覇気なのだろうと、ナギは心の中で感嘆する。

「潤義殿、シルダ殿。申し訳ないが、あなた方の兄上、御夫君をわたしは討つ。都を取り戻すために」

否やはいわせない強い語気だった。しかしもとより、シルダにそのつもりはないようで、ただ頭を下げただけだった。

潤義は、ただ一言、真っ直ぐにティルハの目を見てきいた。

「それで、よろしいのですね？」

「無論だ」

ティルハが力強くいうと、潤義はそれ以上何もいわなかった。

「そして潤義殿、あなたに仕事を頼みたいのだが」

「何でしょう？　お察しかもしれませんが、私は武芸の類は一切できません」

潤義は一切悪びれることなく、堂々という。ティルハは苦笑しつつ、

「天流義に捕らえられた渡来者たちを、異境に戻してやってほしい。報酬は払う」

「……かしこまりました。ただし、報酬はいりません。兄の尻拭いぐらいはしますよ」

潤義が頭を下げるのを見ながら、ふとナギは気づいて、少なからず衝撃を受けた。

ティルハは、渡来者を王柱にするために都に入った天流義を討つ、といった。それは、自分の代わりに渡来者を王柱にするという彼の案を受け入れないという宣言に等しい。

『さぞ、故郷に帰りたかろうな』

夜闇に響いたティルハの声が脳裏に蘇る。

この人は、自分とは何ら関係のない異境から来た人間たちを利用するどころか、助けようとしているのだ。

自分やサージェの代わりに、王柱にすることもできるのに。

「ところで、都を取り戻す算段はおありで？」

潤義のあっけらかんとした指摘に、サライの面々はうっと言葉を詰まらせ、一様に顔を強張らせた。

「実際のところ、イルシュとバラキアの協力があれば、可能ではあります。いくらまじりものといえど、せいぜい三十かそこら。正規軍の敵ではありません」

老年の方の護衛が胸を張って語り出したが、だんだんと語気が弱くなっていく。それをきくティルハの表情は暗かった。

「……が、市中に解き放たれたまじりものを、一度に掃討することは不可能です……つまり、民の犠牲をある程度覚悟する必要が、あるかと」

ティルハは黙っている。それが理由で、彼女はこれまで武力で都を取り戻そうとしなかったのだろう。

すると潤義が何か考えがあるように、ティルハに尋ねた。

「天流義が連れていた見師が何人かわかりますか？」

「正確な数はわからないが、おそらく五、六人……多くとも十には届かないだろう」

「ふむ。よほど力のある見師でも、一度に操れるまじりものの数は十が限界。そもそもロシエンからそんなに多くのまじりものを連れてこられるとも思えませんから、どんなに多くても五十……現実的に考えれば、そちらの方のおっしゃる通り、三十程度でしょうか。操っている見師を討ってしまえば、ひとまず市中のまじりものを無力化できると思いますが」

「だが、見師がいるのは王宮だ。王宮は都の中央にあるから、市中を通らねば辿り着けない。天黒馬で王宮を急襲するにも、見張りに気づかれれば終わりだ」

「都の民のふりをさせた兵を送り込むとか……」

「都は今、ほぼ封鎖されている。民は徘徊《はいかい》するまじりものを恐れてほとんど家屋から出ないという。そんな状態では、民に紛れて、というのも無理な話だ」

話をききながら、鉱山で共に働かされていたまじりものたちの姿を、ナギは思い出していた。呪具を付けられ、意思を奪われ、ただ命じられるがままに作業をする。あんな化け物が、町なかを徘徊するなんてぞっとする。人々がどれほど怯えていることか、想像に難くない。下手に攻めれば、まじりものたちが一気に家屋に飛び込み、中にいる人々を……。

「では、そちらはひとまず置いておきます。捕らわれているであろう渡来者のことですが」

「ああ」

「異境に戻すのは、兄の貯《た》めこんでいる水晶があればなんとかなるでしょう。問題は彼らをどうやって救い出すかです。たぶん、数人ではないでしょうから……数十人、下手をしたら百、くらいは捕らわれているのではないかと思います」

潤義にいわれ、ティルハは目を丸くした。

「そんなにか。しかし、それだけの人間をどこに捕らえておく？」

「そこです。シュナ王存命時であれば、王宮のどこかであったかもしれませんが、ティルハ様が王宮に入ったときにはいなかったのでしょう？　ならばどこかに移したはずです。ただ、どこかの町に匿《かくま》うとしても、それだけの余所者《よそもの》を連れてくれば、目立ちます」

「では、どこに」

ティルハがそういったとき、シルダがわずかに膝を擦って前へ出た。

「おそらく、ネムドでしょう」

「しかし、ネムドはもう誰もいないだろう」

「だからです。ネムドは沈んで滅んだのではなく、流行り病で人がいなくなった国です。町や建物はそのままになっています。木で作った家屋は朽ちているかもしれませんが、石造りの城砦《じょうさい》であれば頑丈ですし、百人程度優に暮らせます。そして、渡来者たちだけの力では逃げられないでしょう」

シルダの言葉に、一同はなるほどと手を打った。

「そういえば、何度かネムド方面で見慣れぬ船が飛んでいるという噂をきいたな……あれはロシエンの見師たちの船か。シルダの推測通りなら合点がいく。救出に行くとして、軍船はどのくらい用意できる？」

「都の船は使えませんが、イルシュ、バラキアの船なら貸してもらえるでしょう。ただ、軍船を使えば目立ちます。こちらが何か動いているのに気づかないほど、イルムゥも愚かではないはず」

シャラの答えに、一瞬消沈したティルハだったが、その目がキールに止まった。ティルハが自分を見ているのに気づいたキールは、嫌がるかと思いきや途端に目を輝かせる。これは例の目だ、とナギは気づいた。

ふたりは同時に口を開く。

「キール殿、貴殿の船は出せるか」

「いくら出す、ティルハ王」

ナギには価値がよくわからないが、すぐに金額の交渉が始まり、しばらくすると話はまとまった。不満げな顔を隠そうともしないシャラだが、ため息をつきつつもひとまず文句は呑み込むことにしたらしい。

「姉上、都とネムドへは同時に向かうべきかと存じます。ネムドの警備は薄いと思われますが、渡来者を救出したと都の反乱軍に知られては、そちらの警戒が厳しくなりますから」

シャラの提案にティルハはすぐに首を縦に振り、救い出した渡来者はひとまずイルシュに匿ってもらうよう、太守宛ての書状を書くと告げた。すると、シルダが身を乗り出した。

「わたしは元はネムドの武官です。地理も町の様子も知り尽くしております。どうぞお連れください」

ティルハは一瞬躊躇うような表情を見せた。そして、いいのか、と一言だけ問う。おそらく、全面的に夫と対立することになるがいいのか、という意味だろう。

「……わたしは、天流義によって救われ、この里に来ました。夫に恩義は感じておりますし、慕ってもおります。しかしそれ以前に、わたしは武官なのです。弱き者を守るために女だてらに武器を手に取った……己の信念を、曲げるわけには参りません」

シルダが揺るぎない強い眼差しでうなずくと、ティルハもうなずき返して彼女の同行を許した。

そして、話は再び一番の難題である都の奪還計画に戻る。

「せめて、屋内に籠もって警戒するよう、都の民に伝えられたら良いのだが……」

「密かに伝令役を潜り込ませますか?」

「しかし、警告が伝わるのにどれくらいかかる? 伝わったところで、まじりものが本気になれば、王宮の城壁でさえ破られるのだぞ。普通の家屋など……」

ティルハの家臣たちは、主と同じく民想いなのだろう。なんとかして、民の犠牲を最小に抑えられないかと案を出す。しかし、残念ながら誰も、民にまったく犠牲を出さない、という案は思いつかないようだ。

「……わたしの即位を言祝ぎ、わたしを慕ってくれた者たちだ。その命、ひとつたりともこんなことで失いたくはない」

ティルハの呟きに、血を吐くような想いが滲む。思わず口にしてしまったような声に全員が一斉に動きを止め、押し黙った。それを見て、ティルハが苦笑する。

「すまない。みんな、同じ気持ちだ。わたしだけが弱音を吐くわけにはいかなかった。……覚悟を、決めねばな」

そうはいいながらも、まだ別の道を模索していることは、彼女の苦悩の色が浮かぶ顔から伺える。

違う世界から来た渡来者さえも助けようとするこの心優しき王が、どうして自分の民の犠牲を見過ごすことができるだろう。そうせざるを得ない選択を迫られることが、彼女にとってどれだけ苦痛を伴うか。

ナギはティルハのことを、じっと見つめた。誰かの志の高さに胸を打たれること、慈悲深さに心揺さぶられることなど、前にいた世界ではなかった。そういう偉大な人物は世界中探せばどこかにいたのかもしれないが、ナギが直《じか》に出会うことはなかった。ましてや、その心に触れることなど。

改めて、自分の無力さが悔しく、空《むな》しくなる。ナギには何もできない。この世界の知識もまだまだ足りなくて、人間とさえ認められない身で……そんなことを考えていたナギの頭にふっとある考えが閃《ひらめ》いた。その考えに、思わず身震いした。

我ながら、こんなことを思いつくなんて頭がどうかしたんじゃないかと思う。

何もできない、我が身を嘆いてばかりだった地味な女子高生に。別世界に迷い込んで、まじりものという人殺しになり果てた化け物に。

人々を救うなんてことができると、どうして思える？

（ああ、でも、だからこそか）

異境の人間にも力を尽くそうとしてくれる王のために何か恩返しをしたい。

そもそも、自分の命を懸けてもいない人間に、自分の命をなげうつことで生きる意味を見出そうとする少年を、止める権利があるだろうか？

ナギはこれ以上具体的に考えて怖気づいてしまう前に、口を挟んだ。

「潤義さん、王宮の見師を討てば、市中のまじりものは人々を襲わないんですね？」

突然のナギの質問に、一同は驚いたように振り返った。潤義が、ナギの発言に興味をひかれたように答える。

「そうです。呪具がついている以上、闇雲に襲うことはありませんから。命令されない限りろくに動かないはずです」

牢の中にいた時の自分もそうだった、とナギは苦々しく思い出す。

「操っている見師は、どうすれば見分けられますか？」

「まじりものを操るには、呪唱か楽器を使うはずです。王宮内から市中のまじりものを操っているなら、呪唱より大きく、長時間響かせることのできる楽器を使っているのでしょう。音色は合わさった方が強力ですから、おそらく見師はどこかに集まって奏でていると思います」

ナギはうなずいた。まじりものの耳なら、楽器の音を遠くからでもききとれる。

「ナギ、どうしたのだ？」

怪訝《けげん》そうにティルハにきかれ、ナギは視線を潤義から小屋の中央へ向けた。その途中で、目を剝いて青ざめているサージェの顔が見えた。ナギの考えていることは、彼にはもうわかっているのかもしれない。

「都に忍び込むには、普通の兵では目立つから駄目なんですよね？　でも、まじりものなら？」

ティルハの目が見開かれていく。サージェの表情が沈んでいく。

「わたしが行きます。操られているまじりもののふりをして、王宮に忍び込みます」

7

今、都で外からの出入りが唯一許されているのは南大門で、そこもわずかな商人が通るだけだという。兵士が扮《ふん》する商人の荷に紛れて門をくぐり、市中を抜けて王宮へ入る。敵兵の数に対し王宮は広いから、味方のまじりもののふりをしていれば、侵入することは難しくないだろう。ただし、万が一見師の操るまじりものではないと見破られれば、民の命が危険に晒されてしまう。まじりものを操る見師を見つけ出すことができたら、命を奪うか、縛るかして無力化し、狼煙《のろし》を上げて合図する。狼煙が上がったら、待機していたティルハたち天黒馬に乗った騎兵が、一気に突入して王宮を制圧する。

計画は複雑ではなく、その手順は一度きけば覚えらえる。

問題はそれほどうまく事を進められるか、ということだ。この愚鈍な自分が。

一行は朝のうちにリャサンを下り、バラキア太守の館に入っていた。太守のキジルはナギを見てぎょっとし、すぐに追い出そうとしたが、ティルハがナギを自分の友だといったので、目を白黒させながらも中に通さざるをえなかった。

一国《いっこく》の王に友、と紹介されて嬉しくないはずはない。まじりものだからという理由で恐怖と憎悪の対象となっていた身としては、身分がどうであれ、そもそも誰かに信頼されるということが嬉しい。

ただ、初めてサージェがナギを友と呼んでくれた時以上の喜びを感じることはないだろう。

館は慌ただしい雰囲気に包まれていた。ティルハが都を奪還するとみんなに伝えたのだ。キジルをはじめバラキアの兵たちは戦支度を整えるのに忙しく、ティルハは方々の太守に親書を送るべく机に齧り付いている。

他の者たちの邪魔にならないよう、ナギは庭の隅の篝火の傍に寄った。そして、もらった都の絵図を必死で頭に叩き込むべく、庭の篝火《かがりび》の下でうんうん唸り続けていた。

絵図を見て、次に隠して頭の中で道順を辿る。

都はいわゆる碁盤の目状に整備されており、絵図の上では非常に道がわかりやすく見える。しかし、実際に歩くとまったく感覚が違うことを、方向音痴のナギはよく知っている。一度も歩いたことのない都。それもバラキア、イルシュより大きいという。操られているふりをする以上、途中で絵図を取り出して道を確認することもできない。

庭をうろうろしながら道順を覚えていたナギは、不意に正門の辺りが騒がしくなったのに気づいた。ざわめく人々の声が徐々に近づいてきて、そして館の奥へと去って行った。再び静かになった庭の隅で、ナギはぶつぶつと道順を呟く。何度も何度も確認していると、声がした。

「ナギ」

背後から呼ぶ声が、爆《は》ぜる薪の音に重なった。サージェだ。

振り返ると、庭先にサージェが下りてくるところだった。

「シャラ様が戻ってきたの？」

「うん、ようやく」

山を下りる途中、最初こそ先を急ぐ姉に何とかついて行こうとしていたシャラだったが、道の半ばほどでとうとう音を上げた。「どうぞ私を置いて姉上はお急ぎください」というシャラに、ティルハは一瞬躊躇いを見せたが、夜までには到着するようにと命じて、そのまま猛然と山を下りていった。

「ついでに、ティルハ様のために訓練を積んだという、若者たちを連れてこられた。前々からシャラ様がいざというときにお役に立てるようにと、兵を育てていたらしい。おかげで、騎兵不足はなんとかなるそうだ。……シャラ様の先見の明はすごいな」

サージェは感嘆のため息を漏らした。

シャラは青白い顔に華奢《きゃしゃ》な体つきという見た目通り、体力はサージェ以下で、潤義同様に武芸は不得手らしい。その代わり、幼いころから姉の役に立つべく学問に励んでいたらしく、法律や経済など政に関するものはもちろんのこと、歴史や数学、果ては医学に至るまで専門家並みの知識を持つという話だ。周囲からも徳と武の姉王に智謀《ちぼう》の弟宰相がいればサライは安泰だと太鼓判を押されるほどだとか。

都を奪還するにあたって、騎兵の問題もあった。騎兵といっても馬に乗る兵ではなく、天黒馬に乗る兵の方だ。天黒馬は普通の馬ほど数が多くなく、しかも一朝一夕で乗れるようになるものではない。才能もいる。誰でも乗れるわけではないのだ。しかし、今度の計画で最終的に必要になるのは天黒馬に乗れる兵だ。その兵の数が少なく、何とかイルシュや他の町から融通してもらえないかと悩んでいたところだったのだ。

キールの話をきいて、王族の兄弟とは蹴落とし合うものなのかと思っていたが、少なくともサライでは違うようだ。シャラがどれほど深く姉を敬愛しているかは、赤の他人でも一目見ればわかる。

「それは都の絵図か」

サージェが覗き込んできたので、ナギは篝火の下で見せてやった。サージェとまともに話すのは、彼から王柱になることの真意をきかされた、あのとき以来だ。

意外と普通に接してくるサージェに安堵しかけたナギだったが、次の瞬間、絵図ではなく自分をじっと見つめる視線に気づいた。

「なぜ、あんなことをいった、ナギ」

サージェのナギを見る目は険しい。紺碧の瞳の中の星が、篝火の下で煌めいている。

「おまえが危険な目に遭う必要はない。今からでも、潤義殿に頼んで、異境に帰らせてもらえばいい」

「それは無理だ。潤義さんは、天流義の集めた水晶を使って渡来者を帰すといっていたから、まずティルハ様の計画を成功させるのが先で……」

「だったら、安全なところで待っていればいいじゃないか。自分から命を懸けるなんて、おまえは馬鹿だ！」

たまりかねたようにサージェは叫んだ。怒っているのだろうか。無謀だと。あるいは、心配してくれているのだろうか。友として。

「サージェにだけは、いわれたくない」

そう返すと、サージェの瞳が揺れた。

自分は、王柱になるといって譲らないくせに。

「……わたしは、この世界に来てたくさんの人に助けてもらった。わたしも、何か返さないと。……特に、サージェには。サージェがあの牢からわたしを出してくれなかったら、あのまま焼け死んでいた」

サージェの握り締めた拳が震え出し、ナギを見上げる視線は徐々に地面に落ちていった。項垂れた首をサージェは激しく横に振る。

「……違う、違う、違う、私は、おまえに感謝されるような人間じゃない。私は、卑怯だ。おまえを牢から出したのは、自分のためだ！ ひとりでは都まで辿り着けないと思ったから、守ってくれる誰かが必要だったから……全部自分のためだ！」

「だからって普通、まじりものを助ける？ 自分が殺されるとは思わなかったの？」

「……おまえが先に、私を助けたんじゃないか」

何のことをいわれているのかわからず、ナギは首を傾げる。

「鎖に繋がれたまま倒れて、起き上がれない私を起こしてくれた」

ああ、あのときのことか。あのとき初めてサージェの瞳を見たのだ、となんだか少し懐かしく思い出した。

「まじりものが命じられてもいないのに、誰かを助けるなんて信じられなかった。意味はわからないけど、何か言葉を喋るなんてことも。あのとき助けてくれたから、おまえは正気を失っていないのではないかと、話せば協力してくれるのではないかと、そう思って……」

それで、利用しようと考えた。サージェはそういっているのだ。

ああ、やっぱりサージェはわかっていない。

ナギがサージェを助け起こしたとき、もうナギは彼に救ってもらっていた。

鉱山に売られた下者として日々働かされ、体はぼろぼろになり、もはや立ち上がる力さえ残っていなかっただろうに、それでもサージェの目には意志が宿っていた。自由を奪われてなお。今にして思えばあの目に宿っていた強烈な意志は、何としてもここを抜け出して王柱となり、生きる意味を得たいというものだったのだ。強烈で、恐ろしく澄んだ目だった。

あのときサージェの目を見なければ、ナギはきっとそのまま人の心を失い、完全な化け物になり果てていた。

だから、やはりサージェが先にナギを救ったのだ。

「ティルハ様が、自分が王柱になるといったら、サージェはどうするの？」

おそらく彼女は叔父とは違う。生まれた時から王としての覚悟を持って生きてきた人だ。

サージェの唇が震えた。

「それは……それは……っ」

「本当に、聖王の喜生だからって王柱にならないといけないの？　サージェに他の生きる道はないの？」

「私は！」

サージェは拳を握り締めて掠れた声を絞り出すように叫んだ。

「流民の子だ。生まれた時から。祖父も祖母も、父も母も、兄や姉たちも、下者として主人に仕えてきた。いくらでも代わりのいる、ただの下者だ。病にかかっても、死んでも誰も気にしない、顧みない。私のことは誰も必要としない。それでも、生きているんだ。ならば、この命に意味があると思いたかった。そんなのは流民の誰もが思っていることで……私の家族は、私が聖王の喜生だと知って喜んだ。ただの流民の子が、私たちを一切顧みなかった者たちを救える立場になったからだ。王柱となれば、これまで見向きもしなかった私に、誰もが感謝する。私の命に意味を見出す。それは、私をこの世に生み出し、育ててくれた家族の命にも意味があったということだ」

たぶん、サージェは家族に愛されていた。

普通は、愛する子を、生贄にしたいなんて思わないだろう。ナギが生きてきた常識ではそう思う。でも、これがそんな単純な話ではないことも、わかる。

生きる意味。命の価値。

ナギも欲しい。自分の人生には意味と価値があったという、確信が欲しいのだ。

サージェの行動は、ただ自分のためだけのものではない。おそらくすでに亡くなってしまった家族の想いも背負っている。

それでも、と思うのは、ナギの自分勝手な意見だ。

「この世界に来て、ろくでもない目にばかり遭った。いきなりまじりものなんて化け物になってるし、そのせいで襲われるし、奴隷みたいに働かされるし、強盗には遭うし、大地の崩落に巻き込まれそうになるし、水晶溜まりに突っ込んでしまうし」

あれは本当に痛かった。痛かったなんて話ではすまなかった。

自分が責められているとでも思ったのか、サージェは腑に落ちない様子で「あれはナギが」と小さく声を上げた。

サージェのいう通り。ナギが自分から入ったのだ。サージェを背負って。そうしなければ逃げられなかったから。あれほど痛い思いをするとは知らなかったとはいえ、危険だと警告されていたにもかかわらず。

いつからか、ナギはサージェを死なせるわけにはいかないと思うようになっている。

それがなぜだか、自分でもよくわからない。ただ強く思うのだ。

「鉱山を逃げ出してからここまで、ふたりして散々ひどい目に遭った。でも、どうしてだかわたしが思い出すのは、初めて見た空の圧倒的な美しさや、ふたりで逃げた草原の広さ、吹き抜ける風の雄大さ、崖から見下ろした星の海の目も眩《くら》む煌めき……それらを見て感動したときのことばかりなんだ」

それは本当のことだった。

この世界にろくな思い出なんてないのに、今のナギは、やってきたばかりのころに抱いていた痛切な願いが半分他人事のように思えている。

今もまだナギは、あちらの世界に、人であったころの自分に、焦がれているのだろうか。

「サージェは?」

小さな肩が、ナギの言葉に反応して揺れた。

「初めて、自分の足で旅をしたんでしょう? この国を自分の目で見たんでしょう? 何ひとつ、美しいとは思わなかった? 興味を惹《ひ》かれるものはなかった? もっと見たいと思うものはなかった?」

肩を震わせながら俯いたサージェの口元が、微かに動いた。何かをいおうと必死に口を動かしている。

「わ、わ、たし、は……」

震える声で呟いたサージェは、ぎり、と口を一文字に引き結び、踵を返した。

「……それでも、私は……みんなの願いを、裏切るわけにはいかないんだ」

そういったかと思うと、篝火の下を出て闇に沈む館へと駆けていった。

第二章

1

バラキアを出立する朝、立派な馬具を付けたラキアという名の天黒馬の首を撫でながら、ティルハがリャサンの方向を見上げていた。

いつも通りサージェと、ついでに潤義は銀翼号に、ナギはジュードに乗せてもらうことになっている。ただし、サージェと潤義はネムドへ航路をとる直前に都近くで船を降りる。ティルハや少数精鋭の兵士は天黒馬に乗って都を目指す手はずだ。驚いたことに、武芸はからきしのシャラも天黒馬には乗れるらしい。もっとも、サージェと同じく都近くの後方で待機となるが。それから、武具に身を包んだシルダもいた。今日は帽子をとり、結い上げた髪を風に晒している。彼女も銀翼号に搭乗する。向かう先はネムドだ。ヨルカとジュードもナギを都近くに降ろした後はネムドに向かう。

他の兵は馬での行軍となるが、それでは時間がかかるため、途中天黒馬に乗った騎兵が都に近い町スルタへ伝令に向かうことになっている。そこにはイルシュやユールツなど大きな町から、兵が集結しつつあるはずだった。

本当は戦力が整うまで日を待ちたいところだが、潤義によればいつ天流義が換生の儀を決行してもおかしくないという。いくら民を人質に取っているとはいえ、都を抜け出したティルハがいつまでも自分たちを放っておくと考えるほど、兄は愚かではない、と。

「どうしましたか、ティルハ様？」

いつもと同じくたびれた服の潤義がそうきくと、ティルハははっとしたように彼を振り返り、恥じるように苦笑して見せた。

「いや、何。リャサンは聖王が白翼に会われた地……その姿を一目見ることができれば、と思っただけだ」

「前にもいいましたが、聖王が白翼に会ったという話はたぶん作り話ですよ。氷上の一族に会った話を白翼に会ったと作り替えたのだと思います」

ティルハは居心地悪そうに「そうだったな」と呟き、ぎくしゃくと愛馬の首を叩いた。どうやら彼女も緊張しているようだ。

「白翼って何？」

おそらく瑞兆のことだろうと思っていたが、念のためヨルカにきくと、予想通りの答えが返って来た。

「瑞兆のひとつだ。白い鳥の姿をしている」

「サライの王族は鳥を大事にするからな。特に白翼を好む」

キールがそう付け足すのがきこえたのか、ティルハがちらりとこちらに視線を向けた。

「白い鳥って、どんな鳥？」

「どんなって……とにかく白い鳥だ」

さすがにそれでは大雑把すぎないか、とナギは思わず呆れていう。

「とにかく白い、って……白い鳥なんてそこらにたくさん飛んでるのに。わたしだって三回は見たことがある」

誰でも瑞兆に会ったといいたい放題ではないか。

すると、場がしんと静まり返った。いつの間にか全員、じっとナギを見ている。

異様な空気にナギがたじろいでいると、代表するようにティルハがいった。

「ナギ。白い鳥は、そこらにはいない」

「……え？」

「異境では普通にいるものなのか？　だとしても、この世界では違うんだ。嘴も足もすべて白い鳥は、いない」

嘴も足もすべて白というのは、さすがにナギの世界でも珍しいかもしれない、と思いながら、ナギは記憶を手繰った。遠目で見たときは嘴や足先の色まで確認できなかったが、近くに降り立ったときに見た。全身が白だった。間違いない。間近で、二回見たのだから。

「でもわたし、見ましたよ？　一回は遠目だったけど、確かに全身が真っ白で……」

みんなは息を呑み、それからざわつきだした。

「どうせ、夢でも見たに決まっています」

呆れた顔で、小馬鹿にするようにいったのはシャラだ。彼はまじりものであるナギのことを信用していないのか、姉に近づくのをよしとしない。しかし、ティルハは真剣な眼差しでナギを見返していた。

「確かに、見たのか？」

ナギはそう思っている。形は珍しくない鳥だったし、普通にそこらじゅうを飛んでいるただの鳥だと、当たり前のものだと思っていた。まさかこんな反応をされるとは。

ナギの戸惑いを察し、そしてだからこそ嘘をいっているわけではないと判断したのか、ティルハは突然笑い出した。

「ナギ、それが本当なら、おまえが見たのは白翼だ。それも、三回も見ただと？　一生に一度だけでも目にできたらと、希《こいねが》っても見られない瑞兆を？　あはは！」

勢い余って力が入りすぎたのか、首を叩かれた愛馬が不満げにいななき、ティルハは急いで謝った。その顔には晴れやかな笑みが浮かんでいる。彼女は自らにいいきかせるかのように深くうなずきながらいった。

「大丈夫だ。すべてうまくいく。我らは……そして、ナギは天に言祝がれている」

そしてティルハは、鐙に足をかけて艶やかな漆黒の毛の天黒馬にまたがった。

「さあ、行こう！」

2

眼下に広がる草原の先に、聳え立つ城壁が見え始めた。最初は、地平の先に見えるただの細い線だったが、近づくにつれ頑強で長大な存在感を見せつけてきた。

都から近い左手前方には細い棒のようなものが立っていた。あれが天支塔らしい。天支塔は、王柱と直接地下で繋がっているという。

都から離れた丘の麓で、一行は地面に降り立った。すでに銀翼号は別の航路でネムドに向かっているため、空にその姿はない。サージェと潤義も都近くのどこかで降りて、シャラたちと待機しているはずだ。

ここからは商人の荷馬車に隠れて都へ入る手筈になっていた。その準備として、ナギはキールから事前に渡されていた、革の首輪を取り出した。見せかけの呪具で、これを首にはめなければならない。

これを自分の首に装着すると考えただけで、吐き気が込み上げてきた。

見せかけだ。本当に自由を奪われるわけではない。これをつけても、自分は自分でいられる。

何度いいきかせても、手が震える。

「ナギ？」

たった今、商人の偽装準備は整ったと告げたばかりのティルハが、ナギの方を見ている。ティルハは待っている。ナギが準備するのを。首輪をはめて、荷馬車に身を隠して、都に入らなければ。

意を決して皮の輪を首に回す。革の冷たい感触が首を絞めていく。

気がつくと、首輪を投げ捨てて胃の中の物を吐いていた。

ティルハの声がする。ナギの名を呼んでいる。大丈夫か、と。

大丈夫なわけがない。

無慈悲なこの輪に、ナギは最初、すべてを奪われた。体の自由も、意思も、人間性も。ただの生きる屍にされた。

こんなもの、見せかけであってもはめたくない。吐きながら、涙が出てきた。

ティルハの困惑する気配が伝わってくる。何があったのかと、周りの兵も動揺している。みんなを待たせるわけにはいかない。まだ都に入ってもいないのにこの様はなんだ。でも、嫌だ、とナギの全身全霊が拒絶する。

(自分でいい出したくせに)

誰に強制されたのでもない。自分でやるといった。これをやり通せなければ、自分には何かを人に望む権利が、資格が、ないと思ったからだ。

ふと傍らを見ると、ネムドへ向かうはずのヨルカとジュードがまだいた。ヨルカは慰めるでも止めるでもなく、ただじっとナギを見ている。まるでうまく飛ぼうと必死にもがく雛《ひな》を見守るように。

ナギは口を拭いひとつ深呼吸すると、震える手で一息に革の輪を首に回し留め具をはめた。

（大丈夫。息はできる。ちゃんとわたしでいられる）

荒く息を吐いていると、冷たい感触を頬に押し付けられた。ジュードだ。まるでよくやったとでもいうかのように、ジュードはナギの顔に鼻面を押し付けてくる。

きっとジュードはすべてわかってくれている。ナギにとってただの首輪をつけるという行為が、どれほど苦痛なのかを。それでも、サージェのために何としてもなし得なければならないと覚悟していることを。

ナギはジュードの顔を一度だけ抱き締めてから、ティルハを振り返った。

「大丈夫です。行きます」


がたん、と荷馬車が揺れ、速度がよりゆっくりになった。大門を抜けたのだ。ほどなくして、こんこん、と荷馬車の板壁を叩く音がした。行けという合図だ。

ナギは被っていた布から顔を出した。幌《ほろ》付きの荷馬車の中は薄暗く、足の踏み場もないほど荷物が載せてあった。ナギは音を立てないよう慎重に歩いて行き、後ろの布をめくると、自分の目でも周囲にまじりものがいないか確認してから、ゆっくりと動く荷馬車をそっと降りた。ナギの分の重みがなくなった瞬間、荷馬車はガクンと揺れた。

降ろしてもらう場所は決めていなかった。どこにまじりものがいるかわからないからだ。ナギは物陰に隠れながら後ろを振り返った。建物の合間から、まだ大門が見えた。乗っている間の荷馬車の揺れからすると、おそらく通りをふたつ東側に入ったところで降ろされているはずだ。そこから脳内の地図に当たりをつけて歩き出す。

中央の通りを真っ直ぐに行けば王宮だが、さすがにその道を堂々と通って行けるほど豪胆な性格ではない。狭い道を選び、できるだけ身を隠しながら進む。

さすが都なだけあって、大きな通りがいくつも走っている。絵図を見て知ってはいたが、実際に歩いてみるとイルシュで見た大通りと同じくらい立派な通りがいくつもあって驚いた。ただ、どの道もほとんど人はいなかった。通りに面した商店も軒並み鎧戸《よろいど》を下ろしている。都の住民の中には避難した者も多いというが、商店が軒を連ねるこの辺りは建物の中から人の気配がした。商人たちはあまり逃げてはいないのかもしれない。

通りを徘徊するまじりものの姿に、ナギは再び吐き気が戻ってくるのを感じた。彼らはてんでバラバラの格好をしていて、まともな衣服を着ている者もいれば襤褸《ぼろ》をまとっている者もおり、ひどいものはほとんど裸同然だった。男でも、女でも。しかし、誰もそんなことは気にしていない。そもそも彼らに性別という概念があるのかどうかもわからない。どうしても外へ行く必要があったのか、たまに通りで出会う人間たちは怯えた顔を伏せ、横目でまじりものの動向を探りながら足早に過ぎ去っていく。まじりものたちは、淀んだ目でゆっくりと通りを行ったり来たりしているだけだ。

その動きには、姿には、尊厳も何もない。

ナギは無意識のうちに首元に手を伸ばしていた。革を握り締め、引き千切ろうとしてしまう。その衝動を、何とか意志の力でねじ伏せた。ジュードの冷たい鱗の感触を思い出して、首輪の存在を忘れようとした。

まじりものたちは命じられた範囲があるのか、同じ通りをずっと往復していた。その目は何も見ていないようだが、動くものには一応反応しているようだ。妙な動きを見せる者がいたら、容赦なく襲いかかってくるのだろう。

まじりもの同士がすれ違うことはほとんどない。数に対し警戒する範囲が広いからだろう。まじりものがいない道を選んで進み、姿が見えるか足音がきこえたら別の道に入る。どうしても避けられないときは、彼ら同様に操られているふりをしてやり過ごす。そうやって都の中を北へ北へと進んで行った。

しばらく進んだナギは、絵図が頼りにならないことに気づいた。ティルハからは予《あらかじ》め大きな商店など目印になりそうなものを教わっていたが、そもそも開いている店がないため、役に立たない。しかも、何度も道を逸れているうちに、もはや自分がどの通りにいるのかわからなくなってしまった。

町の中はひっそりとしていて、日中なのに心なしか暗かった。ゾンビのようにまじりものだけがうろつく様子は、まるでホラー映画に出てくるゴーストタウンみたいだ。

誰かに道を尋ねるわけにはいかない。立ち止まるわけにもいかない。時間をかけるわけにもいかない。

焦りばかりが募るナギの耳に、不意に弦を弾く音が飛び込んできた。誰かが楽器を弾いている。

その妙に胸をざわつかせる音色に思わず歩みを止めると、一体のまじりものがふらりと路地から現れた。反射的に防火槽の陰に隠れる。しかし、隠れずともまじりものはナギの方など見ていなかった。路地から出て真っ直ぐに、明確な目的を持って歩いている。呼ばれているのだ、とわかった。

風の音か、風に飛ばされた物が締め切られた戸にぶつかる音以外何もきこえない、静まり返った町に、不気味な弦の音が響く。その音に誘われるように歩くまじりものの後を、ナギも静かについて行った。途中でもう二体、別の通りからまじりものが現れて同じ方向へ歩き出した。

先を行く三体のまじりもの、そして垣間見《かいまみ》た他のまじりものの姿を思い起こしたナギは、彼らの中に竜のまじっている者がいないことに気づいた。竜もまた、いて当たり前だがありふれた存在ではないらしい。ヨルカによれば、特定の場所でしか営巣しない竜は、数多の国が沈むにつれ、その数を減らしているという。ティルハもジュードを見て驚き、その力強く美しい姿に感嘆していた。

ナギは運がよかった。

天が言祝いでいるのかはわからないが、竜のおかげで尋常ならざる脚力と、強靭《きょうじん》な肉体が得られた。この足が、この爪があれば何があっても大丈夫だと自分にいいきかせる。気がつくと、前方にどこまでも続く壁が聳え立っていた。王宮を囲む塀なのだとしばらくして気づく。

塀に沿って歩いていると、やがて漆でも塗っているのかと思うほど黒光りする大きな門が見えてきた。おそらく馬車が三、四台は通れるような広い幅に、鮮やかな緑の瓦屋根がついた門だ。しかし、門は固く閉ざされ、近くに人の気配はない。まじりものたちは門の前を通り過ぎ、さらに塀沿いに歩いて行き、別の門へと向かった。こちらは小ぶりな門だから、おそらく先ほど通り過ぎたのが正門なのだろう。小さいといえどやはり門は閉ざされていたが、傍に人ひとりが通れるくらいの小さな戸があり、わずかに開いていた。まじりものたちはその中へ入って行く。誰も後ろを振り返らないので、ナギは少し距離を詰めて、彼らにやや遅れる形で戸をくぐった。弦の音はさらに近く、大きくなる。それに伴って、胸の中に広がる不快感もより強くなった。

バラキアでも氷上の里でも見師の奏でる楽の音はきいたが、それらは心地よいものだった。たぶん、あれは祈りの音色、天の囁きを模した音だったからだろう。だが、これは違う。誰かの意思を奪い、ねじ伏せ、操ろうとする邪《よこしま》な意志の表れだ。

門番らしき兵がひとりいたが、通るのがまじりものだとわかると、嫌悪を露にした表情で目を逸らした。ナギに気づいた様子はない。そのまま門をくぐり、整えられた庭を通り過ぎると、建物が見えてきた。広縁があり、その奥に床敷の広い部屋が見えた。外と内とを隔てる引き戸はほとんど開け放たれており、薄い布で仕切られた部屋の内部の様子は外からでも見ることができた。門を過ぎてからはどこにも人気《ひとけ》がない。ひっそりと不気味に静まり返っている。

無人の部屋をいくつも通り過ぎていき、ある庭を曲がった瞬間、不快な音色が大きくなった。ひそひそと話す人の声もきこえてくる。

「三体も回したら、市中の警備が手薄になりはしないか」

「だが、天支塔の警備を増やしてくれといわれている。あちらの方が重要だ」

「どちらにせよ、換生の儀が終わってしまえば、後はどうなろうと我らには関わりないことだ。そういえば、船の準備は出来ているか」

「今ネムドに向かっています。換生の儀が始まる前に、渡来者たちを乗せてネムドを発つ手はずです」

白い衣服に身を包んだ男たちが、広縁のすぐ近くの床に円座を敷き座っていた。彼らの着ている衣服はサライのものではなく、どちらかというとキールの着ている服に似ている。四人は額を突き合わせて何やら話しており、もうひとりは少し離れたところで楕《だ》円《えん》型の弦楽器を弾いている。

「面白そうな試行ではあるが、いささか大掛かりすぎるな」

疲れたような声で年配の男がそういうと、他の者は一様にうなずいて同意を示した。まるで他人事のような話しぶりに、にわかに怒りが湧いてくる。

彼らが、ロシエンの見師たちなのだろう。天流義の話に乗って、渡来者を換生して壊れない王柱を作ることができるのかを試すために、わざわざ異国であるサライに来たのだ。彼らにとっては、サライがどうなろうと関係ないようだった。ついでに、渡来者を犠牲にすることに対して、些《いささ》かの迷いも抱いている様子はない。自分たちと違う世界に生きる者など、同じ人間とは思っていないのかもしれない。

「おい、三体といっただろう。何をやっているんだ」

庭先に視線を向けたひとりが、責めるように奏者に向かっていった。一心に弦をかき鳴らしていた見師は、何をいわれたかわからないというようにきょとんとした顔を上げた。他の三人も庭に集まったまじりものを見る。その顔を見て、ナギは怒りを忘れた。彼らには邪気がなかった。彼らは悪を為そうとしてここにいるわけではない。純粋に、ただ面白そうな実験に手を貸しただけ、何が起きるか見てみたかっただけ……そんな無邪気な知的好奇心しか、その目からは読み取れなかった。

彼らは氷上の者たちと違って、一族の運命を背負っているわけではないのだ。

庭に並ぶまじりものたちをしげしげと眺める彼らの方へ、ナギは無言で歩いて行った。何が起こっているのかわかっていない様子で、見師たちは止めるでもなくナギの動きを見ている。まじりものに対する怯えもない。自分たちは操れると思っているが故の過信か。

ナギは広縁を通り過ぎて楽器を抱えて座る見師の前まで来ると、何の前触れもなしに一息に左腕を振るい、ぴんと張られた弦を断ち切るように、楽器を真っ二つに割った。

室内に悲鳴が響き渡る。

「なんだ、どういうことだ!?」

彼らにまじりものを操らせるわけにはいかない。殺すことも覚悟していた。が、ナギの蛮行に怯えた見師たちは、壁際に置かれた他の楽器を取りに行こうともせず、その場に座り込んでいる。どうやら腰を抜かしたようだ。その顔は恐怖で真っ青になり、ただ悲鳴を上げるばかりだ。

ナギはまず、楽器を弾いていた若い見師の口に布を噛ませて本人の帯で腕を縛った。その様子を見て、ふたりはさらに恐慌状態に陥り泡を吹いて気絶したが、残りのふたりは我に返ってひとりは壁際の楽器へ、もうひとりは口を開けた。呪唱で庭先のまじりものを操る気だと悟って、ナギはその見師に向かって体当たりした。そのままのしかかり、同じように口を塞ぎ手を縛る。それから、こけつまろびつしながら壁際へと辿り着く見師の背中を追った。楽器を取らせまいと足を蹴り上げたが一呼吸遅く、見師が楽器を手にし、ナギの足は何もない壁に穴をあけた。それを見てさらに顔を青くした見師は、せっかく手にした横笛に口をつけることもせず、ただ抱き締めるばかりだ。

「お、おまえは何者だ……！」

自分たちの操るまじりものではないと気づいたのだろう、ロシエンの見師はナギに向かって思わずといった様子でそういった。普通のまじりものなら、言葉を理解するはずないのに。

その問いに、ナギは不意に笑いが込み上げてくる。

自分はいったい何者なのか。

ナギを襲い、捕らえ、呪具で意思を奪い、ナギがこの世界でどういう存在なのか教えてくれたのは、おまえたちじゃないか。

「わたしはまじりものだ」

そう答えて、ナギは動けない見師から横笛を奪い、口と手の自由を奪った。

残りの気を失ったふたりも同じようにしてから、庭へ戻り懐から筒を取り出した。潤義から渡されたもので、先端を壁にでもこすりつければ煙が出るといわれている。

ナギが空へ立ち上る煙を見上げている間も、庭先の三体のまじりものは微動だにせずただ誰もいない空間に向かって並んでいた。

その姿を憐れに思うと同時に、恐ろしくも思う。一歩間違えば、自分もあそこに並んでいたのだと。

不意に奥が騒がしくなった。誰何《すいか》する胴間声がきこえて来て、武装した兵士がわらわらと集まってきた。王宮付きの兵士のほとんどは残っているのだ。民を人質に取られ、王も失い、今はただ王宮の守りに専念しているのだろう。彼らは庭先に立ち並ぶまじりものと部屋の隅に縛られて転がされている見師たちを見てしばらく唖然としていたが、庭で激しく煙を噴き上げる筒と、その傍に立つまじりものに気づくと一斉に剣を抜き放った。

まずいことになった。彼らは敵ではないから、ナギには攻撃できない。しかし、彼らからすればナギはただの危険なまじりものだ。見せかけの呪具はしているが、別の見師が操って襲撃に来たと勘違いされているのかもしれない。

兵士たちがナギを囲むように広がり、慎重に庭へと下りて来る。

逃げるか。しかし、遠くからも異常を知らせる兵士の声は次々と上がっている。誰も傷つけずに逃げきることは不可能だ。

殺意に満ちた兵士たちの目を見返したそのとき、空の彼方から力強いいななきが響いてきた。羽ばたく音と風を切る音が迫ってくる。

天から舞い降りる漆黒の天黒馬の姿を見た兵士たちは、驚きに目を見開いていたが、それは一瞬のことで、すぐに武器を放り出してその場に跪いた。

「みなの者、待たせてすまなかった」

数騎の天黒馬がティルハに続いて舞い降りる。シャラが育てたというバラキアの若武者たちだ。

「これより、反逆の徒、イルムゥ並びに氷上の天流義を討つ。王宮に残る全兵士に伝えよ」

愛馬から降りたティルハは高らかに宣言し、にわかに活気づいた臣下たちが動き出すのを見送った後、ナギを振り返りうなずいた。よくやった、というように。

3

閉じた扉を壊す勢いで次々に開け、色とりどりの幕をも切り裂き進んで行く。先頭を行くティルハの背中に、ナギはぴったりとついて進んだ。兵士の中には革の首輪をちぎり捨てたまじりものに怯えと敵意を向ける者もいたが、ティルハがナギの名を呼びついて来るように指示したため、さすがに攻撃はしなかった。

ティルハに従う兵とは色調の異なる武具を身に着けた兵士がやぶれかぶれに襲ってくることもあったが、ほとんどの兵士は憔悴《しょうすい》した顔でただ立ち尽くし、奥へと進軍する王の姿を見送っていた。おそらく王宮仕えの兵ではなく、イルムゥに、あるいはその父であるシュナに仕えていた兵たちなのだろう。また、残っていたロシエンの見師がふたりほど、まじりものを従えている姿を見たが、彼らも抵抗らしい抵抗はしなかった。もはや無駄だと悟っているのだ。元々天流義と抱えている事情の違う彼らは、もうここまで来たら計画など放棄して逃げの一手に転じるべきだと考えているはずだ。

ティルハは愛剣を血に濡らすこともなく、広い一室へ辿り着いた。

がらんとしたその部屋を見て、ナギは何となく体育館を思い出した。広さは同じくらいかもしれない。ただ、装飾はまるで違う。一面に美しい絵画が飾ってあるのかと思ったら、よく見るとそれは紙に描かれた絵ではなく、大きな布に施された刺繍だった。サライの歴史か、王族の功績でも描いているのか、戦や祭りを思わせる場面の刺繍が多い。大体の布に、鮮やかな衣装や武具を身に着けた天黒馬に乗る騎兵がひとり刺繍されているから、あれがサライの王なのだろう。そして、すべてにたくさんの鳥が描かれていた。

猛禽《もうきん》のような大型の鳥も、小鳥も、群れを成して飛ぶ渡り鳥のような一団も、様々な姿を刺繡した布が広間中にかかっており、まるで空を眺めているような気分になる。

広間は静寂に包まれていて、兵たちが動く度に鎧の音が驚くほど大きく響いた。

「イルムゥ」

すでに覚悟を決めた声でティルハが名を呼ぶ。そして、一歩、また一歩と室内へ歩を進める。兵士たちもそれに続いたが、ある場所まで来ると誰からともなく足を止めた。

彼らの視線の先には大きな椅子がある。椅子は金銀糸で刺繡が施されているのが見えた。あれは玉座なのだとナギは気づく。

おそらく、ここから先は本来王族やそれに連なるような身分の高い者しか入れない場所なのだ。

ナギも自然に足を止めた。ティルハだけが、玉座に……玉座に腰かける人物に近づいていく。

「イルムゥ、もう終わりだ」

声をかけても、玉座の人物は顔を伏せたままぴくりとも動かなかった。……様子がおかしい。

「イルムゥ？」

ティルハも気づいたらしく、声には不審の色が表れている。

遠くからじっと観察していたナギは、違和感の正体に気づいた。

玉座の人物はティルハの従兄で、成人男性だ。普通の体格の男性があの椅子に座っているのなら、足が床についていなければおかしい。しかし、彼の足は床の上にはない。ただ身に着けていた衣服の裾が頼りなく揺れているだけだ。

「……イルムゥ！」

その声には驚きと焦りが滲んでいた。ティルハが弾かれたように駆け出しかけたそのとき、彼女の伸ばした指先の向こうで、玉座に座る人物の輪郭が急に曖昧になった。そして、光の粒が辺りに舞い始めたかと思うと……次の瞬間にはすべて消えていた。後に残されたのは、見事な鳥の刺繍が施された衣服だけ。

ナギが、人が塵に還る瞬間を見るのは、二回目だ。

一回目は心身ともにまともな状態ではなかったから、半分夢でも見たのかと思っていたが、今はそうではない。確かに、人が光の粒となって消えた。

「イルムゥ様は七日前にすでに亡くなられています」

突然きいたことのない、場違いなほど冷静な声が広間に響いた。ナギは気がつかなかったが、玉座の西側に正面の扉ほどではないものの、それなりに大きな扉があった。扉は鳥の意匠で埋め尽くされている。おそらく、玉座に座る王はあそこから入るのだ。その扉から、サライの平服を着た男性が現れ、近づいてきていた。

「おまえが殺したのか」

いつもとは打って変わり、ティルハの詰問するような冷徹な声にも、男性は臆することなく静かに歩いてくる。

「まさか。元々、病に伏しておられたのです。今回のことで無理をなされ、悪化しただけのことです」

「無理をさせたのは誰だ？　結果的に、おまえが殺したも同然だろう、氷上の天流義」

名を呼ばれた男性は、切れ長の目をいっそう細めた。

この人が潤義の兄なのか、とナギは意外に思った。似ても似つかない。潤義の顔はどこか愛嬌があり、なんとなく全体的に頼りない雰囲気を纏っていて、そこがまた相手の警戒心を緩めるのだが、目の前の人物はまるで逆だ。険しい顔つきに一切隙のない佇まいは、学者肌の弟と正反対に武人のような雰囲気だった。潤義よりもシルダに似ているかもしれない。

しかし、シルダともやはり違う。彼女の目にはいつだって静かな理性の光があった。夫を討つと告げられたときも、それは揺らがなかった。天流義の目にはその理性の光とは異なる、奇妙な光がある。背筋の寒くなるような、恐ろしい光。

狂気だ、とナギは気づいた。

「氷上の里をお尋ねくださったのですか。王自ら」

「わたしを都から追いやった張本人が、わたしを王と呼ぶのか？」

「追いやったわけではありません。私もイルムゥ様も、シュナ様も、常に真の王はあなただと心得ておりました、ティルハ様」

剣の柄を握り締めていたティルハの手が一瞬緩んだ。

「あなたがつつがなく王位を継ぎ、この国を永く導いて行けるよう、その下準備をしようとしたまでです。そして、それはもうすぐ終わります」

「渡来者を集め、彼らを王柱に換生してか？」

「そうです」

「わたしはそれを認めない」

ティルハの声には怒りが滲んでいたが、声を荒らげることはなく、冷静にきっぱりといい放った。その一言に、これまで淡々と話をしていた天流義の視線が揺れた。目の光が強くなったようにナギには見えた。

「わたしは渡来者を換生しない。彼らは彼らの故郷へと帰す。おまえの弟御の力を借りて」

天流義に最後の方の言葉はきこえていないようだった。

「なぜ？　だって、壊れない王柱を生み出せるのですよ？　人を換生せずに保持できる術があるのですよ？　それをいらないと仰る？　あなたたちが差し出せといったものを？」

天流義の目は異様なまでに爛々と輝いている。よく見るとその頬はこけ、顔色も悪い。

「聖王とおまえたちの祖先が交わした盟約については、わたしもこれから考えよう。天の下に交わしたチの盟約である以上、なかったことにはできないが、おまえたちの負担を減らす手立てを考える。これまでの尽力にも、心より感謝している。だが、今、おまえたちが用意した方法を、認めることはできない。大人しく投降せよ。そうすれば、叛《はん》逆《ぎゃく》に加わった以上無罪放免とはいかないが、事情を鑑みた上で正当な裁きを下そう」

ティルハには今すぐ兵に命じて殺すこともできたはずだが、彼女はそうしなかった。したくないのだろう。潤義とシルダには討つと宣言したが、それでも彼らの兄であり夫なのだ。殺さずに済むならそれに越したことはない。

おそらく、天流義とは違い、イルムゥのことは本気で討つつもりだったのだろう。この広間に入ったときのティルハの気迫がそれを物語っていた。そしてそんなイルムゥに従うなら、天流義もまた共に討ち果たすつもりだったのだろうが、今や事情が変わってしまった。

温情だ。慈悲をかけてもらっているのだ。そんなこと誰でもわかるのに、天流義の顔には怒りの表情が浮かんだ。彼はなぜ、と繰り返す。なぜ自分の考えを受け入れないのか、血の滲むような思いで見出した唯一の方法を足蹴にするのか、と憤激した。狂気に突き動かされるかのようにその足が力強く、ティルハの方へと踏み出された。

その瞬間、風を切り裂く音がして、一本の矢が天流義の腕をかすって玉座の足元に落ちた。かつんという乾いた音が広間に響く。ティルハは矢が飛んできた方向を勢いよく振り返った。ナギもそれにつられる。視線の先には、ほとんど鎧を身に着けていない若い兵が弓を手に立っていた。……いや、兵士ではない。シャラだ。

シャラは矢が外れたことを気にした様子もなく、弓を下ろした。天流義はかすり傷など気にも留めずになおも近づいてこようとしたが、だんだんと彼の歩調がおかしくなるのにナギは気づいた。玉座を通り過ぎたあたりで、本人も何かがおかしいと思ったのだろう、目には驚きと困惑が滲み、顔色が一気に青ざめていった。そして、ふらりふらりと左右に体が傾いだかと思うと、やがて痙攣《けいれん》し始めついには倒れ込んでしまった。

「私は弓も苦手なんだ。最初から急所を射抜こうなどと思っていない」

啞然とするティルハとは逆に、シャラは至極冷静な様子でそういい放ち、慎重な足取りで倒れた天流義の傍に近づいた。白目を剝いて倒れた体がさらに激しく痙攣しながら、血の混じった泡を吐いている。やがて痙攣が治まり始めた。今まさに命が消えようとしているのだと、離れたところから見ていたナギは理解した。しかし、人がもだえ苦しみ死んでいく様を、シャラは何の感情もない目で見下ろしている。

シャラは医学にも精通しているという話だった。おそらく、薬にも。

毒矢、という単語がナギの脳裏に浮かび背筋が寒くなった。

「シャラ、おまえはここで何をしている」

ティルハの声には微かな驚きと、それ以上に警戒心があった。姉に向かってシャラがひっそりと笑った瞬間、ナギは妙な匂いに気づいた。思わず振り向くと、顔を布で覆った兵士たちが蓋を開けた瓶をナギの方へ向けていた。それが何かはわからないが、本能がまずいと警告する。反射的に瓶を叩き落としたが、すでに遅かった。振った腕の感覚が妙に遠い。足が床を捉えているという感覚がない。

「渡来者を王柱にするときけば、姉上なら快く思わないとわかっていました。それでも、それしか方法がないのなら、天流義の言う通りにするしかないと考えていました。だが、今や他にも手はある。この者はもう必要ありません」

「シャラ！」

「姉上、お願いがあります。明日まで、ご自分の寝所から出ずにお過ごしください。どうかお願いいたします」

そういってシャラが丁寧に頭を下げるのが、反転していくナギの視界の先に見えた。そしてすぐにがつんと自分の体が床にぶつかる音がきこえた。痛みは不思議とない。感覚が麻痺しているのだ。自分も天流義のように血を吐き悶《もだ》えながら死ぬのだろうかと思うと、恐怖で全身からどっと汗が噴き出した。

「ナギ！」

振り向き駆け寄ろうとしたティルハを周囲の兵士が遠慮がちに、だが決然と止める。そして、ナギは覆面の兵に押さえられた。

「……シャラ、おまえ、サージェ殿を換生する気だな？」

押し殺したティルハの声をきいて、ナギは動けない体を横たえたまま目を見開いた。

「そうです。姉上のことだから、せっかく聖王の喜生が現れたのに、それすら利用しないと仰るのでしょう」

「いくら喜生とはいえ、王柱になる義務はない」

「渡来者を換生するといっても、民は困惑するでしょう。反対する者もいるかもしれない。それは王である姉上への不信へと繋がりかねない。ですが、聖王の喜牛なら民も歓迎します。彼は王柱になるべきなんだ。本人もそう望んでいる」

シャラの淡々とした言葉にナギは死の恐怖を忘れ、怒りが湧いてくるのを感じた。

確かに、サージェは王柱になることを望んでいるかもしれない。だが、それを軽々しく他人に口にされたくなかった。サージェがどんな想いでその道を選んだか、わかりもしないくせに。

「できればきき入れていただきたかったのですが、あくまでも反対なさるのですね？」

「無論だ」

「では、申し訳ありませんが、明日の換生の儀が終わるまで地下牢で過ごしていただきます。武器はお預かりしますので、ご自分の足で行っていただけますか？　でなければ、そのまじりものの首を今ここで刎《は》ねます」

シャラの言葉に応じて兵士が剣を抜いた。目の前に突き出された白刃の煌めきに、ナギは息を呑んだ。出てくるはずの悲鳴は、喉の奥に貼りついたように出てこなかった。汗が額を伝い流れていくが、体は痺れて動かず、口も同じように動かせない。頭の芯がぼうっとして意識まで失いそうだ。

暗くなっていく視界の先で、ティルハが叩きつけるように自分の剣を床に放るのが見えた。

4

キールはヨルカやシルダ、それからわずかなティルハの手勢と共に、ひっそりとその姿を留めるネムドの町に降り立った。

木で作られた家屋は大部分が朽ち樹木が侵食していたが、それでもまだ町の姿をそのまま残しており、遠目にはすでに滅びた国だと思えない。

さすがに町には人っ子ひとりいなかったが、城砦に近づくと煮炊きの煙が上がっているのが見えた。

渡来者たちを保護するために兵が——あるいはまじりものが——配置されていることも考えていたが、どうやらその恐れはないとわかった。城砦の門は閉ざされているものの簡単なつっかえ棒がしてあるだけで、中からは女性の笑い声がきこえたからだ。ただし、その声が何といっているのかはききとれなかった。いや、そもそも彼女たちの話す言葉はこの世界とは違う言語なのだ。

門を叩くと声は止《や》み、しばらくしてひとりの男性が出てきた。キールやヨルカより少し歳上くらいの痩せた人物で、サライの町を歩いていても違和感のなさそうな見た目だ。世話役か何かだろうか。

彼は現れた一行を見て、見るからに狼狽《うろた》えた。予想していた来訪者とは違ったのだろう。口走った言葉がキールにはまったく理解できないので、彼も渡来者のようだ。すかさずキールは長年の商人生活で培った愛想を振りまき、自分たちは敵ではないこと、隣国の王から救出を依頼されたことなどを語った。

言葉が通じなくても、柔らかな話し声で警戒心が解ければと思っていたのだが、予想に反して男性は驚いたような顔で応えた。

「一体、どういう、こと？　あなた方、青い船の人と、違う？」

先程と違い男性は、たどたどしいものの確かにキールに理解できる言葉でそういった。どうやら彼はこちらの言語を習得しているらしい。ロシエンの船は青色が多いから、彼がいっているのはロシエンの見師たちだろう。

キールがもう一度自分たちの来訪の目的を語り、彼らの素性を尋ねると、男性はミズノと名乗った。

ミズノは身振り手振りを交えながら、この世界に流れ着いてから今までの事情を語ったが、彼の話はヨルカがナギからきいたという話とよく似ていた。彼は異境で川に落ちて意識を失い、目覚めるとこちらの世界にいたという。誰もいない場所で途方に暮れていたら、青い船に乗った男たちがやって来て、助けてくれたのだと。彼らはミズノを手厚く保護し、この城砦まで連れて来てくれ、衣服や食料を与えた。それがもう五年も前のことだという。ミズノは少しずつ言語を習得し、彼を保護した者たちと意思疎通できるようになった。彼らはケンシと名乗り、自分たちを元の世界へ帰すと約束してくれたのだ、とミズノは語った。ミズノと同じようにこの世界に迷い込んだ同郷の者たちをケンシたちは保護し、ここに連れて来ていて、今では総勢六十四名になっていると。

　ミズノはどうやら見師が職業名だと知らないようだ。一族名か何かのように思っているらしい。

　キールはどうか自分たちと一緒に来てもらえないだろうか、と懇願してみせた。キールの申し出に、ミズノは困惑を隠せない様子だった。彼は自分たちを保護した見師をよほど信用しているらしい。そんなミズノに対し、キールは真剣な面持ちで、実は見師たちが渡来者たちを保護しているときいて王自ら助けるよう命じられたのだ、と説いた。嘘も方便というやつだ。

　最初は警戒していた様子だったが、柔らかな態度で何度も諭したのが効いたのか、やがてミズノはみんなと相談したいといって一度中へ戻った。中からは知らない言語で語るミズノの声がきこえてくる。応えるのは動揺した声たちだ。

　もしも拒否されたら、多少手荒な真似をしてでも彼らをここから連れ出さねばならないと覚悟していたが、しばらくして戻ってきたミズノはあっさり承諾の意を示した。思わずほっとしたところで、「今日、ここ、出る、いわれていました。あなた方、そのための迎え、違う、のですね?」と恐る恐る尋ねてきたので、キールはヨルカ、シルダと思わず顔を見合わせた。今日ここを発って別のところに移る……自分たちの動きが知られていたとは思えないから、いよいよ換生の儀を行うつもりだったのだろう。瞬時に場に緊張が走った。

不安そうなミズノに、キールはもう一度笑顔を作り、どうやら伝達の行き違いがあったようだと謝った。

「でも、行き先は同じです。我々の方が先に着いてしまったようですね」

愛想の良い笑みに、ミズノはほっとしたようにうなずいていった。あなた方と行くことに、みんな異論はないと。

それから渡来者たちを二手に分け、町の外へ連れ出すことにした。銀翼号はあまり積載量が多くない。一度に六十四人もの人数を運ぶことはできないのだ。

言葉がわかるのはミズノだけなので彼は後に乗ることになったが、先に乗る渡来者たちは一様に不安そうな顔をしていた。一部の者は随行するジュードを見て悲鳴を上げ、ごく一部は興奮したような顔で目を煌めかせている。

意外にも、怯える渡来者たちを落ち着かせたのは、銀翼号の乗組員たちだった。不自由な体で誘導する姿を見て、渡来者たちは同情を覚えたらしい。体が不自由な者たちが危害を加えるはずがないと信用できたのかもしれない。

ふとキールの視線が、よろけた足の悪い乗組員に手を貸す渡来者の少女に止まった。少女は反射的に手を貸したものの言葉はわからないようだ。乗組員がぎこちなく笑みを作ってうなずくと、少女も強張った笑みを返す。船に乗る列から外れた少女を心配したのか、他にも何人かの少女が彼女の傍に集まって来た。

あの少女とは似ても似つかないのに、なぜかキールはナギを思い出した。……容貌からして、年頃が近いからかもしれない。

人と獣魔がまじったあのまじりものは、渡来者だという。そして、異境にいたときは、普通の人だったのだと。

ナギが人間だったころのことなど、想像したこともない。正直にいえば、まじりものに人間だったことがあるなど、想像したことがないのだ。正気を失い血に酔う化け物が、あるいは見師に操られて自我を失った憐れな化け物が、かつて自分と同じ人であったなどと考えたくもない。

ただ、ナギはまじりものになって随分経つのに、いまだ正気を保っている。それがなぜなのかわからないし、これから先もこのままなのかはわからないが、少なくとも今ナギが人の心を持っていることを、最近ではキールも認めざるを得ないと思っている。本気でサージェを助けたがっていることも。

もし何かが違っていたら、ナギもあの少女たちの輪にいたのかもしれない……そんなことを考えてみたが、その絵面をうまく想像できなかった。

やはりキールにとって、まじりものはまじりものだ。人間とは違う。

第一陣を乗せた銀翼号は、早速イルシュへと飛び立った。イルシュに着くと、予めテイルハからの書状を持った伝令によって事情を知らされていたズゲンは、手際よく指示を出し、渡来者たちは綺麗に整備された館に迎え入れられた。どうやらこちらの世界に来てから、ほとんどの渡来者はネムドを出たことがなかったらしく、イルシュの町の様子や美しい館に驚いていた。

銀翼号はすぐにネムドに取って返し、残りの渡来者とシルダたちを乗せて再びイルシュに向けて発った。最後の渡来者をイルシュに降ろす頃には、既に西の空が赤く染まり始めていた。

本音をいえば、キールは今日中に都へ行き、ティルハたちに合流したかった。最初は銀翼号に乗って共にネムドへ行くはずだったサージェが、土壇場になって自分も都へ行くといい出したからだ。やはりナギを放っては置けない、と。

キールはわざと「おまえがいっても足手まといだ」といい放ったが、それでもサージェはめげなかった。役に立たなくても、近くで見守りたいのだと。どうやらシャラが連れて行ってもよいといい出したようだった。危険だと反対しても頑としてきき入れないので、最終的には根負けした。だから今、サージェは都の近くにいる。

後方でじっとしていると本人は約束したし、指揮をとっているのはティルハなのだからサージェを危険な目に遭わせることはしないと思うが、なぜか妙な胸騒ぎがするのだ。すぐにでも都へ発ちたい。しかし、夜に空を飛ぶ愚か者はいない。

星の海という呼び名の由来はいろいろ説があるが、キールやヨルカのような空を飛ぶ者たちはひとつの説を信じている。

夜間に飛行すると、空に星が輝くのと同様に、暗い海にも星が見えるのだ。昼間に見る海面は、太陽の光を反射して煌めいているように思える。だが、実はそうではない。海の中には自ら発光する何かがある。それらがまるで星のように輝くから、上にも下にも夜空が広がっているような錯覚に陥るのだ。だから、そんな中をずっと飛んでいると、自分が今どちらを向いているのかわからなくなってしまう。頭が混乱し、墜落の恐怖でまともな判断ができなくなる。するとなぜか、海から逃げようと……つまり上昇しようとして、急降下するのだという。海を空だと思い込むのだ。結果、海へ落ちる。星の海は飛行者を招き、呑み込んでしまうのだ。

星の輝く夜空のように見えるから、星の海と呼ぶ。そしてそれは、夜間に空を飛んではならないという戒めを含んだ呼び方なのだ。

最後の渡来者をズゲンの配下に引き渡したキールは、銀翼号の傍に立って空を睨んでいた。頭の中で都までの航行時間を計算してみるが、どんなに速度を上げても途中で夜の帳《とばり》が下りる。

「夜に空は飛べないぞ」

そんなキールの内心を見抜いているようで、ヨルカに釘を刺された。

「そんなことはわかってるさ」

「リザダも疲れているだろう。いっそう危険だ」

大人数を乗せ長距離飛行をして、銀翼号唯一の見師は疲労困憊《ひろうこんぱい》のはずだ。それでも、彼女はキールに飛んでくれと乞われれば飛ぶだろう。

キールが苛立たし気にもう一度「わかっている」と答えると、ヨルカは「日が昇ったらすぐに都へ発つ」と返した。

またも心の中を見透かされたようで、思わず苦笑する。人にはてんで興味がないようでいながら、ヨルカは時々誰よりも鋭い。

ジュードとヨルカなら銀翼号より早く着く。先行してサージェとナギを探しておくつもりなのだろう。

別にキールはサージェに対して特別な感情を抱いているわけではない。最終的に金をもたらしてくれればそれでいい。……ただ、ほんの少し、昔の自分に似ているような気がするから、あの少年が結局どうなるのか、見守りたいという気持ちがあるだけだ。ほんの少しだけ。

キールが頼む、というと、ヨルカは小さくうなずいた。そして翌朝、ヨルカは夜明けと共にイルシュを発った。都がどんな状態になっているか、何も知らずに。


聖王の喜生が現れた。サライの民のために換生の儀を受け王柱となる。

都はその話でもちきりだった。

都に先行して入っていたヨルカは、喧騒に気圧されながら宿へ向かった。

昨日までは徘徊するまじりものに怯え、閉ざされていた商家の戸が開け放たれ、通りは人で溢れている。急に決まった換生の儀を祝おうと、どの店も倉庫が空になるまで品を出し、料理を作り、声が枯れんばかりに客を呼んでいる。誰も彼もが、ティルハ王の治世を祝いながら。

宿に着くと、たった今到着したばかりのキールとシルダがいた。ふたりは困惑を隠せない様子だ。そこへ、翠竜が泊まる宿の噂をききつけて潤義もやって来た。もっとも、シャラたちと同行していたはずの潤義は疲れ果てている様子で、三人の姿を見るや否や大きなため息をつき、無言のまま腰を下ろしてしまったが。

「一体これはどういうことだ？」

サージェは王柱になるためにティルハに会った。だが、いくら何でも昨日都を奪還して今日換生の儀を行うというのは早すぎる。

「王宮に突入したティルハ王は、反逆者イルムゥを討ち、都を取り戻した。おそらく天流義も討たれたのだろう」

ヨルカはキールの問いに答えながらちらりと潤義とシルダの様子を確かめたが、既に覚悟していたのか、彼らはまったく動揺を見せなかった。

「だが解せないのはここからだ。王はその際に怪我を負い、王宮内で療養しているという。命に別状はないが、換生の儀は代わりに王弟が執り行うと。聖王の喜生云々《うんぬん》の触れを出したのもあいつだ」

「なぜ？　いや、王弟だし、宰相だから、シャラが触れを出し儀式の準備をするのはおかしなことじゃないが、実際に換生の儀を行うのは王の方がいいはずだ。軽傷なら数日で回復するだろうに」

「すべてはシャラ様の独断だからだと思いますよ」

泥と土埃に汚れた潤義が、宿の者に出してもらった水を飲み干してようやく口を開く。

それから、ぽつりぽつりとこれまでの事情を説明し始めた。

シャラと共に後方で待機していた潤義は、サージェとも一緒にいたらしい。しかし、ナギが都に潜入し、ティルハが天黒馬に乗って上空へ羽ばたいてしばらくするとシャラの姿が見当たらなくなっていたという。さらにシャラの連れていた手勢がサージェを取り囲んでいた。どうにも不穏な空気を察した潤義は、隙を見て逃げたのだ。

「子どもを置いて、ひとりで逃げたのですか」

義姉に責めるようにいわれ、潤義は情けない声を上げた。

「だって、私がひとり立ち向かったところで、一緒に捕まるだけじゃないですか。それよりは逃げ出して、イルシュから戻るみなさんにお伝えした方がいいと思って……この私が無事逃げおおせたんですよ。すごくないですか？」

「自慢にならない」

体力もなく脚力も弱い潤義が捕まらなかったのは、運がよかったとしかいえないが、それで胸を張る義弟にシルダは呆れたようにため息をついた。

「つまり、サージェを王柱にするのはティルハ王の意志ではない？」

キールの問いに、潤義は苦笑いを浮かべた。

「そうでしょう。だってあの方は、ご自分の役目をよくおわかりです。だからこそ、シャラ様は強硬策に出たんだと思いますよ。サライはここ数年政情が不安定です。ティルハ様は民に慕われていますから、彼女の下でなら再び安定すると思いますが、それには時間がかかるでしょう。彼女が王柱になるより、他の誰かがなった方がいい。そこへ来て、聖王の喜生なんて格好の人物が現れた。サライにおける聖王人気はいまだにすごいですからね。聖王が王柱となるべく喜生となって現れてくださった、なんて喧伝されれば民は歓喜するし、喜生が現れたティルハ様の治世は盤石だと安心するでしょう」

政治家としてのシャラの判断は正しい、と潤義はいいたいのだろう。

「なら、王の療養は嘘か」

「でしょうね。邪魔されないように王宮のどこかに閉じ込めているんでしょう」

ヨルカはティルハと一緒にいたはずのナギのことが気になったが、口には出さなかった。きいたところで無駄だ。都の噂の中にも、王と行動を共にするまじりものの話などなかった。誰も一兵卒の話など……それ以下の存在の話などするはずがない。

だが、死んだとは思えなかった。緋竜と黒狼の力を受け継ぐ者が、そう簡単に死ぬはずがない。生きているなら、必ず現れるはずだ。あの少年を助けるために。

「キール」

声をかけると、キールは何か考え込みながら宿の外に出て北西の空を見上げた。

「あいつが自分の意志で王柱になるというのなら、俺の知ったことじゃないさ。今度は王ではなくあの弟君に金を払わせるだけだ」

「そうか」

「……ただ、そうでないなら。力のない子どもに、大の大人が寄ってたかって力ずくで強制するというのなら、腹が立つ」

腹が立つ、とは随分穏やかにいい換えたものだ。キールの胸中で吹き荒れる感情がその程度で表せるものではないと、ヨルカはわかっていた。

怒りの炎が燃え盛っている。

それは、かつてわけもわからず力ずくで王柱にされかけた少年の怒りだ。

ならばヨルカのやることはひとつ。

「天支塔に行く」

きっと、ナギもそこに来る。確信があった。

5

ナギが明瞭になってくる意識で最初に感じたのは冷たく硬い石の感触だった。石の床に自分は伏しているのだ、と気づいた瞬間、飛び起きた。視界に入った鉄格子に体当たりする勢いで近づくが、まじりものの膂力《りよりよく》をもってしても鉄格子はびくともしなかった。作りは違うが、見覚えのある光景に、恐怖と怒りが湧いてくる。また牢に入れられているのだ。

「起きたか、ナギ」

おそらく左隣の牢からティルハの声がして、はっと振り返る。しかし、頑丈な石壁に阻まれ隣の様子はわからない。

「体は大丈夫か？　何か薬を嗅がされたようだが」

そういえば、と意識を失う前の状況を思い出し、ナギは自分の体を確認した。怪我は特にない。あのときは体が麻痺したように力が入らなかったが、たった今渾身の力で鉄格子を揺さぶることができた。足を動かし、掌を握ったり開いたりしてみて、何の異常もないことを確認する。

ナギは壁の向こうに向かって答えた。

「わたしは大丈夫です。一体、何が起きたんですか？」

なぜか都の外で待機しているはずのシャラが王宮内にいて、天流義を殺した。そしてナギの体の自由を奪い、ティルハを脅していた。

サージェを換生する、とシャラはいったのだ。

ぞわりと全身に悪寒が走った。

サージェは潤義と一緒に都の外で待機しているから大丈夫だ。そのはずだ。だが、シャラは決定事項のように、聖王の喜生を利用するといった。

「すまない。どこかで、こうなることは予期していた。だから、都を奪還したら、あいつは即位の使節として異国へ行かせるつもりだった。その間に、サージェ殿をサライではないどこかへ……キール殿に頼んで遠くへ送ってもらおうと思っていたのだ」

「どう、いうことですか？」

　壁の向こうから長く、深いため息がきこえてきた。悲しみを吐き出しているように感じた。

「シャラは、幼いころから体が弱く、内気な性格もあって、父とはうまくいっていなかった。友人らしい友人もいなかった。そういう自分が嫌だったのか、正反対のわたしを慕ってくれた。弓や剣の稽古をすれば必ず隅でわたしを見ていたし、狩りに行けば一日中その帰りを待って土産話をせがんだ。いつも姉上姉上とついて回って、姉上はすごい、良き王になると、褒めて……」

　一瞬ティルハは声を詰まらせたが、軽く息を吸って続けた。

「わたしは逆に学問が苦手だから、あらゆる分野で学士を唸らせる頭脳を持つシャラの方がずっとすごいと思っていた。それを本人に伝えると、ならば自分は学問で姉上の役に立ってみせますというんだ。わたしが王柱にならなくても済む方法を探すのだといって、見師でもないのに見師の書を借りて読んで、学んだ。ずっと、ずっと。おそらく、今でも。あいつはひ弱なくせに頑固さだけは父上譲りなんだ。必ずお救いすると、約束だといった」

「約束……だから？」

シャラの行為は裏切りにしか思えなかった。姉を裏切り、拘束したのだから。だがそれは、すべて姉を救うという約束のため。

「あいつが諦めていないことは知っていたし、あいつの執念深さは誰よりもわたしがよく知っている。だから、いずれ何か行動を起こすと思っていた。サージェ殿が現れたとき、危ないと思ったんだ。だが、さすがに都を奪還できるかどうかの瀬戸際で仕掛けてくるとは思わなかった。……いや、あいつも気づいていたんだろう。情勢が落ち着けば、わたしが自分を遠ざけるということを。だから賭けに出た……ああそうだ、あいつの方が頭がいいのはわかっていたんだがな」

ナギはリャサンで彼らに出会い、バラキアを発ってから今に至るまでの状況を思い出した。騎兵が足りず、ティルハと共に都に乗り込んだのは、大半がシャラが用意したバラキアの若い兵士たちだ。ティルハに忠誠を誓う、見込みのある若者を以前から育てていたそうだが、それも計算ずくだったのか。いざというときに、自分の手勢として使えるように。シャラのためにといわれて命を懸ける者は少ないかもしれないが、巡り巡ってティルハのためといえば命をなげうつ者はきっといる。

それでも、聖王の喜生なんてものが現れなければ、シャラもこんなに早く行動には移さなかっただろう。

「サージェは、シャラ様に捕まってるんですね」

「ああ」

思わずナギは鉄格子を蹴りつけた。サージェは、シャラや潤義と一緒に安全なところで待機していると信じきっていた自分に腹が立った。

「……ティルハ様は、サージェを王柱にするつもりはないんですよね。もしかして、最初から？」

天流義の案もはねつけたのだ。サージェが本物の喜生であろうとなかろうと、ティルハは最初から自分が王柱になるつもりだったのだろうか。

するとと、意外にもティルハは歯切れの悪い口調で答えた。

「そうであったなら、よかったんだがなあ」

頼りない、迷いの滲む声だった。

「天流義の計画をきいたとき、サージェ殿が本物の喜生だとわかったとき、心のどこかで、これで自分は王柱にならずにすむ、と思ってしまった。そういう卑怯な己がいるのだとわかって、衝撃だったよ。わたしはずっと、いずれは王柱にならねばならぬと、覚悟して生きてきたつもりだった。本当に、つもり、だったらしい」

自嘲するようなティルハに、ナギはなんと声をかけたらいいかわからなかった。いくら王に……王柱になるべく生まれた人間とはいえ、自分が犠牲にならずにすむ道を示されたとき、心が揺れない人間などいるだろうか。

「渡来者はサライの民ではない。利用してもいいのではないかと囁く、もうひとりの自分がいた。ナギ、おまえがいなければ、心は揺らいだままだったかもしれない」

「わたし、ですか？」

「あの夜、潤義殿に詳しい話をきこうと思ったのだ。渡来者を換生すると、どうなるのか。そもそも、渡来者とはどういう者たちなのか。だが、きくまでもなかった。ナギの話だけで十分だった。渡来者は、ただの迷い子だ。それも、今回は見師たちの企みにより無理やりこちらに引き寄せられた、被害者……彼らには彼らの営みがあり、帰りを待つ者たちがいる。この世界の人間ではないから、わたしが守るべきサライの民ではないから、犠牲にしてもいいと考えるなど、愚かの極みだ」

潤義から異境について質問責めにされたとき、ナギはただ元の世界のことを語ったが、それをティルハは外できいていたのだった。ただの人である渡来者の話を。

「だから、渡来者は異境へ帰す、そう決意できた……だが、サージェ殿は違う。何といっても聖王の喜生だ。喜生が現れたのなら、天は我が治世を言祝いでいる。ならば、わたしが王であり続けるべきではないのか？　聖王は王柱となってサライを支えた伝説の王。その王が再びこの世に戻ってこられたのは、自ら再び王柱となって、今のサライを支えるためではないのか？　……考えれば考えるほど、自分にとって都合のいい読み解き方ばかりしてしまう」

ナギはこの世界における瑞兆の役割を思い出した。この世界の人々にとって、瑞兆は天の意思を表すとても重要なものだ。みんな、天に言祝がれ、明日も生きていけることを願っている。誰もが瑞兆を待っている。

ここはそういう世界だ。

「でも、サージェを王柱にしないと決めたんでしょう？」

もし、今もまだティルハが迷っているなら、自分は彼女に対し何を思うのだろうと、少し不安になりながらきいた。しかし、ティルハは先ほどと違い、きっぱりとした声で一言いった。「ああ」と。

「あれからずっと、考えていた。王とは何か。サライにおいて、王が王柱となる意味は何か。……なあ、ナギ、人はひとりでは生きていけないんだよ」

突然そういわれ、ナギははあ、と間の抜けた相槌を打った。

人はひとりでは生きていけない。ナギの世界でもよくきく言葉だ。人は支え合うものだ。衣食住何かしら誰かの助けがなくては、生きていけないのだ。

そういうと、ティルハが少し笑う気配がした。

「うん、そうだな。きっとそれもある。でもそれだけじゃない。人は、誰かに想われ、慈しまれないと、生きていけない、生きる意味が見出せないんだ」

ティルハの言葉はナギの胸を貫いた。

「なぜ、王が王柱となるのか。わたしはなぜ王柱になるのか。そういうことだったんだ。わたしはたくさんの人に支えられてきた。父上の急死や叔父上や今回のこと……異例尽くしで、さぞかし頼りない世継ぎであっただろうに、誰もわたしを責めなかった。わたしを想い、尽くしてくれた。太守のキジルをはじめとしたバラキアの者たち、一度はわたしを歓迎してくれた都の者たち、サライ中の民たち……彼らがいたからわたしがあり、だからわたしは王柱になる。そういうことだったんだ」

その通りだとナギは思った。

愛されないと人は生きていけない。愛されて初めて、誰かに同じ想いを返すのだ。

「だから、サージェは本物の聖王殿ではだめなんだ。彼は、聖王ではないのだから」

サージェは本物の聖王の喜生なのかもしれない。だが、サージェという人間をサライの人々が愛してくれているわけではない。

今の言葉を、サージェにきかせたかった。それが、ナギがいいたかったことだ。

サージェは自分の人生を生きていない。生きようともしていない。それが、歯がゆいのだ。

ふと、サージェがならなければ、ティルハが王柱になるのだ、という事実をはっきりと認識した。明日か、一月後《ひとつき》か、一年後か、いつかわからないけれど、この人はいなくなる。生贄として、星の海に立つ柱となり、人々のために大地を支えるのだ。

サージェを生かすということは、ティルハを殺すということなのだ。

胸が押しつぶされそうな悲しみと恐怖が襲ってきた。そんな選択を、この世界では誰もが迫られている。選びたくない、と思った。悲しくて、腹立たしくて、空しい。でも、それがこの世界の在り方だ。

『誰かを犠牲にしなければ、この世界は成り立たない』

いつかのキールの言葉が思い起こされた。あの言葉はただただ真実だった。

ナギのいた世界だって、きっと自分が見て見ぬふりをしていただけで、いつも誰かがどこかで犠牲になっていたのだろう。だが、それがおかしいといえる世界で、誰もが犠牲にならなくてすむ道を多くの人が模索していて、それが許される世界だったと思う。

この世界では、犠牲が明確すぎて、理想を夢見ることも許されない。できるのは、選ぶことだけだ。

「ティルハ様。わたし、あなたのことが好きです。とても、尊敬しています」

ティルハは強い。自分の弱さと真正面から向き合い、乗り越えていけるほどに。人として心底敬愛の念を覚えたのは、きっと彼女が初めてだ。

「う、うん、ありがとう……？　な、なんだ、急に」

照れているのか、ティルハは戸惑っているようだ。

強くて、立派で、でもひとつも驕《おご》り高ぶるところがない。気さくで、寛大で、気高い王様。己を愛してくれる者に愛を返す、そんな単純で大事なことを、誰よりも知っている人。

「でも、どちらか選べといわれたら、わたしはサージェを選ぶ」

ごめんなさいと続けようとして、やめた。謝っても仕方がないことだし、たぶん、謝ることではないと思ったからだ。

「……ああ」

ティルハはただ納得したように答え、そしてなぜか一言、「ありがとう」と付け足した。

何に対しての礼なのかは、わからなかったが、それを問いただすより先にやるべきことがある。

ナギはもう一度鉄格子に組み付いた。押しても引いてもびくともしない。それでも、ナギは諦めるわけにはいかないのだ。

かつて、同じように鉄格子の内に閉じ込められていたとき、ナギには何の希望もなかった。抗う気力もなかった。だが、今は違う。何としてでもこの牢の外へ出て、サージェを助けに行かなければ。あの牢から救ってくれた少年を、今度はナギが救わなければ。

（サージェを、王柱にさせてたまるもんか）

獣のような唸り声を上げながらナギが全身に力を込めていると、不意に軽い足音が近づいてくるのに気づいた。ティルハに声をかけられて、いったん鉄格子から手を放し肩で息をする。そんなふたりの方へ、足音は確実に向かってきていた。

「ティルハ姉さま」

そっと囁くような少女の声が響く。

「イスファル！　こっちだ」

ティルハが叫ぶと、足音が駆け出しすぐ傍まで近づいてきた。ガチャガチャと金属のぶつかる音がする。鍵を開けているのだ。

「無事だったんだな、イスファル」

「はい。姉さまを逃がした後、ずっと奥の殿に籠もっていましたから。わたしのことなど、あの見師たちは気にもしていませんでした」

「イルムゥのことは……」

「わかっています。そもそも、無茶だったんです。病が治りきっていなくて、医師にも決して寝台から動くなといわれていたのに」

　小さく鼻をすする音がした。

「イスファル、やっとわかったよ。イルムゥは、叔父上の遺志を継いだだけだったんだ。叔父上も……ただ、わたしやわたしに続く王族の者たちを救おうとしてくれただけだ。おまえたちに負担をかけて、すまなかった」

　一度高い泣き声が響いたが、すぐにやんだ。

「……西大門の外にラキアに鞍をつけて用意させています。お供の方もそこに。姉さまの剣は、ごめんなさい、見つからなくて」

「わかった、ありがとう。イスファル、ナギも出してやってくれ」

　ナギの目の前に小柄な少女が現れた。イスファルというのは、確かティルハの従妹だったはずだ。目の大きな愛らしい容姿の少女で、歳は妹の満と同じくらいだろうか……あまりティルハには似ていなかった。

　イスファルは牢にいるのがまじりものだと気づいて、恐怖に顔を強張らせのけぞった。

「ね、姉さま、このまじりものは呪具をしていません」

「大丈夫だ」

ティルハにそういわれてもイスファルは怯えていたが、ナギが声をかけると弾かれたようにこちらを見た。

「ごめんなさい、急いでください。わたし、行かなくちゃ」

真っ直ぐに見つめ返すと、イスファルは意を決したように牢の鍵を開けた。

地下牢を出て、太陽の眩さに呻きながら外へ出る。ティルハの背をただ追い、庭を通り抜け、門を抜けた。町の喧騒が徐々に近づいてくる。

「ナギ、天支塔はわかるか」

ティルハにそうきかれ、ナギは一瞬考えた。都へ来る前に細い棒みたいな建物を見た。都からそう離れていないから、方向がわかれば、おそらく視認できるはずだ。

「はい」

「なら、おまえは先に行け。西はあちらだ。緋竜の脚力、見せてみよ」

ナギはうなずいて、空を見上げた。都に入ったときから思っていたのだ。通りを進むより、屋根を伝っていった方が、距離を短縮できると。

ナギは一息で王宮の塀に飛び上がり表へ出ると、ティルハの指さした方向に向かって走り出した。通りは人が多くごった返しており、疾走するまじりものに気づいた者が悲鳴を上げるが、すぐにその悲鳴は背後に消えた。

商家の壁を伝って屋根に上がり、走り、飛んで次の屋根に移ってはまた走る。時折衝撃で瓦が飛んだが、気にしている暇はない。

全身に力がみなぎっていた。きっとどんな名馬も、今の自分には敵《かな》うまいと思った。町なかで騒動が広がる前に、ナギは西大門へと辿り着き、門を固める兵士たちの頭上を越えて都の外へ出た。

草原の先に、ぽつりと白い塔が見えていた。

6

天支塔の頂上から眺める景色には見覚えがあった。夢の中で見たのだ、きっと。

サージェは物心ついたころから不思議な夢を見た。

夢の中で自分は知らない人物となり、知らない場所で様々な経験をした。天黒馬に乗って空を飛んだ。緋竜の巣を見つけた。戦場では返り血を浴び、自身も怪我を負った。その血生臭さ、傷の痛みは本当に体験したようで、夜中に泣き叫んで飛び起きることもあった。他にも、都の華やかさ、見たこともない料理、甘いアトイの実、自分を褒め称《たた》え歓声を上げる人々……。

夢を見始めて数年経って、それが聖王という偉大な人物の記憶であることを知った。確かに夢の中で自分は、シュレンと呼ばれていた。

父も兄たちも姉たちも、サージェの話をきいて大層驚き、そして喜んだ。

『おまえは聖王の喜生なのだ』

そういって、祖父は涙を流した。

日々ひたすらに働かされ、ぼろ布のように使い捨てられる。それが流民の人生だった。主人の気まぐれで気絶するまで殴られることも、立てなくなるまで蹴られることもあった。それでも、次の日にはまた黙々と働かなければならない。主人にいわれるまま何でもしなくてはならない。子どもであろうと老人であろうと関係ない。

祖父も父も、やがて病にかかって死んだ。兄ふたりは鉱山に売られて、そのまま帰らなかった。上の姉はハカの娼館《しょうかん》に売られた。どうなったかは知らない。

同じ家で働いていた別の流民の子は、ある日狩りに同行し、獲物の代わりになったときいた。それでも、誰も何もいえなかった。

流民である以上、まともな人間ではなく、生きる価値はないからだ。そんな人生に、意味があるはずもなかった。

『でも、あんたは違う』

下の姉はそういった。姉ちゃんと呼ぶと、凄まじい形相になって怒った。ふたりだけのときは、姉上と呼びなさい、と。おまえは聖王の喜生、いずれ都へ上がって王柱となるのだから、と。

今はすり切れるまで使われ、打ち捨てられるぼろ布と同等の価値しかない流民であっても、いつか人々に感謝される日が来る。聖王の喜生として人々を救ったとき、この国の誰もが感謝の念を胸に自分に向かって頭を垂れるだろう。その時ようやく、サージェの命には意味が生まれるのだ。

都へ上がったときに恥をかかないよう、貴人としての話し方や礼儀作法、教養を身につけなさいと姉はいった。そして、自分の食事を分け与え、つらい仕事を肩代わりしてくれた。

だから必死で学んだ。主家の御曹司が教師について学ぶところをこっそりと見に行き、読み書きを覚えた。字を練習する道具などないから、月明かりの下で地面に棒で書いて覚えた。言葉遣い、所作、すべて見て覚え、夜中にこっそりひとりで練習した。時には仕事をさぼっている、主人を睨んでいるなどという難癖をつけられ殴られることもあったが、いつかこいつらも自分に感謝する日が来る、あのときのあの流民は聖王の喜生だったのだと知って恐れ戦《おのの》く日が来ると想像し、耐えた。

聖王のようになりなさい、と姉はいった。いつか必ず、聖王の喜生として人々に崇められる日が来るのだから、と。

流民となった祖父の代から、家族はみんな使い捨てられてきた。生きる価値のない、いくらでも代わりのいる下者として人間以下の扱いを受けてきた。誰もそこから抜け出せなかった。流民はどこまでいっても流民だ。

唯一違う運命を歩める可能性を持っていたのが、サージェだった。

サージェは聖王の喜生だと判明したときから、家族の――すでに死んでいた祖母や母を含め――希望だったのだ。

もちろん、家族以外に己が聖王の喜生だ、などといっても馬鹿にされるに決まっていた。最悪の場合、不敬だと罰せられるかもしれない。聖王が星の海のような瞳をしていたことは、意外なことにほとんど語り継がれていなかったのだ。

その理由をサージェだけは知っている。シュレンも、この瞳の色が嫌いだったからだ。星の海を閉じ込めたようなこの色は、見る者を怯えさせる。不快にさせる。

『気持ちの悪い目で見るな』

何度もそういわれ殴られてきた自分と同じく、シュレンも心ない者たちから陰口をたたかれていたのを、サージェは夢で見て知っていた。だからシュレンは、いつも薄い布を目深に被って瞳の色を隠すようになったのだ。

東の王柱が崩壊し、混乱したサライをまとめ上げると、シュレンは人々に崇められ、讃《たた》えられるようになった。自分に向けられる称賛、尊崇の眼差し、感謝の念……それらを受け取る度に、シュレンは自身が王である意味を噛みしめていった。

見師から残った王柱の劣化を告げられたとき、シュレンは迷わず自身を換生する道を選んだ。自分を讃えてくれた民を守るため。

恐れがなかったわけではない。残していく妻や我が子、生まれたばかりの孫との別れは、身を切られるほどにつらかった。だが、迷うことはなかった。

シュレンは後に聖王の称号を与えられて然るべき、高潔な人物だった。

聖王のようになりなさい。祖父も父も、兄たちも姉たちも、みんな縋るようにいった。

いつしか、あのような高潔な人間になりたいと自ら思うようになっていた。

ならねばならない。そして、もう一度サライの人々を救わねばならない。そのために自分は生まれたのであり、そうして初めて生きた意味が生じる。

迷いはなかった。ただその目標だけを心に抱いていた。

病に伏した下の姉に、最期の最期までそう約束した。

姉の死後、鉱山に売られてからも、都へ行って王に会い、王柱となることだけを念じ、日々に耐えた。ここを抜け出し、都へ行かねば、と。主家に出入りしていた商人が、今の王は換生の儀を拒んでおり、人々はそれを憂えていると噂していたのを、きいていた。だから急がねば、と思った。たとえ、得体の知れないまじりものを利用してでも、なんとしてでも、都へ行かねばならない。

ただそれだけを思っていた。そのはずだったのに。

何ひとつ美しいとは思わなかったのかと問われたとき、答えられなかった。嘘を答えても真実を答えても、何かを裏切ることになる、と感じたからだった。自分か、命を賭して自分を生かした家族たちか。

『もっと見たいと思うものはなかった？』

ないはずがなかった。

どれだけ鮮明な夢を見て、夢の中で様々な光景を目にし、様々な経験をしようとも、それらはすべてサージェのものではなかった。遥か昔に王柱となったシュレンのものだ。

自分は何ひとつ持たないのだということを、ナギとの旅で思い知らされたのだ。

見渡す限りどこまでも続く草原も、時に飛ばされそうなほど強く吹きつける風も、耳が割れそうなイルシュの喧騒も、初めて自分の体で、五感で経験したものだった。ナギと共に味わうすべては新鮮で、苦しい旅路だったはずなのに、思い起こせば楽しいとしか思えなかった。

船に乗ったのも、驚くような経験だった。

ふわりと船体が浮かぶ瞬間の、あのなんともいえない感覚は、胸がはちきれそうな期待感をもたらした。

流民にも、あんな生き方をしている者がいるのだと、初めて知った。

竜や船に乗り、異国を巡る。楽しいことばかりでないことはもちろんわかっているが、ヨルカが、キールが、銀翼号に乗る者たちが、サージェには眩しくて仕方がなかった。

体に不自由を抱えながらも、己の仕事をこなし、彼らひとりひとりの力を合わせて船を飛ばす。そこには誇りがあり、希望があった。仲間への信頼があった。サージェがこれまでひとつも得ることのなかったものが。

もしも、自分にキールのような道を選ぶことができたなら、と夢想したのは一度や二度ではない。

だが、それは裏切りだ。いつか聖王のように、誰もがその行動に感謝する存在になってくれ、と願い死んでいった家族たちへの。

だから、自分は王柱にならねばならない。

そうしたくないと思ってはならない。何より、どうして今まで自分を虐げ、あるいは存在しない者のように扱ってきた連中のために、自分が命を賭さねばならないのか、なんて思ってはいけないはずだ。

殴られて血まみれになっても、蹴られて骨が折れても、何日も水しか与えられなくても、誰も手を差し伸べなかったくせに、自分たちは助けてもらうのか？

お門違いな怒りだとはわかっている。でも、思わないではいられない。

……自分は、ちっとも高潔な人間ではない。もともと、シュレンのようになれる人間ではなかったのだ。

だからこそ、聖王のような最期を迎えなければならない。

シャラに「あなたは王柱となってサライの民を救う方なのでしょう」といわれたとき、否、といえなかった。そうあるべきなのだ、とうなずいてしまった。

これは間違った道ではない。

天支塔の頂上には、白地に黒い刺繡が一面に施された正装姿の見師たちが数十人集まり、鐘つき堂を中心として円を描くように跪いている。彼らの頭上では、鐘つき堂のてっぺんから地面に向かって張られた四本の縄につけられた色とりどりの布が、風を受けてはためいていた。

あの鐘の下に扉がある。鳥と天黒馬の浮彫が施された青銅の扉だ。そこから、地の底まで続くような長い階段があることを、知っている。その果てに、棺の間があることも。

その棺の中に入り、見師の呪唱をきき続けるのだ。

　そうしていつしか己は己でなくなる。呪唱により、人間の体は徐々に解け、王柱として新たに作り直される。やがて完全に大地を支える柱の一部となる。

　ただ、そうなってもしばらくは、人としての意識だけが残るのだ。虚空にぽっかりと浮かぶように残っている〝己〟という意識は、王柱として下からゆっくりと星の海に灼かれ、溶かされていく感覚を味わうことになる。

　……もっとも。それが本当に消えゆく〝シュレン〟の最期の記憶なのか、王柱になることへの恐怖が生み出した、ただの悪夢だったのか、確かめようはないけれど。

　体が震える。

　見師たちが鐘つき堂への道を開けて待っている。頂上まで登ってきた階段は、シャラと彼の連れた兵によって塞がれている。

　逃げられない。そもそも、逃げようと思ってもいない、はずだ。

　シュレンのときは、大勢の民が涙を流し、自分たちの王を讃えながら天支塔を取り囲んでいた。シュレンの功績を謡い手たちが謡い上げていた。

　今は誰もいない。警護の兵と、見師たちだけだ。

　本当は、もっとたくさん美しいものが見たかった。知らないことを知るという、心震える経験をしたかった。この世界を見て回りたかった。外でもない、ナギと共に。

　ナギ。異境から来たという、不思議なまじりもの。

彼女に出会ったのは、本当に偶然だった。売られた先の鉱山には、まじりものは他にもたくさんいた。しかし、力尽きそうになったサージェを助けてくれたのは、彼女だけだった。周囲の人間も含めて。

利用できると思った。鉱山を逃げ出すのも、逃げ出して都まで行くのも、ひとりでは無理だ。だが、まじりものの力があれば為せるかもしれない。ならば、このまじりものを連れて行こう。そう思ったのだ。本当は呪具を着けたままにした方がいいのはわかっていたが、何か言葉のようなものを発していたから、咄嗟に呪具はいらないかもしれないと考えて、外した。どちらにしろ、呪具を着けたまじりものを操る方法を、サージェは知らなかったのだ。賭けではあったが、その賭けにサージェは勝った。ナギはまじりものになりながらも人の心を保っており、言葉が通じた。心も。

最初は元の世界、元の体に戻りたいと願うナギと利害が一致していたから、行動を共にしていただけだ。だが、いつの間にかそれだけではなくなってしまった。

サージェは、これまで家族以外の者に守られたことがなかった。労《いたわ》られたことがなかった。家族以外はむしろ敵だった。だからナギが自分のせいで矢傷を負ったとき、自分を背負って水晶溜まりを越えたとき、今まで自分のいた世界が崩壊するような錯覚を覚えた。自分のために命を懸ける誰かがいる、ということに、それほどの衝撃を受けた。

あのとき初めて、このまま進むことに躊躇いを覚えたのだ。

ナギをたくさん騙していることにも……いろいろなことを隠していることにも、罪悪感を抱いた。今でも。

だが、罪悪感を抱くだけではない。感謝もしている。心の底から。

そういえば、まだきちんと礼をいっていなかったな、と思った。

共にここまで旅をしてくれたことに。そして、自分のこの運命に、ただひとり怒ってくれたことに。まだまだ、受けた恩は返しきれていない。約束も守れていない。守りたかった……守るだけでなく——。

(本当は、ただ生きていたかった)

それだけの話だ。

口には出せなかったけれど。そうしてしまったら、家族の想いをすべて裏切る気がして。自分の生きる意味を永遠に失ってしまう気がして。

がくがくと震える足で、一歩一歩踏みしめるように歩き出す。一歩進むごとに自分が空に消えていくような奇妙な感覚がした。

ついに鐘つき堂の前まで辿り着いた。

「ナギ」

呟いた名は、天を駆け抜ける風に飛ばされて空へ消えた。

天支塔の上では、風がごうごうと吹《ふ》き荒《すさ》んでいる。

サージェがさらに一歩踏み出そうとした瞬間、悲鳴とも雄叫《おたけ》びともつかない声が響き渡り、周囲の見師たちに動揺が走る。腰を浮かせる者もいた。

サージェが振り返ると、武器を構える兵士が次々と吹き飛ばされる姿が見えた。そして、なぜか階段の上によく見慣れたまじりものの姿が現れた。まじりものは緋竜の足で駆ける。その一歩は力強く、大きく、速い。一気に迫るその姿に、思わず目を瞠る。

「サージェ！」

だめだ、と思うのに、こちらに向かって伸ばされる手を無意識に摑んでいた。それと同時に体を抱え上げられ、竜の足は縋りつく見師を蹴散らしながら塔の端まで走っていく。態勢を立て直した兵たちが放った矢が数本飛んできた。しかし、彼らの姿は、一瞬の浮遊感の後、見えなくなった。

耳元を風がごうごうと吹き抜けていく音に、サージェは自分が今どこにいるのか、何もわからなくなった。

7

天支塔は塔と呼ばれてはいるが、そう高くはない。ナギが見たところ、せいぜいビルの三階くらいの高さに見えた。塔の周りの塀も王宮とは比べ物にならないほど低い。そもそも、侵入を拒む目的で作られていないからだ。

誰もが入り、誰もが登り、頂上の鐘を鳴らすことのできる場所だ。

本来なら、警備の兵がこれほど詰めていることもないのだろう。

この中の兵の何人が、この儀式を正当なものだと信じているのだろうか。

彼らは突然飛び込んできたまじりものに驚いたが、さすがに怯んだりはしなかった。すぐに武器を構えて向かってくる。だが、そんなのは想定内だ。ナギには端《はな》から相手をするつもりがない。そんな時間はないし、意味もない。ただ駆け抜ける。行く手を塞ぐ者の頭上を、竜の足で飛び越えて行く。

駆けよ、駆けよ、と天が囁いている気がした。

がむしゃらに、一心に階段を上った。

頂上の中心に、驚きに目を瞠る少年の姿があった。

誰かが何かを叫んでいるが、きこえない。きく気もない。

ただ名を呼びながら、駆ける。微かに伸ばされた手を取り、小さな体を抱きかかえそのまま駆け抜けた。

背中に衝撃が走ったが、気にしなかった。痛みも感じない。

そして、すぐに塔の端まで辿り着いた。

迷いはない。大丈夫。きっと来てくれる。妙な確信があった。

竜は人の心を読み、竜と竜はどこかで繋がっている。

「ジュード！」

叫びながら、一度も足を止めることなく、塔の外へ飛んだ。天支塔の先には、もう大地はない。

内臓が押しつぶされるような圧力を感じながら、凄まじい速度で落下していく。煌めく星の海に吸い込まれていく。まるで海が呼んでいるかのようだ。その光景は美しく、恐ろしかった。ただし、それは溶かされる恐怖ではない。サライの空を初めて仰ぎ見たときと同じ畏敬の念が、胸の中に広がっていった。

決して目は閉じず、意識も手放さずに、ナギは周囲に集中する。海の美しさに見とれている場合ではないのだ。

そして、どれくらい降下したのか——実際には大した時間ではなかったのだろうが——、近くで風を切る音がしたと思った瞬間、狩りをする獣並みの敏捷さでさっと左腕を伸ばし、頭上を横切るそれを摑んだ。

がくんという衝撃が肩に走った。少し遅れて激痛が襲ってくる。息が詰まったが、摑んだ竜の足は手放さなかった。

痛みにくらくらする頭に、怒声が降ってくる。

「馬鹿野郎！　何考えてんだ、おまえ！　ふざけるな!!」

ひえ、と思わずナギは首を竦めた。ヨルカがとんでもなく怒っている。いつもの物静かな雰囲気からは想像できない激しい怒りっぷりだ。あのヨルカがこんなに怒ることがあるのかと、ナギはそんな場合ではないと思いつつも驚いてしまった。

「ジュード、おまえもおまえだ！　先にいえ！」

ぐう、と何ともいえない小さな鳴き声をききながら、とりあえずごめんなさいとナギは心の中で謝った。今は声が出そうにない。

気がつくと銀翼号も近くまで飛んできていた。おそらく天支塔から見えない下方に待機していたのだろう。徐々に高度を上げる船体の乗降口から縄が下りている。

ジュードが必死に羽ばたく音がする。さすがにサージェを抱いたナギを片足に提げている状態は、つらいのだろう。まずはサージェを銀翼号へ移そうと、ナギは名前を呼んだ。

「な、なに、何が起きたんだ？」

はっとした様子で目を開けたサージェは、きょとんとした様子で辺りを見回し、悲鳴を上げてナギにしがみついた。どうやら落下中は意識を失っていたらしい。状況がわかっていない様子だ。

とにかく船へ、といおうとしたナギは、下方の気配と奇妙な音に気づいて言葉を失った。

眼下で、波が割れていた。

ざあ、という世界が割れるような轟音と共に波しぶきが上がる。そして、星の海から白い光の塊が迫《せ》り上がって来た。

きらきらと陽光を反射し、光の粒によって形作られた大きな塊が足元に迫る。そして、ナギやジュード、銀翼号の傍をすり抜けて空へと駆け上がって行った。

それは、翼を持つ光の鯨《くじら》だった。

雲が筋を引くような、淡く白い線で描かれた巨大な体が空を舞う。その軌跡は光に彩られ、光の粒が宙を舞い、雪のように大地に降り注いだ。

反射する光は、赤にも青にも、黄色にも緑にも、紫にも見えた。それらの様々な色が、あるところでは濃く見え、別のところでは薄く、あるいは透けて、諧調を為してゆらゆらと変化していた。

まるで幻でも見ているかのようで、触れることなどできそうにないと思う反面、これほど確かな存在はないとも感じた。五感で確かめるものではない。生き物の本能が感じ取るのだ。

ただ在れ。ひたすらに在れ。

光の揺らめきは、まるで空飛ぶ鯨が歌っているようだった。

「鯨喜……」

頭上から放心したようなヨルカの呟きがきこえた。

ああそうか、これが最も希少な瑞兆なのかと頭のどこかで思ったが、その希少性に対する感動は湧いてこなかった。

ただ、美しいと思った。

空を駆ける光の鯨が、降り注ぐ光の粒が。

自分たちには、意味も価値もない。そんなもの関係ない。天の下では。ただ、在るがままに、命尽きるまでこの世に在るだけだ。

その単純にして唯一の真実を、鯨喜は厳然と告げているかのようだった。

やがて、悠然と舞う光の鯨は、忘我状態のサライの民を残して、空の彼方へ去って行った。

8

愛馬の上でティルハは呆然と空を見つめていた。

こんなことあるはずがない。

鯨喜が現れるなど、現実に起きるはずがない。

だが、目の前の翼を持つ巨大な生き物は、目を瞬いても消えなかった。ゆっくりと光の雨を降らせながら飛んで行く。

夢見心地のまま、ティルハは天支塔に降り立った。そこでは、見師が、弓を構えた兵たちが、そしてシャラが、同じように微動だにせず、ただ空を見上げていた。

鯨喜がその姿を消すまで。

やがて、示し合わせたわけでもないのに、一斉に歓声が上がった。天支塔にいた者だけではない。都の方角からも、人々の喜び叫ぶ声がきこえてきた。

足元には、きらきらと煌めく粒が落ちている。

鯨喜の体から舞い落ちた水晶だ。いったいどれほどの量があるのか。それが、どれほどの価値となるのか。鯨喜は人々の心を救うだけでなく、国庫も潤してくれるのだ。

見師も兵士も関係なく、涙を流し、抱き合って喜んでいる。

ただひとり、シャラだけは現れた姉を見て、唇を噛んだ。

「シャラ」

強い意志の宿る目を見る限り、こうなってもまだ、シャラは諦めていないようだった。この弟は、どこまでも頑固なのだ。自分だって相当頑固な方だと思うけれど、それ以上に。

「おまえを王籍から外す。表向きは、どこかの太守の娘との縁組とでもしよう」

真一文字に引き結ばれていたシャラの唇が徐々に開いていった。そんな、と唇が動く。

やはり、いざとなったら自分も反乱を起こして王位を奪い、その身を王柱とした後で姉に王位を返す、という腹案も練っていたようだ。

ティルハはにやりと笑った。今度は先手を打てたようだ。それから改めて、自分のためにすべてをなげうってくれた弟を見つめた。幼い日の面影が衝撃にたじろぐ今の顔と重なる。たまらなく愛《いと》しく、そして一抹の罪悪感も抱いた。

「なあ、シャラ。わたしたちはバラキアの者たちに生かされてきたな」

ティルハとシャラの姉弟は、父が亡くなった後、跡を継いだ叔父に異論はないと示すため、母の実家のあるバラキアに移った。もちろん何不自由ない暮らしを送ることはできたが、住み慣れた都を離れ、寂しさや不安がなかったわけではない。自分たちと入れ違いに王宮へ入ったイルムゥとイスファル兄妹《きょうだい》に、まるで存在を取って代わられるような恐怖を覚えたのも事実だ。

そんなふたりを慰め、支え、伸び伸びと成長できるように配慮してくれたのは、バラキア太守のキジルと、その地に住む人々だった。

バラキアの人々はティルハとシャラを慈しんでくれた。たとえ彼らが王と王弟にならなくとも、そんなことは関係なく慕ってくれたのだ。

「わたしは、バラキアの人々の想いに生かされた。そして、わたしが叔父上を討って王となったとき、都の人々が、この国に住む人々が、祝福し喜んでくれた。この国の民が、わたしを想い、わたしを慈しんでくれた。わたしが王だからだ。だから、王は民のために王柱になるのだ。王でなければならないんだ」

少なくとも、サライでは。

そのことを、ティルハは痛感していた。

本当は、渡来者や突然現れた聖王の喜生に、一瞬だけ期待してしまった自分がいる。助かった、と無責任に思ってしまった自分が。……もしかしたら今もまだ、少し。

だが、彼らを自分の代わりにしないと決意してよかったと思う。それ以外の決断はできなかった、とも。

民が自分を想ってくれたように、自分もまたサライの民のことを想っている。だから、恐ろしく、時に逃げたくなることがあろうとも、この役目は誰にも譲れないのだ。

「想い、慈しんでくれたぶん、今度はわたしが返さなくては」

シャラの顔が歪んだ。必死に涙をこらえているかのように。

「では、なぜ私からその機会を奪うのですか。私のことを一番慈しんでくれたのは、姉上です。なのに、姉上はあなたを救う機会を私から奪う。唯一の、最後の機会だったのに」

その悲しみとも怒りともつかない弟の表情を前にして、ほんの少しだけティルハの決意が揺らぐ。最も自分を想い、支えてくれたのが、この弟であることはティルハもわかっているのだ。

だからこそ、違う生き方をしてほしいと願うのは、姉のわがままだろうか。

「わたしはサライのために尽くしたい。だが、わたしのいなくなった後、この国がどうなるか、気がかりだ。……いずれ、イスファルにキハの名を与えようと思う。だからどうか、おまえはイスファルを支え、この国の行く末を見守ってくれ……その命を賭して」

今度こそ、シャラは声もなく涙を零《こぼ》した。次から次へと溢れ落ちる涙を拭うこともせず、ただ立ち尽くしている。

ティルハは笑った。作り笑いではなく、心からの笑顔が自然と漏れた。

空の遥か彼方に去った、最も尊い瑞兆はすでに見えなくなっている。しかし、それが現れた確かな証は、大地に煌めきながら残っている。

天は何を言祝いだのだろう。

これは、まだおまえは王でいろということなのだろうか。

「鯨喜の現れた国がどうなるか、しっかりその目に焼き付けろよ、シャラ」

都の歓声は鳴りやまない。幸福に満ちたこの瞬間が、できる限り長く続いてほしいと、ティルハは願った。

終章

1

サージェは困惑していた。

ティルハに謁見してから、キールはこれまでに見たことのない笑顔で、ずっと上機嫌だ。嫌味もいわず、不機嫌そうな顔も一切見せない。計算機を扱うときはいつも眉間に皺を寄せていたのに、今は含み笑いを漏らして石を弾いている。

相当な額だったのだろうな、とサージェは察した。

なにせ、渡来者の救出に支払われた報酬と、聖王の喜生を保護し連れて来た報酬、さらに今度の一件の収束に手を貸した報酬、すべて合わせた額だ。

鯨喜が通過したときに振り注いだ光の粒は、すべて水晶だ。小粒だが非常に質の良いもので、何より最たる瑞兆がもたらした水晶だから、目の飛び出るような価値がつく。

サライの国庫は当分安泰。それどころか、鯨喜の現れた国ということで、しばらくは近隣一帯の注目の的になりそうだった。実際、鯨喜が現れた翌日には既に、数えきれないほどの商船と各国の使者を乗せた船が都に押し寄せていた。

表立って報酬を受け取れないナギやサージェは、キールを通してもらったのだが、手に乗せられた革袋を見て、サージェは震えた。

袋の中には水晶片がこれでもかと詰めこまれていた。こんな大金、見たことがない。あまりに大金すぎて、その価値がいかほどか、検討もつかなかったが、ナギがヨルカに尋ねているのがきこえて、思わず青ざめた。小型の船なら余裕で買えるらしい。

船が買えるなんて、夢のような話だ。

大金を持つのは怖いから、大半はキールに預け、当座に必要そうな額だけ懐に入れることにした。キールに下手に頼みごとをすれば、また嫌味をいわれるだろうと覚悟していたが、キールは上機嫌のまま預かってくれた。なんだか調子が狂ってしまう。腹の底がそわそわして妙な気分だ。

「なあ、ナギ。機嫌のいいキールというのは、なんというか、そのう……」

何と表現していいかわからず口ごもっていると、ナギがきっぱりといった。

「気持ちが悪い」

「う、うん」

サージェは一瞬躊躇ったが、結局ナギに同意してしまった。

都にある宿にキールたちと共に滞在しているサージェは、銀翼号の乗組員たちの手伝いに奔走していた。

銀翼号はこれからロシエンの船工房に向かう。そこで大規模な修理をするのだそうだ。

いつの間にか、サージェも銀翼号に乗ることになっている。

乗組員の指示に従って店を回りながら、サージェはティルハに謁見した日のことを思い出した。謁見といっても、表向きには聖王の喜生はもういないということになっているから、ティルハの私室での非公式なものだった。

民の間では、聖王の喜生がその身を賭して鯨喜を呼んだ、と語られている。そして、そんな喜生を呼び寄せたティルハ王の治世は盤石だと喜ばれている。

そんな王も、いつか王柱になる。サージェははっきりと、告げられた。

「サージェ殿、貴殿を王柱にすることはできない」

ティルハは優しい微笑を浮かべて続けた。

「貴殿はサライの民を、想い慈しんでいない。民に想われてもいない。そういう者に、王柱になる資格はない」

見透かされたのだ、と思った。本当は、心の奥底では、サージェがこの国の人々を憎んでいることを。虐げ、救いの手を差し伸べなかった者たちに怒っていることを。

自分の卑怯さ、醜い心に呆然とするサージェの手を、ティルハは力強く握った。

「貴殿は貴殿のことを想い、慈しんでくれる者のために生きるべきだ。その想いを返すべきだ。人とは、そういうものだろう？」

しばらくの間、黒い瞳を真っ直ぐに向けられ、やっと王が自分を責めているわけではないと悟った。

聖王は民のためをひたすらに想っていた。そのことは、夢の中で彼の記憶を追体験したサージェはよく知っている。だから、サージェも聖王のようにならねば、その想いを受け継がねばと思っていた。だが、それは無理だ。サージェはシュレンではないのだ。とても簡単なことだった。

しかし、サージェのことを慈しんでくれた者たちはもう既に塵に還った。そしてサージェは彼らの想いに応えられなかった。裏切ってしまった。

誰もサージェのことを聖王の喜生だと崇めないし、その存在に感謝することはない。自分の生きた意味は何もない。家族が人生を賭けてサージェを生かした意味もなくなってしまった。

自分は一体、どうすればいいのだろう？

これまでとは別の絶望が襲ってくる。心が空虚に呑みこまれていくようだった。

すると、痛いほど強い力で再び手が握られた。ティルハはまだサージェをじっと見ていた。多くの者に忌まれてきた青い目を。

「どうか元気で。次に会うときは、貴殿の旅の話をじっくりきかせてほしい」

そういって微笑む王と別れた。

それからは都を奔走する日々で、あれこれ考える暇がなかった。それはそれでありがたいのだが……。

とりあえずロシエンへ向かう準備のために、いろいろな物の買い出しが必要だ。銀翼号の乗組員は体の不自由な者が多いし、人の多いところには出たくないという者もいるらしく、船を飛ばすだけならともかく、物品の調達となると常に人手が足りないのだ。ナギもついて来た。というか、重い物の運搬はほとんどナギの仕事といってもいい。

ナギは銀翼号に乗らない。だが厩でヨルカに、ロシエンまでの道のりをきいているところを見てしまった。ふたりを乗せジュードの体力はロシエンまで持つのかとか、途中で休憩する場所はあるのかとか。ナギも一緒に行く気なのだと知って、驚いた。潤義が渡来者たちを集めて異境へ帰すのは、数日後に迫っていたのだ。

帰らないつもりなのか？

そう直接きくべきなのだ。だが、心のどこかで、このままきかなければ、ナギは何もいわずにロシエンまで、その先まで、ずっとついて来てくれるかもしれないと卑怯なことを考えてしまう。

ききたくない。

しかし、それでは約束を破ることになってしまう。

ナギは元の世界に戻るために都の見師に会うつもりだった。その目的のために、サージェはナギを連れて都まで共に行くと約束したのだから。

ティルハはネムドに捕らわれていた渡来者たちのために、労を厭わず尽くしている。彼らが無事に元の世界へ、大事な家族や友人の元へ帰ることができるように。

サージェはシュレンやティルハのような高潔な人間ではない。どうしてもなれない。

でも、なろうと、なりたいとは思っているのだ。ならばサージェは、せめて自分にとって一番大事な者の望みを優先してやるべきなのだ。

だからサージェは覚悟を決めた。そして先日、荷物をまとめようとしていたナギに、渡来者たちが都の宿に到着したそうだが、などと歯切れ悪く話しかけてみたのだ。すると、ナギはあっけらかんとした様子で「そうらしいね。でも、わたしは帰らないから」といって、再び荷造りに戻ってしまった。

サージェは唖然とした。

もうとっくの昔からそのつもりだったかのように、平然と答えるナギに、なんだか怒りも湧いた。ここ数日、人がどれだけ悩んでいたかも知らないで、と。だから怒りと驚きがないまぜになった声で思わず、なぜ、ときいてしまった。

「まだ、見たいものがあるから」

ナギはそう一言答えた。まるで、それだけで十分だろうといわんばかりに。それからは、日々リザダたちと共に物資の調達に回っている。

ナギを元の世界に帰さないといけないと思っていた。何より、彼女は元の世界に帰りたいと切実に願っていたはずだった。だが、真正面からはっきりと帰らない、といわれてしまった。

（見たいもの……）

ナギはバラキアを発つ前夜、サージェにきいたのだった。もっと見たいものはないのかと。

見たいと願ってはいけないと思っていた。王柱になることが、自分の生の到達点でなければならなかったからだ。

だが、既に家族の想いは裏切り、サージェはひとりだ。

あの夜、サージェは答えられなかった。でも、もし答えていたら、ナギが何と返したか、なんとなくわかるような気がした。今なら。

世界が見たいといったら、きっとナギは、ならば一緒に見に行こうといってくれただろう。

思えば、あのときもう既にナギは決断していたのだ。

自分の手を握った力強い王の手、そして彼女の言葉を思い出す。

サージェは心の中で自分を育ててくれた家族ひとりひとりに呼び掛けた。祖父母に、父母に、兄たちに、上の姉に……最期の最期まで守ってくれた下の姉に。

(ごめん。でも、おれはまだ見てみたいんだ)

商店の立ち並ぶ通りを歩いていたサージェの目が、ある装身具に惹きつけられた。制止の言葉を振り切って走り出す。露台に乗った幅の細い刺繍は首飾りだ。銀糸が交ざった白を基調とした織りに、赤い糸で緋竜の図案が連なるように刺されているもので、中央には青い石がぶら下がっていた。

この色、柄はあの黒い毛並みにきっと映える、と思った。値段も、なんとか持ち歩いているぶんで手が届く。

布に包んでもらい、その包みを抱えて振り向くと、「サージェ！」と自分を呼ぶ声がした。勝手に行くなと、怒ったような、呆れたような顔をしたナギがいる。浮かれ騒いでいる人々は、まじりものが言葉を発したことに気づいていない様子だ。

『想い、慈しんでくれる者のために生きるべきだ』

その通りです、とサージェは心の中でうなずいた。自分にもその新たな道が見えた。

濡れた目じりをさっと指で拭い、サージェは急いでナギの方へ駆け戻って行った。

2

銀翼号と共に、ヨルカとジュードもロシエンへ行くらしい。

ロシエン、ときいてナギは思わず眉をひそめたが、今回の一件にロシエンが国として関わったわけではない。あの国は周辺のどの国とも違って面白い、とキールはいった。ヨルカでさえ、変な見師も多いがいい奴もいる、といったので驚いた。どうやら彼らと馴染の、竜好きの見師がいるらしい。

いつの間にか、ナギも一緒に行くことになっていた。

ありがたい話だが、キールを始めとして銀翼号の乗組員が嫌がらないだろうかと思っていると、意外なことに船長よりも乗組員の方がすぐに受け入れてくれた。特に、耳のきこえない女性リザダは、見師ゆえの好奇心のせいか、まるで友人のように親しくしてくれる。ナギはリザダたちと共に、銀翼号の物資調達の任を請け負うことになった。

キールはティルハから相当な額を受け取ったようだ。そのせいで気持ちが悪いくらいに機嫌がいい。銀翼号の大規模な修理ができると、毎日踊り出しそうな勢いだった。

ヨルカは報酬を受け取らなかった。人の世には極力干渉しないというのが、彼の信条だ。だが翌日、ジュードがこれまでのすり切れた鞍ではなく、一目で高級品とわかる柔らかい革の鞍をつけていた。いったいどうしたのかときいたところ、キールから貰《もら》ったという。唖然としていると、友の善意を無下にできないだろう、といわれた。自分で報酬を受け取り消費するのは信条に反するが、その報酬を受け取ったキールから物を貰うのはいいらしい。正直面倒くさいとナギは思うが、これがヨルカなりの折り合いの付け方なのだろう。

ヨルカから、ロシエンはまじりものが多いから、ナギも目立たないだろうときいた。ロシエンはもう王柱の上にしか大地が残っておらず、狭い土地に建物を上へ上へと増築していったため、建物でできた巨大な塔のように見えるらしい。サライとはまったく違う国を見るのが、既に楽しみになっている。

ティルハとは、一度だけ密かに招かれた私室で会った。

毎日ひっきりなしに異国の使者が謁見に来るという王は、別人のように着飾っていて、重くてかなわないんだ、と宝石や刺繍で彩られた冠あるいは、帽子のようなものを載せた頭を振って愚痴を漏らした。

　そして、ナギに礼をいった。

「わたしはな、おまえこそわたしの瑞兆だったのだと、今では思っている」

　晴れやかな笑顔でティルハはそういった。

　とんでもないと慌てるナギを見て笑う様子を見ると、ナギの否定などまったく意に介していないようだ。

「渡来者にして自然に生まれたまじりもの。白翼に三回も会い、喜生を連れ、鯨喜まで呼んだ者。おまえこそ、瑞兆だ」

　ティルハは異論は受け付けないというように断言し、それから、キールやサージェたちと共に旅立つのだろう、ときいてきた。ナギがうなずくと、なぜかもう一度ありがとうといわれた。

「おまえたちの旅の話を楽しみにしている。いつでも、このサライに寄ってくれ」

　いつでも、という言葉に、ナギは一瞬固まってしまった。

　明日ではない、一月後でもない、一年後でもないかもしれない。だが、いつかあの塔の鐘は鳴る。誰かが鳴らす。そのときこの王は王柱となる。

　しかし、ティルハはただ微笑んでいた。ナギの危惧をすべて承知していながら。

「いつでも、いいんだ。おまえたちはこの国の恩人だ。わたしの跡を継ぐイスファルも、そのことをわかっている」

イスファルは謹慎中だが、民も彼女が兄のイルムゥに賛同していなかったことは知っているので同情的だ。謹慎は長くないだろう。心労で療養中ということになっているシャラの謹慎の方が、むしろ長引くのかもしれない。

サージェを王柱にされそうになった恐怖と怒りはあるが、ナギはシャラに対して憎む気持ちはなかった。むしろ、彼の気持ちもわかる気がした。シャラもまた、選んだだけだ。自分にとって大事なものを。ならば彼も、この世界において間違った生き方をしたわけではない。

笑顔の王に見送られて、ナギは王宮を出た。喜びに湧くこの国の人々が、不安に負けて鐘を鳴らす日が、できるだけ遠くあることを願って。

ティルハに会った後、潤義に会った。彼もまた、渡来者を異境へ帰す準備に追われていて忙しかった。

氷上一族は、リャサンから出て王宮仕えの見師となる方向で話がまとまっているという。

チの盟約、というのは、ナギにはよくわからないが、とにかく決して破ってはならない誓いらしい。破ればチが砕け、その塵は二度とこの世に戻ってこないと考えられているという話だ。それが本当かどうかはともかく、とにかく天掟の下に結んだチの盟約は神聖な誓いで、それを破ることは最も不名誉で侵してはならない禁忌のひとつらしい。

しかし、今回のことは盟約の更新というふうに、彼らの間では考えられているようだ。

聖王と氷上の一族が結んだ盟約を破るのではなく、その子孫たちによって新たな形に結び直された、と。何にせよ、これでリャサンを牢獄のように思っていた氷上の人たちが救われるなら、何よりだ。

これまで氷上の一族が研究していた壊れない王柱、人を犠牲にせずに王柱を保持する方法は、根本から考え直さなければならない。ならば、もはや隠れ住む必要はないのだ。ナギが元の世界に帰るつもりはないというと、潤義は目を輝かせた。たぶん、ナギが死んだら解剖しようという魂胆なのだろう。

潤義は一度だけ、いいんですか、ときいた。

サライ周辺の潮の流れが、次にいつ変わるかはわからないらしい。それはつまり、今を逃して、帰れる機会があるかどうかはわからないということだ。

元の世界に帰りたくないわけではない。帰りたい気持ちは、当然ある。

だが、この世界に来て、あまりにたくさんのことが変わってしまった。化け物の体になり、人を殺してしまったことはナギの人間としての根幹を変えた。常に何かを選び取る人生を強いられ、必死に生きる人々に出会ったことは、心の在り方を変えた。

もし、湖に落ちたあの日の朝に戻してやるといわれたら、そうしてくれといってしまうかもしれない。……いや、それも迷うだろう。

耐えがたいほどに苦しいことが多々あった。それでも、この短い期間に出会った人々のこと、体験したすべてを忘れたくはない。もはやそれらは、ナギを構成する重要な一部になっているのだから。

黒い毛並みに鋭い爪の左腕。冷たい赤茶の鱗と大きな爪の両足。

ナギは何者なのか？

まじりものだ。

人々に忌避され、嫌悪されるこの体が、不思議なことに今ではしっくりとくる。恐れ憎まれることは悲しいが、だが元の世界にいたときも似たようなものだった。ナギと周りの人々の間には越えられない不可視の壁があって、常にナギは遠くから同類同士仲良くしている人間たちを、ひとりで見つめることしかできなかった。ありさのような日向にいる人間を羨み、仲間として受け入れてほしいと希いながら、ただ見ているしかなかった。何の苦もなく社会に受け入れられるありさのような人間に憧れ、たぶん心のどこかで妬み憎んでいた。ナギがどんなに努力してもなし得ないことを、呼吸するかのように当たり前にこなしていく者たちを。

元の世界にいた頃、ナギは常におまえも人間なのだから、人間らしく振る舞って仲間に入れ、と脅迫されているような気がしていた。仲間に入れないのはおまえが悪いからだ、と責められている気分だった。

自分は人間だ、だから頑張ってみんなのようにならなくてはと思い、努力しようとしても、どうすればみんなのように人間らしくできるのかわからなかった。ナギが近づくと、みんなは笑顔で壁を作る。人間のふりをした何かが来たぞ、というふうに身構えられる。

だが、今はもう人間のふりをする必要はない。だって人間ではないのだから。どれだけ人々が指をさそうとも、距離をとろうとも、当たり前だと思える。どうして受け入れてくれないのだと、嘆く必要はない。

ヨルカも、自分は人間ではないと思っている、といっていた。自分はジュードの半身なのだ、と。

ヨルカは竜の半身。ナギは竜の半分だ。いや、黒狼と人間もまじっているから、正確には三分の一か、それ以下だ。

それが自分なのだと、ナギは納得していた。

改めてそんなことを考えながら、いつものように、雑踏の中をリザダについて歩く。すると突然、サージェが駆け出した。この人の多さでは、迷子になってしまうかもしれない。滞在している宿の場所はわかっているから、大丈夫だとは思うのだが、やはり心配だ。

『来島さん！』

慌ててサージェを追いかけようとした瞬間、きき覚えのある声で、名を呼ばれた。随分懐かしい呼び名だったので、反応が遅れてしまった。

数歩進んでから、ナギははっとして振り返ったが、雑踏の中にかつてのクラスメイトの姿は見当たらなかった。

確かに今、ありさの声がきこえた。向こうの世界の言葉をきいた。

いや、ありさのことを考えていたから、そんな気がしただけだろうか。

だが、各地で保護された渡来者が、都に集められているという話はきいていた。状況的にも、ありさはロシエンの見師たちに保護されてネムドで暮らしていたのだろうから、都に来ている可能性は高い。彼らを近々、異境へ送り返すと、潤義からもきいた。そういえば、その日はいよいよ明日に迫っている。

潤義から話をきいたとき、一度もありさを探しに行こうと思わなかったことに、今さらナギは気づいた。薄情だな、と思わず自嘲した。

いつの間にか、自分の心はこんなにも元の世界から離れてしまっていたのだ。

ナギと故郷とを繋ぐものは少なくなりつつある。先日ふと思い出したのだが、取っておいたはずのジャージの残骸も、いつの間にかどこかで失くしてしまっていた。いつどこで失くしたのか、見当もつかない。そんな物の存在すら、もう忘れてしまっていた。

かつていた世界で、ありさのような人間として生きられたらよかった。今でもそれは思う。だが、そうではない道を辿る今の自分が、ナギはあまり嫌いではない。

ありさのような人間に抱いていた羨望も憎しみも、まったくなくなったとはいえない。だが、以前ほどではなくなったのだろう。今はもう、全てが遠いもののように思えるだけだ。

ナギは様々な人でごった返す通りの向こうをじっと見つめた。やはり見知った顔は見当たらない。

もしありさが都にいるのなら、彼女は無事で、家に帰れるということだ。あの声が幻聴でないとは言い切れないが、きっと本物だと、ナギは自身にいいきかせた。

だから、雑踏に向けて、小さな声で、ナギは久しぶりに故郷の言葉を口にする。

『さようなら、北村さん』

さようなら、と応える声がどこかできこえた気がした。……さすがに都合が良すぎるだろうか。

ナギは微かに首を振り、それから辺りを見回した。すぐに商店の軒先にいるサージェに目が留まる。ほっとして名前を呼ぶと、少年は飛び跳ねるように駆け戻ってきた。そして、手にした包みを開けて中の物を取り出す。どうやらそれは首飾りのようだった。それをナギの目の前で広げるので、思わず数歩後退さってしまう。

どうしても、首に何かを着けることが耐えられない。都に潜り込んだときには、我慢に我慢を重ねて首輪を着けたが、もう二度と御免だった。たとえ、どんなに美しい装飾品であっても。

サージェはわかっているというふうにうなずいて、ナギの左手首に首飾りを巻いて留め具をはめた。少し不格好だが、これだと腕飾りに見えないこともない。

「ほら、おまえの黒い毛並みに合うと思ったんだ。同じ色の物は他にもあったけど、この柄は首飾りしかなかったから」

サージェにいわれて、ナギはしげしげと柄を見た。きらきらした白っぽい生地に緋色の糸で細かい模様が刺繍されている。爪と牙が特徴的なその姿は、竜のように見えるが翼はない。

「緋竜だ。昔、トルイに緋竜の巣があったんだ。サライでは翠竜より緋竜の方が多かった」

緋竜。ナギの足。竜の三分の一だ。

サージェがわざわざナギのためにこれを選んでくれたことが嬉しくて、自分でも思わず顔がほころぶのがわかった。

礼をいうと、サージェは少しはにかんで首を傾げた。

「あ、あのな」

「うん？」

「私は……いろんなものを見てみたい。夢じゃなくて、聖王の記憶じゃなくて、自分の目で、自分の手で、いろんなものを確かめたい」

こちらを見上げる星の海と同じ色の瞳には、出会った日と同じく強い意志が宿っていた。揺るぎない意志が。

これがサージェの答えだ。ナギの欲しかった答えだ。

彼は聖王の喜生としてではなく、サージェという名のひとりの少年として、これから生きていくのだ。その姿を、ナギは見たいのだ。

するとサージェは、急に悪戯めいた笑みを浮かべてナギに顔を寄せた。

「今だからいうけど、あのアトイの実は、ひどい味だったな」

トルイへ向かう途中で見つけたあのアトイの実は、ヨルカが見つけたものとは比べ物にならないくらい、酸っぱくて渋かった。サージェが持つ聖王の記憶の中では、あんな味の実を食べたことがなかったに違いない。都にあるアトイの実は一様に甘いのだから。

あの味こそがサージェ自身の体験で、サージェだけの記憶となる。

ナギは、あのときのサージェの不可解そうな、あどけない表情を一生忘れないだろう。

「食べられなくはなかったよ」

そう答えると、サージェは声を上げて笑った。たぶん、ナギはこの時初めて、この少年が屈託なく笑う姿を見た。

その姿、表情は、水晶よりも輝いて見え、鯨喜よりも尊いと思った。

「まずはロシエンに行こう」

ああ、と答えるサージェと共に歩き出す。

ふと上空を見ると、地上の人々の喧騒を他所に、一羽の鳥が恐ろしいほどに澄んだ青空の中、悠然と舞っていた。

白翼だろうか、とナギは目を凝らす。

しかし、いつか見た白翼よりも体ががっしりとしていて、何より全身が真っ黒だ。

（たぶんわたしは、もう二度と瑞兆に会うことはない）

ふと、そう思った。

これまでのは、なんというか、いってみれば、いきなり別世界に放り込まれたちっぽけな命への、幸運の大盤振る舞いみたいなものだったのだろう。

でもナギはこの世界でここまで生き抜き、これからもそうすると決めた。だから、今までの類稀なる幸運は、きっと終わりだ。

あれは誰もが見る、この国ではありふれた鳥なのだろう。……ああそうだ、黒い体と鋭い嘴を持つのはあの鳥だ。

慈悲と生命の象徴、ティルハだ。

解説

大森　望

主人公のナギこと来島凪は、それなりに偏差値の高い進学校に通う高校三年生。周囲になじめず、学校ではいつもひとりぼっち。自己肯定感が低く、〝日陰にいる者〟を自認し、生きづらさを抱えて暮らしている。その彼女が、校外学習で赴いた小さな山で湖に転落。気がつくとそこは見知らぬ世界だった。翼のついた船が空を飛び、はるか下方に海らしきものが見える。その異世界で〝まじりもの〟と呼ばれて囚《とら》われの身になったナギは、首に呪具をつけられ、来る日も来る日も鉱山で過酷な肉体労働に従事させられている……。

よくある異世界転生ものとは対照的にたいへん辛《つら》い境遇から幕を開ける本書『波の鼓動と風の歌』は、『魔導の系譜』で第一回創元ファンタジイ新人賞優秀賞を受賞した本格ファンタジーの俊英、佐藤さくらの書き下ろし長編。デビュー長編『魔導の系譜』に始まる《真理の織り手》シリーズ、『少女の鏡』に始まる《千蔵呪物目録《ちのくらじゅぶつ》》シリーズ（いずれも創元推理文庫）に続く、待望の新作ということになる。

冒頭こそ、八方塞がりの過酷な状況に置かれているナギだが、ある日、やはり奴隷のようにこき使われている十二歳の少年サージェと知り合ったことから、その運命は大きく動き出す。海をそのまま宝石にしたような紺碧《こんぺき》の瞳を持つ彼は、聖王の生まれ変わりだというのだが……。

この導入を読みながら僕が思い出していたのは、小野不由美《おのふゆみ》《十二国記》シリーズの第一巻にあたる『月の影　影の海』。現代日本の女子高生が異界でひとり苦難に直面する構造が重なるだけでなく、主人公が理不尽な状況にいきなり放り込まれたところから有無を言わさずぐいぐい読者をひっぱっていく圧倒的なストーリーテリングの力とすばらしい描写力も両者に共通する。さらに《十二国記》と同様、本書の舞台となる異世界にも、ごく稀《まれ》に日本から流れ着く人々がいて、ここでは〝渡来者《とらいもの》〟と呼ばれている（《十二国記》の〝海客《かいきゃく》〟にあたる）。

もっとも、『月の影　影の海』の陽子《ようこ》と違って、ナギは来島凪の肉体のままこの世界にやってきたわけではない。この世界では、〝塵〟と呼ばれるものによって物質が構成されているが、その〝塵〟が混じり合った結果、ナギは、体の一部（左腕と両足と髪の毛の一部）が二体の獣魔（黒狼と緋竜《ひりゅう》）のそれと置き換わった存在（まじりもの）になってしまったのである。デビルマンや寄生獣みたいな合体ではなく、〝塵〟レベル（原子レベル？）で片腕と両足が獣魔化しているため、意識は百パーセント来島凪のまま、さまざまな特異体質を身につけている――と説明すると、やっぱり異世界チートものか！　と思われそうだが、本書の場合、そうしたチート要素がシリアスな本格ファンタジーの文脈に見事に融合している。

もうひとつの特徴は、この世界の人々が暮らす大地が、触れるものすべてを溶かす〝星の海〟に立つ巨大な柱の上に載っかっていること。もともとは無数の柱に支えられる四つの大陸があったが、その大地があちこち崩落して、いまでは島々のようになっているらしい。映画『アバター』のモデルになったことでも知られる中国・天子山の奇景・武陵源《ぶりようげん》をなんとなくイメージしたが、それらの島々を支えているのが〝王柱《おうちゆう》〟。王が柱になることで、その国の大地を長く守れるのだという。流民として生まれ、だれからも蔑まれてきた少年サージェは、都にのぼって、聖王の生まれ変わりであることを認めてもらい、王柱となることを夢見ている。わが身を犠牲にして多くの人々の命を守ること。その是非が本書の中心的なテーマになる。

《ゲド戦記》シリーズで知られるアーシュラ・K・ル＝グウィンに、「オメラスから歩み去る人々」という有名な短編がある。オメラスという街には、王も兵士も司祭も奴隷もいない。その美しい街では市民全員が豊かな文化を楽しみ、繁栄を享受している。しかし、絵に描いたように幸福なオメラスの安寧を支えているのは、街の地下に閉じ込められたひとりの子どもだった。痩せ細り、汚物にまみれた子ども。その子を救い出そうとすれば（それどころか、世話をしたり、やさしい言葉をかけたりするだけでも）その瞬間、オメラスの幸福にピリオドが打たれる。街の住人は、一定の年齢に達すると、この恐ろしい秘密を知らされ、嘆き悲しみ、憤慨する。とはいえ、自分たちの生活を守るためには、どうすることもできない。それでも、彼らの中には、この事実を知ったあと、やがて決然とオメラスから歩み去る人々がいる……。

たったひとりの人間の犠牲によって最大多数の幸福が成立している究極の〝最小不幸社会〟。ル＝グウィンによれば、発想の原点は、アメリカを代表する哲学者ウィリアム・ジェイムズの『道徳哲学者と道徳生活』だという（そのため、「オメラスから歩み去る人々」には、〝ウィリアム・ジェイムズのテーマによるバリエーション〟という副題が付されている）。

この短編は、ハーバード大学教授で哲学者のマイケル・サンデルが『これからの「正義」の話をしよう』の中で引用したことでよく知られている。多数を生かすために少数を殺すことは〝正義〟なのか？　この問いを単純化した有名な思考実験が〝トロッコ問題〟だ。制御不能に陥ったトロッコを放置すれば、線路の前方にいる五人が死亡する。いまあなたが転轍器《てんてつき》を使って線路を切り替えれば、その五人は助かるが、支線の先にいる一人が死ぬ。あなたは切り替えますか？

これと同種の問題は、実社会でもいたるところに見つかる。「オメラスから歩み去る人々」は、それを寓話《ぐうわ》のかたちで語ったものだが、本書で描かれる〝王柱〟問題も、まさにその延長線上にある。登場人物のひとり、キールが言うように、「誰かを犠牲にしなければ、この世界は成り立たない」のである。

そもそも、いわゆる人柱（人身御供《ひとみごくう》）という風習自体、少数を犠牲にすることで他の多くの人間が幸福になるという考えかたが下敷き。現実世界の歴史では、女性や弱者や異人が人柱にされるケースが多かったのに対し、本書の世界では王が文字どおり柱になることで世界を支える役割を果たす。民のためにみずから犠牲になろうとするような立派な王なら、おそらく善政を敷くだろうから、合理的に考えれば、〝王柱〟制度は効率がよくない。しかしこの世界は、〝天掟《てんじょう》〟に支配されているから、人間の情や利益は一顧だにされない。それでも、王を犠牲にしなくても済むなんらかの代替手段があるのではないか——という研究が一方で進められている。功利主義的に考えれば、王が王柱となるより、よそ者である〝渡来者〟を生《い》け贄《にえ》にするほうがいい。彼らに犠牲を強いることが非人道的であるなら、みずから王柱となることを望んでいるサージェの願いをかなえてやればいい。ぼろ布ほどの価値しかない流民として生きてきた彼にとって、聖王の〝喜生《きつしょう》〟（生まれ変わり）であると認められて王柱に〝換生《かんしょう》〟し、すべての人々から感謝される立場になることは最大の夢だ。ならばそのとおり、サージェが王柱になれば、だれもが利益を得られる。しかしそれはほんとうに正義なのか？　この哲学的な問いをどう解決するか、それが物語のクライマックスになる。

といっても、本書はひたすら深刻にテーマを追求する小説ではない。金勘定にしか興味のない（でもどこか憎めない）人物や、すばらしくキュートなドラゴンも登場し、異世界での冒険が彩りたっぷりに瑞々《みずみず》しく描かれる。

そしてなにより、自分に価値があることを信じられず、自信が持てなかったナギヤサージェが人間的に成長し、自信を獲得していく物語でもある。

《真理の織り手》四部作を締めくくる『魔導の黎明《れいめい》』のあとがきに、著者はこう書いている。

〈異世界が舞台であろうと、現実世界が舞台であろうと、私が書きたいのは〝もがきながら生きていく人間〟なのだと思います。こういうと格好つけた感じですが（中略）要するに駄目な人間である私の自己弁護のようなものです。（中略）私が書く物語には、「出来が悪い人間だって必死で生きているんですからね！」という想《おも》いが込められています〉

〝もがきながら生きていく人間〟がついにたどりついた場所だからこそ、本書の結末は深く胸に刺さる。

とはいえ、魅惑的なこの異世界については、そのごく一部が明らかになったばかり。語られるべき物語がまだまだ残っている。令和の《十二国記》と呼ばれるような壮大な異世界ファンタジーに結実することに期待したい。

さて、集英社文庫で佐藤さくらの著書が出るのは本書が初めてなので、最後に、著者の経歴を簡単に紹介しておく。佐藤さくらは福岡県出身、西南学院大学卒業。前述したとおり、二〇一五年に『魔導の系譜』で第一回創元ファンタジイ新人賞の優秀賞を受賞（真園《まその》めぐみ『玉妖綺譚《ぎょくようきたん》』と同時受賞。正賞は該当作なし。羽角曜《はすみよう》『影王《かげおう》の都』が選考委員特別賞を受賞）。翌年、同作が創元推理文庫から刊行されて作家デビューを飾る。同書に始まる《真理の織り手》シリーズの核になるのが、〈魔脈〉という概念。ふつうの人間は触れることも感じることもできない力の流れだが、ごく稀に、体に〈導脈〉と呼ばれる器官を持つ者がいて、〈魔脈〉を操ることができる。しかし、その術の暴走により国が滅びた歴史があるため、彼ら魔導士は世間から忌み嫌われている（ちなみに、たまたま同じ二〇一五年にアメリカで刊行された『第五の季節』に始まるN・K・ジェミシン《破壊された地球》三部作にも、これとよく似た設定の異能力者が登場する）。

このシリーズは、『魔導の福音』『魔導の矜持《きょうじ》』『魔導の黎明』と出て、四部作が完結。イヌヅカヒロの作画により漫画化され、マッグガーデンのマグコミで連載中。現在、単行本は五巻まで刊行。フランスと韓国で翻訳されるなど、この漫画版は大人気を博している。二〇二三年七月には、同じ世界のもっと前の時代を描いた《真理の織り手》シリーズのスピンオフ長編『幽霊城の魔導士』も刊行された（イヌヅカヒロのカバーイラスト、挿絵、おまけ漫画つき）。

また、二〇二〇年から二一年にかけては、現代日本を舞台に、大きな犬と一緒に呪われた品を探して旅する不思議な少年を描く《千蔵呪物目録》シリーズの三部作、『少女の鏡』『願いの桜』『見守るもの』を刊行している。佐藤さくらは、まちがいなく、これからの日本のファンタジーを背負って立つ才能のひとり。今後の活躍がますます楽しみだ。

（おおもり・のぞみ　書評家）

集英社文庫

波《なみ》の鼓動《こどう》と風《かぜ》の歌《うた》

2023年 9 月25日　第 1 刷　　定価はカバーに表示してあります。

著　者　佐藤《さとう》さくら
発行者　樋口尚也
発行所　株式会社 集英社
東京都千代田区一ツ橋2-5-10　〒101-8050
電話【編集部】03-3230-6095
【読者係】03-3230-6080
【販売部】03-3230-6393（書店専用）
印　刷　凸版印刷株式会社
製　本　凸版印刷株式会社

フォーマットデザイン　アリヤマデザインストア　　マークデザイン　居山浩二

ISBN978-4-08-744569-5 C0193